朝鮮と日本に生きる

――済州島から猪飼野へ

金時鐘
Kim Shi-Jong

岩波新書
1532

はじめに

自分の来し方を振り返るとき、「四・三事件」の無残な体験が私の人生の大きい比重を占めていることに改めて気づきます。まずはその「四・三事件」についてのいきさつを、金石範《キムソクポム》と金時鐘《キムシジョン》の対談集『なぜ書きつづけてきたか　なぜ沈黙してきたか』(平凡社)に寄せた文京洙《ムンギョンス》立命館大学教授の解説文、「済州島四・三事件とは何か」の要約をお借りして、私の説明に代えるとします。

「韓国のハワイ」と言われる済州《チェジュ》島には、日本からも年平均一五万人前後の観光客が訪れる。もちろんこの島が四・三事件という、とてつもない深い傷を現代史の一時期に負っていることなど、知っている人は少ない。ましてや、その悲劇に日本の植民地統治の影を意識するものはほとんどない。

四・三事件については韓国社会でも「共産暴動」との烙印がおされ、その真相を探ろうとする営みそのものが厳しく封じられてきた。よく知られているように一九四五年の解放後、朝鮮半島は米ソの分割占領下に置かれ、済州島にも米軍の占領統治がおよぶ。一種の条件付き独立案——つまり全朝鮮をカバーする朝鮮人自身の臨時政府を樹立するが、これを五年間にかぎって四大国(米・英・中・ソ)の信託統治(後見)のもとに置くという「信託統治案」——が米ソ間で合意されるのは、解放の年もおしつまった一二月末のことであった。一言でいえば「四・三事件」とは、この「信託統治」の具体化にむけた米ソの話し合いが決裂し、便宜的な分割占領が恒久的な南北分断へと向かうなかで起こった悲劇であった。

ソ連との話し合いに見切りをつけたアメリカは、一九四八年、南朝鮮だけの分断国家樹立にむけた総選挙を実施しようとするが、「四・三事件」は、直接的には、この「単独選挙」に反対する済州島での四月三日の武装蜂起に端を発し、その武力鎮圧の過程で三万人を超える島民が犠牲となる。この血なまぐさい弾圧に投入された警察・軍・右翼団体は、おおむね、植民地期に日本がつくり育てた機構や人員を引き継ぐ存在であったことを忘れてはならない。つまりそれは、ほかならぬ日本の朝鮮支配の申し子たちであった。

事件発生から半世紀以上が経って、「四・三特別法」が犠牲者の名誉回復と真相究明のために制定された。この特別法は「四・三事件」の期間を「一九四七年三月一日を起点として一九五四年九月二一日まで」としている。ここで「起点」とされた日は、済州邑《ゆう》(現在の済州市)で開かれた三・一独立運動記念の集会後のデモに対して軍政警察が発砲し十数名の死傷者を出した、いわゆる「三・一節事件」が起きた日である。この日を境に、米軍政と島の左翼勢力との対立が激化し、「アカ狩り」に名を借りた警察や右翼による住民への横暴が猛威をふるう。それは翌年四月三日の武装蜂起への伏線を用意し、「四・三事件」の性格は、「三・一節事件」から武装蜂起までの、いわばこの「前史」となる時期の問題を抜きにしては語れない。

一方、「一九五四年九月二一日」とは、済州島の主峰・漢拏《ハルラ》山《サン》に布かれた禁足令が解除されて武装隊《ムジャンデ》(蜂起勢力)に対する討伐作戦に終わりが告げられた日である。四月三日の蜂起からこの日までのおよそ六年半におよぶ期間は、大きくは、朝鮮戦争勃発(一九五〇年六月)以前と以後の二つの時期に分けることができるであろう。

私は四・三事件に関わりのある者にならざるをえなくなって親を捨て、故郷を捨て、日本に流れ着いて在日朝鮮人になってしまった者です。残す何かがあっての「回想記」なのかと、今更ながら思いはやはり晴れない私です。

目　次

中華人民共和国
朝鮮民主主義
人民共和国
平壌
元山
休戦ライン
開城
東豆川
ソウル
仁川
水原
大韓民国
大田
完州
大邱
光州
智異山
釜山
順天
木浦
麗水
日本
下関
大阪
済州島

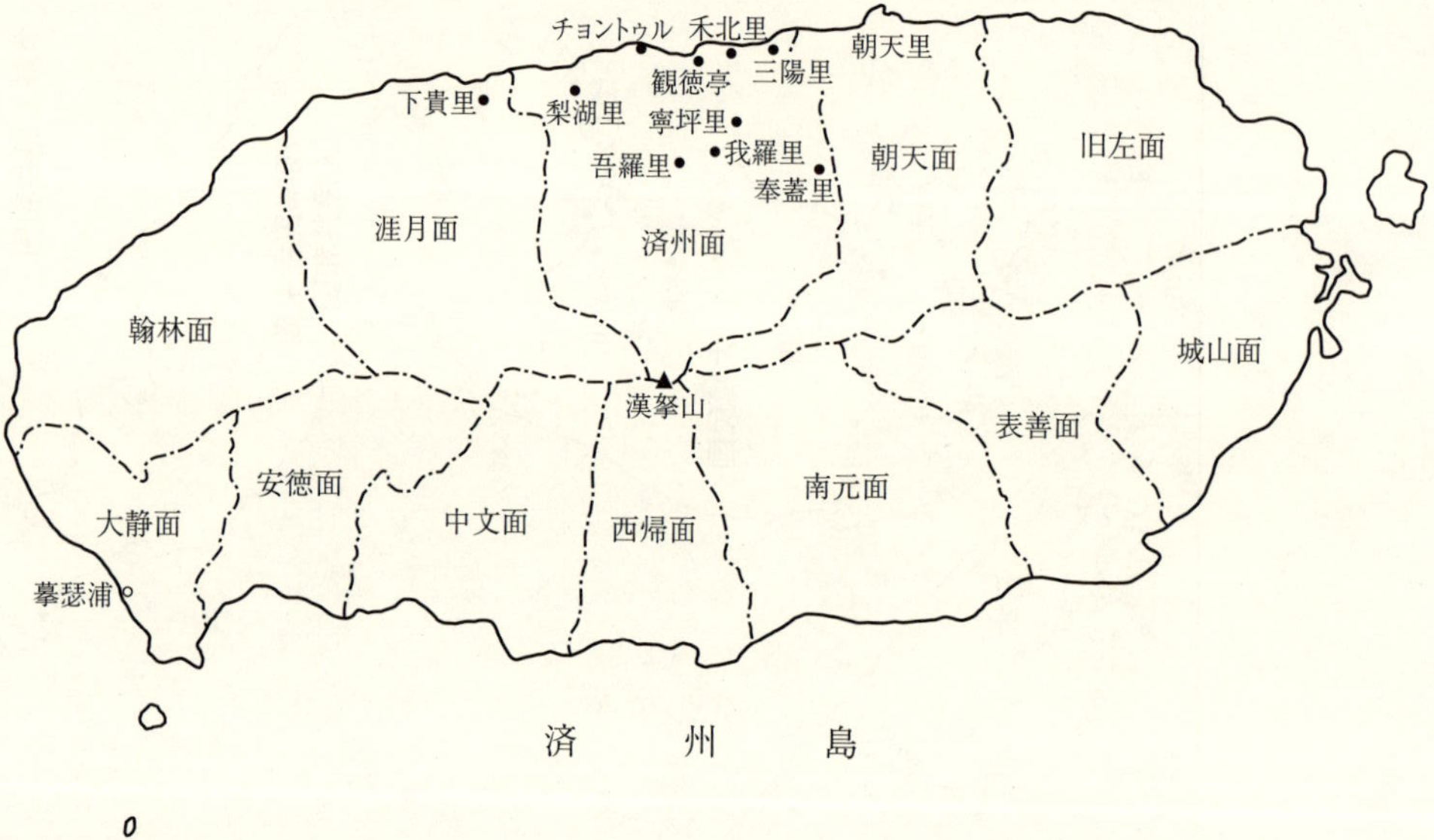
チョントゥル
禾北里
朝天里
三陽里
観徳亭
下貴里
梨湖里
寧坪里
我羅里
吾羅里
奉蓋里
朝天面
旧左面
涯月面
済州面
翰林面
城山面
漢拏山
表善面
安徳面
南元面
大静面
中文面
西帰面
摹瑟浦

済　州　島

第1章　悪童たちの中で

記憶の初め

行きがかり上、やむなく来し方を語ることとはなりましたが、自分のことを語るとなるとやはり話は生涯を分けた、というよりも天がひっくり返った夏の記憶から始まります。思いみたこともない祖国が突如蘇ったという八月一五日の、あの山をもどよめかしていた喊声があり、追われてひそんだ四・三事件(一九四八年四月三日、アメリカ支援による単独選挙に反対して、済州島で起きた武装蜂起事件)の、草いきれに蒸れていた、いたたまれない屍臭があって、ようやくたどり着いた大阪の、空腹に喘《あえ》いだ日照りがあります。

同族相食《あいは》んだと言われる朝鮮戦争もまた、むし暑い夏のことでありました。血みどろの苦難を強いられていた故郷を捨て、日本へ逃げを打った者の負い目から民族団体の常任活動家となり、三反闘争(反米、反吉田、反李承晩)に駆けずり廻っていたのもやはり、若い盛りの夏の記憶です。

私は十七歳のとき、言うところの「解放」に出会いました。当時は数え年の時代で、あくまでも年齢相応の十七歳でありました。その「解放」に出会ったとはいうものの、実際はこれがお前の国だ、という「朝鮮」に、いきおい押し返された私でした。なにしろ私は植民地統治という言葉すら知らなかったばかりか、「内鮮一体」と言われていた大日本帝国への帰属を、近代開化から取り残されている自分の国、朝鮮が開明されることだとむしろ自負めいたものをもちつづけていました。それだけに「解放」はまったくもって信じがたい異変でした。

あれから七〇年近い年月が流れて、私も人生の旅路の果てに至った身とはなりましたが、ぎらついたあの異変の日の、玉音放送に身をふるわせた衝撃は、つい先日のことのように刻まれています。まぶしいばかりに晴れわたった、いやにしずかな正午でした。

天皇陛下じきじきの大事な放送があるというので、家の中庭には近所の人たちが二〇名ばかりラジオを聞きに集まっていました。夏休みで帰省中だった私もその中の六、七名の青年団員の端に立ち並んで聞き入りましたが、それが敗戦受諾の放送と知り、天皇陛下への申し訳なさに胸がつまって肩ふるわせてむせびました。けっして誇張でなく、立ったまま地の底へめりこんでいくようでした。青年団員たちが戦闘帽の汗を口元をほころばせながらぬぐっていたのにも、気力がずるずる抜けていきました。なまじ解放に出会ったばかりに皇国少年の私がひとり、敗れた日本からもおいてけぼりを食っていたのでした。白日にさらしたフィルムのように私の何もかもが真黒にくろずんでしまって、励んで努めて身につけたせっかくの日本語が、この日を境にもう意味をなさない闇の言葉になってしまいました。それでも私は今に神風が吹くと、敗戦の事態もまた変わってゆくと、何日も自分に言い聞かせていたほど、度し難いとしか言いようがない正体不明の朝鮮人でした。

私は生まれながらにして昭和の〝御代《みよ》〟の恩恵に浴したひとりでしたので、当然のことのように日本人になるための勉強ばかりをしてきました。朝鮮で生まれて朝鮮の親許で育っていながら、自分の国についてはからっきし何も知りませんでした。後日、母はひとりっ子のお前を思ってお父さんも黙っていたのだと取り成してくれてはいましたが、言葉も土着語の済州弁しか話せず、文字もアイウエオのアひとつ、ハングルでは書き取れない私だったのです。それでいながら世代的には、蘇ったという祖国の展望を担うみずみずしい若者のひとりではあったのでした。

茫然自失のうちに朝鮮人に押し返されていた私は、山も揺れよとばかり町中が、村々が「万《マン》歳《セー》！　万歳！」と沸き返っていたそのとき、まるではぐれた小犬のように築港の突堤に佇《たたず》んで、「海行かば」とか「児島高徳《こじまたかのり》」の歌とかを口ずさんでいました。それしか知らない私でありました。

げに恐ろしきは教育の力です。いかに年月が経とうと教育の怖さを嚙みしめないわけにはまいりません。教育を一方的に管理する国家があったことを忘れてしまっては、悪夢はますますそのなかでほくそ笑むばかりです。現に愛国心の涵養を公然と口にする政治家が国会内でも増えていっています。私は皇民化教育による日本語にとりつくことで、実に多くのことを損ねました。なかでも自分の父をがっかりさせたことは、一生埋めようがない心の隙間です。その父についてはあとで、語ることとします。

教育は真実を教え、人が生きてゆくことの意味を教えることだとよく言われます。それだけ期待が教育に対して大きいということでもあるのでしょうが、現実はその期待が出世の手段に替えられてしまっているほど、教育そのものが真実であるわけではありません。真実を必要とする教育が別にあって、教育が必要とする真実がまた別にある、と言ってもいいのが今日の社会の仕組みです。

植民地朝鮮で教職に就いた日本の先生たちも、私の知るかぎり個々人には皆いい人たちでありました。朝鮮に入植した日本の人たちも、個々人には皆いい人たちであったに違いありません。やさしく折り目正しい人たちでしたのに、本当でない「本当」ばかりを知らされ、教えられていたために、個人の善良さというのは集約されると全体のいけないことに還元されてしまう。教師は口ぐせのように強く正しく生きよと教えていながら、それを受け入れる子どもたちが「強く正しく」生きることの目安を取り違えていくことが分からない。当時の私には「強く正しく」生きることはそのまま祖国の「朝鮮」から離れていくことでしかなかったのです。

教育のなかで本当のことを教えるとはどういうことか。正しいことを教えるとはどういうことかをこびりついた宿題のように考えますが、知らせる誰かがなんらかの形で周りにいつも居つづけないと、知ろうと努める小さい意識はまったくもって別の形で目覚めていきます。少なくともできあがっている価値観にすり寄っている関係では、見過ごされていることが見えてくることはまずないと言っていいでしょう。

「知る」ことのむずかしさを思うにつけ、身につまされてならないことが想い起こされてきます。猛毒サリンを撒いて日本中を震えあがらせたカルト集団、オウム真理教教祖の教えに帰《き》依《え》して生涯を誤った若い秀才たちのことです。名門大学の医科、理工科を卒《お》えた知識人でありながら、視野を狭めた教理に盲従するあまり自己を見失い、人とのつながりも社会との関わりも教祖の専断に従って、無残な結果を招来しました。

当然弾劾されねばならない彼らではありますが、私は自分の成長期の自己に照らして口ごもらざるをえないのです。皇国少年だった私と彼らが陥った信念との間に、どれほどのへだたりがあったというのでしょう？　大東亜共栄圏、八紘一宇《はっこういちう》（八紘とは四方四隅《しぐう》、つまり全世界を指し、一宇とは一つの家のことを意味する。つらねると世界は一つの家で、その家長が天皇であるという国粋思想）の皇威のためなら、特攻隊員にだってなる用意があった私でした。もし彼らが普通の一般的な社会生活を営んでいたなら、社会的地歩も経済的ゆとりも、選ばれた人たちの部類に属していたはずの人たちです。経済優先、実利鑽仰の社会風潮に疑問を抱き、このままでは日本は駄目になると、まじめに物ごとを考えようとした彼らがカルトの狂信にはまってしまった。その良心の発露がいじらしくて、身につまされてならないのです。

知る、ということは大方、そのように生きようとする範囲内で蓄えられる知識です。自分の得ているものが限られた領域の中のものであることを知ることは、知っていくことの手始めのようにも思います。

私はさきほど、朝鮮文字の「ハングル」ではアイウエオのアひとつ書けない少年だったと言いましたが、実際は朝鮮語を習う機会がなかったわけではないのです。小学課程の普通学校二年生まで、日本の年代では「支那事変」と言われた中日戦争が始まったあくる年の昭和一三年まで、週一時限の朝鮮語の授業がありました。たしか一年生のときは週二時限だったと記憶し

ますが、その年からまず朝鮮語の教科書が無くなっていきます。朝鮮語そのものの使用が禁じられるのは二年後の一九四〇年ですけど、朝鮮語を公《おおやけ》に使うことはそのまえから朝鮮総督府の施策として違反でありました。ですが基本文字、日本の五十音に当たる「가갸표《カギャピョ》」の一四〇字ぐらいは、覚えようとすれば十分覚えられるだけの授業時数はありました。

朝鮮語の授業

それでも覚えられなかった「ハングル」でした。どだい身が入らないのです。私だけでなくて、生徒の皆が朝鮮語の授業などどうでもいいと思っていました。はやく立派な日本人になって、天皇陛下の良い赤子《せきし》になることが何よりも大事なことだと毎日諭《さと》されていましたから、朝鮮語の授業はまったくもって余計な勉強だったのでした。そのような状態のなかで朝鮮語の授業は「支那事変」が始まった年の二学年いっぱいで無くなりましたが、それまででも朝鮮語の授業は、何かと別の課目になりがちな時間でした。

特に「支那事変」が始まってからはだいたい兵隊さんの奮戦ぶりを聞かされたり、紙芝居で皇軍の勝利を見せられる時間になりました。それに一年から持ち上がった担任の先生は髭剃《ひげそ》りあとがいつも青い、ペン画の得意な日本の先生でしたので、朝鮮語の時間になりますと、その先生が黒板に色とりどりのチョークで絵を描きながら、金太郎や桃太郎の話をするのです。日本人になるつもりの私たちには、その日本の先生が話す昔話だとか、紙芝居を見せてもらうことのほうがずっとたのしく面白いわけです。ですから朝鮮語の授業は、いつ無くなってもいい状態で無くなっていきました。

朝鮮語の授業は禹《ウ》先生という、「三角形」の異名をもつ朝鮮の先生が主に受け持っておられました。どうしたわけか右後頭部が切り立ったように内側へへこんでいて、めがねの片方のつるが浮いて見えるほどのおつむをしていました。あやしてもらえなかったんだろうね、と母は私に答えてくれていましたので、寝かされたままでいる乳呑み児が想像されて、禹先生はとても可哀相な育ち方をしたのだとひとり勝手に思いこんでいました。この禹先生の記憶と父の想い出とが重なって、私の今に至る自分の言葉が出来上がっているように思います。

あれは確か「朝鮮語」の教科書がなくなる年のまえの年、普通学校一年二学期の期末試験のときのことでした。当時はどの教科の一つでも欠点になると「落第」、今で言う原級留置になりますので、試験となると皆の目の色が変わるほど緊張したものです。その日は試験答案を返してくれる日でした。禹先生は度の強い近眼鏡をかけておられましたが、「三角形」の異名どおり風采のあがらない先生でした。

二人掛けの机にそれぞれ答案を配りかけていて、突然憑《つ》かれたようにしゃくり上げながら禹先生は答案をかざして立ちすくみました。眼の様子が見えないくらいメガネがくもって、体がぶるぶる震えているのです。何かただならないことが私たちのしでかしたことで起きているのだろうと、私たちはただ息をつめて見入っていました。

普通学校と言われていただけあって生徒の年齢もまちまちで、中には十七、八歳の青年までいました。その年長の生徒たちによるワルサだったに違いありませんが、それがなんと、申し合わせていたわけでもないのに、私までが同じワルサをしでかしていたのです。

気を取り直したように、禹先生は黙って銘々の机の上に答案をきちっきちっと配っていきました。私は十七歳で「解放」になって朝鮮語ではアひとつ書けなかったと前の方で言いましたが、なぜかそのときの試験問題の文句だけはたがえることなく今でもそらんじられるのです。それは次のような文句です。

ファチョド、シモッスムニダ。チャンチルル、ハプシダこれは「草花も植えました。宴《うたげ》をしましょう」と訳せますが、子どものままごと遊びを表した教材のひとくだりです。そのくだりがところどころ虫食いになっていまして、そこへ答えの文字を書き入れる問題でしたけど、どうしたわけか「宴」というときのチャンチの「ン」を書き入れてなかったのです。少なくとも私は意識して抜け落としたのではありません。この「ン」の響きは「あんない」というときの「ン」に相当する前舌鼻音の終声子音ですが、このN音を抜かしてしまうと、ご婦人方には説明しにくい「チアヂ」をしましょう、となる。あからさまに言えば「オチンチンをしましょう」、つまり「情事をしましょう」ということになってしまうのです。

当時の私の朝鮮語能力ではこれを付け忘れても不思議はなかったようなものですが、それでも背徳の意識に身をちぢこめたものでした。もともと、私より六つも七つも年上の生徒たちは「ハングル」の読み書きができる人たちでした。このことはそのまま植民地下の朝鮮には「義務教育」がなかったことを意味しますが、どうもそうは思ってくれない人々が日本には多くおられるようです。

収賄容疑で物議をかもした田中角栄氏は個人的には好きな政治家でしたが、首相の折、「植民地統治の是非は後代の歴史家が判断することではあるが、義務教育を施行してくれたおかげで勉強ができたと、感謝してくれる韓国の友人を私は沢山もっている」などと国会で答弁しているのですから、ただただ唖然とするばかりです。一国の宰相が言うにしてはあまりにも事を知らなさすぎます。因《ちな》みに事実をたどれば、植民地の朝鮮には義務教育が敷かれるまえに徴用、徴兵令が先に発布されましたし、「義務教育」は昭和二〇年一〇月一日をもって試行する、試験的に行うことを予定していた制度でしたので、戦争に敗れた日本は施行する義務を負う必要もなく朝鮮から立ち去っていったため、幻の〝善政〟にすぎないものです。

知らないこととはいえ、本当にうすら寒い話がまかり通る日本です。おかげで私は、恩恵だけをしいられる教育のなかでゆがんでいきました。小学生の初めにして朝鮮を保ってくれている教師をからかい、朝鮮語の面目を汚したのです。試験答案は四つに折りたたまれたまま私の内ポケットでぼろけていきました。七つそこらでもう人を辱め、親をだますことを覚えた私でした。その半白の藁半紙は今もって、私の内懐でけばだっている朝鮮のうずきです。朝鮮で朝鮮人の先生が、朝鮮の子どもたちに大事にされない「朝鮮語」の授業をなさっていたのです。その「答案」事件があって間もなく、学校の便所に「朝鮮独立万歳」と朝鮮文字で書かれた落書事件が起きまして、禹先生はその落書を書かしめた関係者とかで警察に連れていかれたまま、再び学校へは姿を現しませんでした。

「支那事変」がだんだん激しくなるにつれて、内鮮一体、日本と朝鮮は一つだという皇民化運動は国策標語ともなって町中にあふれ、私たち青少年も日本人になることに夢中になっていました。公の場での朝鮮語禁止は日増しにつよまり、学校内での国語常用（もちろん日本語のことです）は罰則付きの規則にまでなっていきました。ですが私には、〝真なること〟を学び取る手順のようなものでしかありませんでした。

週はじめには「罰券《ばっけん》」と呼ばれていたカードが生徒各自に一〇枚ずつ配られ、級友同士が目を光らせ合って、〝国語〟を使わない生徒を摘発し合うようになりました。獲物をせしめるすばしこさで、うかつに口を衝いて出る「朝鮮語」に飛びつき、一等速い者がお目当ての「カード」を一枚取り上げるのです。そのカードは「国語」の成績はもちろんのこと、「修身」「操行」から期末の席次にまで影響が及ぶ特権の「罰券」でした。私はこのスリリングなゲームでも、目立って堅実なプレーを発揮しました。失点は必ずと言っていいほど、その週のうちにカバーしていましたので、先生の思し召《おぼめ》しはことのほか上々でした。黒板に絵入りで身ぶり手ぶりの面白い話をしてくれる担任のやさしい井上先生も、土曜日ともなれば別人のように人が変わるのです。先生の言いつけで五、六本用意しておく竹の笞《むち》のほとんどが折れとぶくらい、一〇枚を割った生徒への愛の扱《しご》きはすさまじいものでした。自らが描く赤鬼そっくりの形相に、私たちはまこと息を呑んでちぢみ上がっていました。

それでも気疲れは先生の方に先にきたから不思議です。いかに「戒心棒」(このように呼ばれました)がしなろうと、先生ひとりの〝愛の笞〟では裁ききれないほど、不心得者が後を絶たなかったからです。そのうちちょっとしたコロシアム(闘技場)風景が、週末ごとの集計で賑わいだしました。

「クレメンタイン」の歌

学校が編みだした苦肉の新手に、生徒たちが血道を上げだしたのです。体罰が生徒どうしの制裁にとってかわって、「罰券」のカードを増やした者と減らした者との容赦ない平手打ちが入り乱れるようになりました。プラス一の生徒は元手をすった全部の者から一発ずつの勝利が味わえ、すった者どうしでもより多い者がより少ない者を打つという、違反した者への徹底した懲罰でしたので、すった者どうしの打ち合いはことのほか烈しいものでした。ほほもめげよとばかり、打たれた分の痛さを他人に返すのです。もはや懲罰でも制裁でもなく、それは目を剝《む》いた級友どうしの意趣晴らしでしかありませんでした。

そのようにして、さしもの〝朝鮮語〟も口をつぐんでいきました。生徒どうしの規制はようやく日常を取り仕切るまでに「国語常用」を居つかせていきましたが、それとは裏腹に学校での談笑はこわばっていくばかりでした。気をつけなくてはものも言えない間柄にあって、どだい言葉がのびやかになるはずはないのです。よくよくのことでもないと、自分からはものを言っていこうとは誰もしませんでした。

「国語」は用心ぶかく尻ごみがちに引き出され、カードは行った先で固定しました。誰かの失策でも誘発しないかぎり、失地回復はもう望むべくもありませんでした。不意をつく姑息さや、いやがらせが流行《はや》りだしたのはそれからのことです。待ち伏せたり、びっくりさせたり、かまをかけて陥れたり、とうとう均衡は緊張の隙間からほころびだしました。大事な「罰券」をこそげ取られて、「モッテロヘラ！」(勝手にしやがれ！)と、やけのやんぱちに投げ出してくる生徒が現れだしたのです。ありったけの「券」をいっときに振るまってしまって、あとは好き勝手にいけない「朝鮮語」を使いっぱなすのです。なんともふてぶてしい居直りでありました。一枚でも元手が減ろうものなら、たちどころ「モッテロヘラ！」となる。惜しげもなく

「券」をばらまいて、まるで楽しんでもいるかのようにくずれていくのでした。閉じ込められたはずの「朝鮮語」が一途な私をねじ伏せ、集計自体を滑稽な作業にしてしまったばかりか、「券」を持ちつづけるというまじめな気持ちをも何かうしろめたい、気恥ずかしいことに仕立ててしまっていました。もう違反がいくら相次いでも、誰もそれに飛びつこうとはしませんでした。それどころか「アーナ、カッコカンナ！」(やぁ、持っていけよ！)と、あざけらんばかりに束ごと差し出されたりもしました。私の優良児ぶりはすっかり形なしでした。屈辱に耐えて、自分の持ち分までも進んで教卓に積み上げる羽目にまで堕ちこんでいきました。

あげくは知恵がさかしく働きだして、珍妙奇天烈《きてれつ》な日本語まで飛びかう始末になっていきました。授業中「ウシロがミタイでーす！」と突拍子もなく立ち上がる生徒がいたりして、そのつど教室中が失笑に沸き、先生までが「ウシロではなくマエを見てこい！」とまぜっ返したりするものですから、いつしか学校中の決まり文句にすらなっていきました。これは便所へ用足しに行く、という朝鮮語「뒤《トイ》 보로《ボロ》 가다《カダ》」(dwi bo ro kada)の直訳で、「뒤」とは背後、うしろのことです。それをそのまま日本語にすれば「うしろを見にゆく」になります。または「星がきらきら光っている」というときの副詞「きらきら」は、朝鮮語では「총총《チォンチォン》」(chong chong)と言いますけど、鉄砲もまた同じ発音の「총」なのです。それをわざともじって「テッポウテッ

ポウ光っている」と言ったり書いたりする。

「おなかがコメコメ痛い」というのも一時よく流行った珍奇な日本語でした。「しくしく痛い」をこれみよがしに「コメコメ痛い」と言っているわけですが、朝鮮語での「しくしく」は「쌀쌀《ザルザル》」(ssal ssal)で、お米《こめ》も同じ発音の「쌀」です。そのお米の「ザル」をつらねて「コメコメ」とふざけているのです。のちに植民地統治の苛烈さを知るに及んで、このようにも日本語を茶化していた不遜さが当時のそれなりの反発であったことを思い知る自分になってはいきましたが、一途な皇国少年だった当時の私は、やはり〝朝鮮〟は駄目だとつくづく思ったものでした。

級友たちのこのような自堕落さにかぶさって、いっこうに日本的になってくれない父もまた私の気持ちを重くさせている存在でした。「支那事変」は日増しに激しくなり、徴兵制が取り沙汰されるほど国を挙げて戦時非常時一色に染まっていきますが、それでも父に変化は起きてきませんでした。昭和一四、五年と言えば朝鮮服のいでたちで町に出るのはなんとも肩身の狭い時代です。ところが父は臆するどころか、相も変わらぬ周衣《トルマギ》(外套のような外出着)姿で町を出歩き、それが人生のような荒磯がよいは毎日潮時に合わせてつづいていました。

使ってはならない朝鮮語しか使わず、職もなければ働きもしない父こそ「非国民」呼ばわりされても仕方がない存在であり、事実そのような生き方しかしていない人間でありました。町なかでは青年団の若者たちが、もちろん朝鮮の青年たちでありますけれど、朝鮮服で出歩く同胞の衣服にさかんに噴霧器で墨を吹きかけて回っていましたが、父は悪びれるどころか悠然と、そのただ中を行き来していました。墨で汚される父を想像するだけで、身のすくむ思いの私でした。思いつめた私は、墨を吹きかける青年たちと出会わない父を願って息をつめて水を三口呑むという、ひそかなおまじないを毎朝洗面時に上げるようになっていました。おかげでか、父は一度も服も顔も汚さずに済みました。今もって不思議でならない謎の一つです。

時節に合わない親をもって、皇国少年の憂鬱はいよいよ深まるばかりでした。だからといってその父が嫌いだったわけではけっしてありません。それどころか寡黙な中にもどこか威厳をただよわせている父を私は大変好いていました。それにもかかわらずその父が日を追って重荷になっていったのですから、新生日本人への羽化はやはりそれ相当の葛藤をかかえねばならなかったもののようです。進んで新日本人になっていった私でさえ、天皇陛下の赤子《せきし》となるには親と子の心に刺さるせめぎがあったのでした。親を超えなければ「日本人」にはなれなかった魂の喘《あえ》ぎなど、植民地の歴史をいくら繰ったところで見えてきはしますまい。それだけ私に居座った植民地は途方もなく根が深いのです。

私は少年時代を済州島《チェジュ》という朝鮮半島南端の島ですごしました。済州島は卵形状の旧火山島ですので、大きい港がないのです。北朝鮮元山《ウォンサン》市出身の父が済州島へ来たのは、その済州島の中心地、植民地下では済州邑城内《ソンネ》と呼ばれていた今の済州市の、築港工事に従事するためだったそうですが、釜山《プサン》で巡り合って暮らしはじめていた母の実家が済州市の旧家であったことも、たぶん関わっていたように思います。

父の素生については小学生のときから謎めいていました。築港工事の現場労働をした人にしては父は相当の物知りで、朝日、毎日等の日刊新聞もわざわざ取り寄せて読んでいましたし、日本語の本も家にはいっぱいあって、私が「トルストイ」という名前を知ったのも小学校低学年のころからでした。父の部屋に並べられてあった大判の革張《かわば》りの本、背文字まで金箔《きんぱく》文字がうってあった『トルストイ全集』から覚えたのです。おかげで乱読のくせは早くからつきました。解放されるまで父は、かなりの日本語の蓄えをもっていながら家族にはついぞ、日本語を口にはしませんでした。

釣り好きというよりも、そのようにして人生をすごしている感じの父は、自らもっこを担いで埋め立てたという突堤の岩場に、いつも同じ姿でしゃがんでおりました。私は小学校に通っている間中、父に夜食の弁当を届けるのが日課でした。決まって坐っている場所が三か所ぐらいありまして、釣っても釣れなくても坐っている父と夜の弁当を食べ合うのが楽しみで、せがんでまで弁当を届けに行っていたものでした。

私はよく弁当を届けに行ったまま親父の膝元で眠りこけたものです。そのつど父は口うつしにでも伝えるかのように、朝鮮語の歌詞で唄われる「クレメンタイン」の歌を口ずさんでくれていましたが、私は決まって、たどたどしくついて唄いながらうとうと寝入ってしまったものでした。

父母のこと

それほど好きな父でしたのに、その父が日を追って重荷ともなっていきました。「一億一心」の戦時非常時下で、「聖戦完遂」の総力から外れている父がなんとも恥ずかしくてならないのです。なかでも学校との関係ではずいぶんと辛い思いをさせられました。学校へ届けねばならない書類などに、父はそのつど「無職」とこともなげに書くのですから。「内鮮一体」の実《じつ》を今こそ挙げねばならない朝鮮で、職にも就かず働きもしない父が遊び人に見えて、本当に肩身が狭くてなりませんでした。学校の先生もまたそれを皆のまえでねちねち言うわけです。ですからなおのこと、私は「強く正しい良《い》い人間」になるべくがんばりもしました。

折もおり「創氏改名令」が施行され、学校も晴れて日本の学校と同じ「国民学校」に成り変わっていきました。掛け値なしの日本人に私もなれた気がして、鼻がひくひくしたのを覚えています。とうとう私は家の中にまで、「国語常用」をもちこむまでになっていました。めし、みず、べんとうといったたぐいの単語だけを押しつけて「国語」を知らない母を困らせていましたが、それでも母はおおよそのところを淋しい笑みで間に合わせてくれていました。しかし父だけはやはり別でした。少々のことでは表情を変えない父が、もろに不愉快さを隠さないようになっていました。短歌《ターンガ》や民謡《ノレカラク》の口ずさみも途切れがちになり、弁当を届けに行ってもさほども口をきいてはくれないのです。父と子がただ海を見つめて、何時間も坐り通す夜が幾度となくつづきました。父の不機嫌さは本土の中学に移ってからも同じでしたが、たまに寄こしてくれる返信だけは、さすがに達麗な日本文でしたためられていました。それがまた私の鼻を高くしました。

父は一九五八年、六十歳で亡くなりましたが、その年代の人としては知識人の部類に入る人でした。地元山で数少ない旧制中学の学生となり、卒業の前年に起きた三・一独立万歳事件のデモに加わって学校を放逐されて、かつての満州各地を放浪したあげく、巡りめぐって済州島に居ついた人でした。というのも実は、解放になって初めて知りえた事実でした。

私には本名とは別に幼名があって、「パウ」と言います。「岩《いわお》」という意味です。幼名とは言いながら母は私が中学生になってからでも、しばしば「パウやぁ」と呼んでいました。「やぁ」は終声子音のない人名の語尾に付いて呼びかける助詞で、目下の人か同輩の間で使われます。

母が高齢出産だったこともあって、私は母乳にありついたことがない乳幼児でした。人工ミルクのない時代、いかばかりの心労と苦労が私の育児にかかったことでしょう。その母すら私は日本に来ることで見捨ててしまっています。

私は極度の虚弱児で喘息《ぜんそく》まで病んでいました。葬儀を出すほどの状態が何度もあったと、母は言います。父が抱きしめて周りの誰も寄せつけなかったので、そのうち息を吹き返して助かったのだそうです。思いあまった母は民間信仰の習俗にすがって、釜山のなんとかいう泉のほとりの岩に私を売り渡しました。十八歳になれば買い戻しにきます、と泉の岩に誓約をたてての依託です。ところが十八歳のときの私はようやく目覚めた民族意識に駆りたてられて、学生運動から人民委員会の使い走りに明け暮れていたさ中でしたので、泉の岩への誓約など頭からふっ飛んでしまっていました。母は亡くなる直前までもその誓約を気に病んでいたと、後日人づてに聞きました。私にとっても母を実感するしこりのような誓約です。

「パウ」という呼び名は村落共同体に早くから根づいていた習わしの愛称だったようです。近所の悪童たちから時によっては大人までも、パウの私に出会うと申し合わせたように手を打って囃《はや》したてるのです。「パウよパウよ鉄のパウよ、日が暮れかかる鐘鳴らせ、カンカンカン！」。私はむきになって誰彼かまわず突っかかっていきますが、ますます面白おかしくあしらわれて、口惜しさに目玉がとびでんばかりになります。結局はひとり疲れて睨《にら》み返しながら強がってみせるのが、毎回のパターンでした。

憎まれっ子世にはばかるの裏返しとでも言いましょうか。からかわれて揉《も》まれているうちに負けん気も養われていったのだと思います。実際私はただの一度も泣いて帰ったことがありません。承知ずくの母は大変だったね、大変だったねと労《いたわ》ってくれながらも、少しも心配そうでない母が腹だたしくて、泣くもんか、と口を強く結んでいたものでした。

私は港湾都市釜山の、海辺の飯場で生まれたそうです。港湾工事の人夫頭だった父と母との馴《な》れ初《そ》めのいきさつは、二人とも口をにごしてはぐらかすのでついぞ聞けずじまいでしたが、母は齢《とし》が五つも上の再婚者でした。ですが見た目にはずっと若く、容姿のよくととのった人でした。初婚の夫は警察官で、本土の警察署に転勤して間もなく亡くなったといいます。数えてみれば一四、五年も一人で暮らしていたことになりますけれど、母はその間に産婆免状を取得しています。経験を評価しての認可だったようです。のちのち大いに助かった収入源になりました。

父には私が初子でしたので大そうな喜びようだったそうです。お祝いに集まった人夫たちと生まれたての私をボールでもトスするように祝い歌に合わせ次つぎと受け渡しているうちに、へその緒がほどけてあわや一大事になりかけたほどの騒ぎだったといいます。そのせいでか、どうか、私は国民学校五年生ごろまで出べそでした。もっとも四六時中泣いてばかりいた虚弱児でしたから、出べそは腹圧による必然の現象だったのかも知れません。

三歳になった年の春、私は元山の祖父のところへ引き取られていきました。母は精魂尽きかけていたのでしょう。父の姉が来て連れていったといいますが、六歳の春までこの伯母《コモ》がつきっきりでした。手の大きい伯母として記憶しています。祖父は長老格のクリスチャンでしたが、家伝の漢方秘法があるとかで、煎じ薬と丸薬ずくめの三年をすごしました。私が歌唱好きだったのも、祖父の家でなじんだ賛美歌がその基を成しているように思います。

どのような理由で済州市暮らしが始まったのかわかりませんが、祖父のところから戻ってみると母は一等の目抜き通りで大衆食堂と料理店を営んでいました。父は奥の離れで毎日友人らと談笑している韓服《ハンボク》(朝鮮服)姿の紳士でした。それでも港湾の築港工事に従事するため、済州に来たと母は言っていました。のちに国民学校となる公立北小学校は一〇〇メートルそこらしか離れていない、ついその先にある学校でした。なまじ小銭が廻る家の一人息子だったばかりに悪童たちからつきまとわれる、気が滅入りそうな日々が早くもその公立小学校で待ち受けていました。

祖父の許での漢方治療のおかげで、小学校(当時はまだ「普通学校」でしたが)に入学できるまでの体にはなっていました。しかしなにかと熱を出しては咳《せ》きこんでいました。大勢のなかで揉まれる方が鍛えられるとでも思ったのでしょうか。父は数え七つの私を入学させますが、案の定、高熱にうなされる熱病に見舞われて通学がかなわず、翌年また新一年生をやり直しました。診断による病名は腸チフスだったといいますが、これは誤診だったと今でも思っています。医者はすぐ腸チフスと言う、と父も洩らしていたほど、当時は腸チフスがやたらと流行っていたそうです。

新一年生になるときから私はまことにもって、通学のいでたちに困惑していました。母の思い入れがそのまま現れているような、濃紺のダブルのセル服に編み上げの革靴。胸のポケットには白いハンカチ。あまりにも周りの子どもたちと違う姿格好に、むしろ当の私がおずおずしていました。ひけらかしている自分が子ども心にも見えていて、遊びの輪にもなかなか入っていけませんでした。

はやばやと、私の受難はやってきました。三、四年の上級生の何人かが私を取り囲んで、私の靴に運動場の土砂を足でかけはじめることから事は始まりました。カネモッテコイ、アメダマモッテコイと連日すごまれるのです。それで仲良くなれるのならと、目ん玉アメと呼ばれていた二箇一銭の、ビー玉の倍ほどもある黒飴を一〇箇ぐらい持っていって要求に応えていましたが、すぐさま追いつかなくなりました。

悪童たち

あげくがお裾分けにありつけなかった悪童たちの、口さがない罵《のの》りを受けねばなりませんでした。「ユクチセキ!」つまるところ私の父をそしる罵声を浴びせてくるのです。「ユクチ」とは「陸地」、本土の朝鮮半島を指して言う済州島独得の言い方で、言外に余所者、流れ者という忌避感覚が働いています。「セキ」は獣類の仔の「匹《ひき》」に当たります。良く言って「陸地の餓鬼め！」となる悪口ですが、本土と済州島との、歴史的時代的しがらみが下地にあって露呈する、済州人通有の感情であるとも言っていい罵りです。このことについてはまたあとで話すとしましょう。

ともあれ済州島は自分が育った故郷です。当然愛しています。ですが体感的には未だに、どこかへだたりを感じるところでもあります。当時の低学年の私がもし今の時代の小学生だったなら、私は確実に登校拒否生徒になっていたことでしょう。

へこたれもせずに本当によく通いとおした小学校でした。卒業までの六年間、私は毎年皆勤賞を受けましたが、とりたてて喜んだこともない私でした。休もうにも休めない距離の学校でしたし、何よりも父、母に学校でのいざこざを知られるのがいやで、気張って通った学校だったからです。

それでも母には「皆勤賞」は特別な賞だったようです。額に入れて飾りたいのにそのつど父に拒まれて、せっかくの賞なのにと折あるごとにこぼしていました。ですが病気で新一年生をやり直した一学年の皆勤賞だけは、特別扱いで父の部屋に飾ってありました。やはりあれが一番だと、稚《おさな》い私も思ったものでした。

「国民学校」に成りたての三年生のころまで、悪童たちとのいさかいは日課のようにつづきました。退校時をねらって取り囲むので、先生の目につくことはめったとありません。飴玉に加えて当時はやっていた「パッチ」という、ペッタン遊びの絵札までせびってくるのです。皇軍の戦闘模様が厚手のボール紙に色刷りで印刷されてあるカードですが、丸いのと横長の四角いのとがあって、そのどれかを相手の絵札に打ちつけて下に入りこむか、ひっくり返すとそれを取り上げることができるゲームです。

私の「パッチ」はいつでもまっさらでした。城内《ソンネ》に一店しかないオモチャ屋で毎日のように買っていましたから。それで仲の良いお友達ができれば安いもの、とでも母は思っていたのでしょう、そのためのお小遣いを惜しみませんでした。それに私はかわいそうなくらいその「パッチ」遊びが不得手で、「パッチ」を打ちつけると必ずと言っていいほど地面を叩いて、指を腫《は》らすか血をにじませていました。

私はいつも勢子役のひとりでした。また古びてよれよれの絵札と自分のさらの絵札とを交換する、気前のいい立会人でもありました。威張る悪童ほどさらの絵札を欲しがりますので、この取り替えは大いに友好維持に役立ちました。おかげで私はどの遊び仲間たちからも誘われるまでになっていましたが、劣等感はなおのこと募ってもいました。絵札がさらだということは、自分では一枚も闘い取ったものがないということでもあります。友好のためのお小遣いを毎日くれている母にすまなくて、さも自分がせしめてきたもののように、交換した古びた絵札を家の机の上に積み上げて見せびらかすのですが、心の内ではそのような自分がいっそうみじめでもありました。私のペースに乗った母だけが上機嫌で、父は顔を合わせても一瞥《いちべつ》しかくれないのです。小鼻がやや脹《ふく》らむくらいでした。どうやらすっかり見透かされていた私だったようです。

私は信心するものを持っていない男ですが、それでも自ずと掌《て》を合わせることはよくあります。つまりは祈ることを信じてはいるのです。そこにはいつも母の像があります。ひたすら息子の平穏無事を願いつづけた母の、見返りのない生涯が私をして掌を合わさせるのです。祈りとはそもそも思いを尽くす相手側、対象に御利益《ごりやく》があることを念じる純粋な願掛けのことです。祈りだからこそ祈りは信じられていいものです。思いを託せることへの感謝があって、掌もまた自ずと合わさってゆきます。私にとっての神々は人智のとうてい及ばないもののことですが、見も知らぬ初めての地、誰ひとり頼る人とてない日本に嵐にでも吹かれたように漂着して六十余年、それでも何かと扶《たす》けてくれる人が次つぎ現れて、その慈しみで今日まで生きてくることができました。なんらかの加護が働いているとしか思えない私の在日の暮らしであります。

今でも目に浮かぶのは朝夕のご飯を炊くたび、竈《かまど》の釜の蓋を開けてしゃもじを立て、一心に祈りを上げていた母の姿です。

「人様に憎しみを売るようなことがなく、人様からそしりを受けないパウでありますように。長いつながりの友達が沢山できて、周りから慈しまれて生きるパウでありますように」。育ち盛りの私には迷信の呪文としか映りませんでしたが、息子のためを思っての願掛けであることだけは、幼少のときからよく伝わっていました。

母の心配は何よりも私が一人息子であるということでした。一人息子が嫌われるのはわがままだからだと、「独り占めはいけません。分け合いなさい。なんでも先に手を出してはなりません。食べ物でもけんかでもそれは同じです」と友達ができるための心得を母は毎日のように口にしていましたが、それでも目に余るほど服をよごして帰ってきた日などは、少しも息子をかまおうとしない、そのように見えている父への不満をまた繰り言のように洩らしもするのです。

母にすると学校へ申し入れに行ってくれるとか、言いがかりをつける悪童たちの親に抗議をしてくれるとか、親父の威厳で息子をかばってほしいのに父は子どものけんかだと、一切かまおうとはしませんでした。ですが私には、男どうしの信頼で父とはつながっているという自信があabrました。大いに遣り合って帰った日でも、いつものようにニッと白い歯を見せてくれる父が何よりの励ましでした。「よくがんばったな！」という父からの男同士のあいさつでした。

三年生の中ごろからだったでしょうか。母もようやく目立ちすぎるわが子のいでたちに気がついて、私の通学服は普通の学生服、襟《えり》の付いた黒の木綿服に着せ替えられました。しかし私にはさしたる変化ではありませんでした。もうそのころにはダブルのセル服に対するやっかみも下火になっていましたし、私が進んで上着をぞんざいに脱ぎ捨てておいたり、よごれることを気にしないで土まみれになることにむしろ快感すら覚えていた時期でしたので、もはや私のいでたちは特別なものではなくなっていたのです。やたらとよごして帰る特製の服に、母が音をあげたというのが本当だったのかもしれません。

このころともなると私の根性のほども、級友たちから認められてきていました。ねだられるというよりは相談ずくで私が用意をするといった関係にだんだんなっていったのです。父が月ぎめで注文してくれる少年雑誌の『少年倶楽部』や、一連のマンガ本『のらくろ』、『タンク・タンクロー』、ときには大人用の『キング』といった読み物が奪い合うようにもてはやされて、廻し読みの仕組みがいつしか悪童たちの取り仕切りで出来上がっていました。順番をめぐっての小競《こぜ》り合いも時々ありはしましたが、私がもろにいびられるようなことは目に見えて減っていきました。

　私もようやくいろんなグループの遊び仲間に入れてもらえるようになってきましたが、それにしても私は遊び方がなんとも下手でした。夢中になってがんばるのですが、ひとり負けがこむし、連係プレーでもどじってばかりでした。私は結構すばしっこいのに、「チェッキ」(十円硬貨ほどの一銭銅貨を長さ三〇センチほどの障子紙の真ん中でしぼって、余った先っちょを羽子突きの羽子のように髭状に刻んだ遊具。これを履物の土踏まずの部分で何回蹴ることができるかを競う遊び)や「コンギ」(飴玉大の小石五箇を投げ受けする、日本の石な取りに似た遊び)といった技巧が加わる遊びとなると成果はさっぱりです。私は自分のこの不器用さが、いくら考えてもふだんに遣り合うことができる兄弟がいないせいのように思えて、大家族の級友たちをどれほどうらやましく思ったことかわかりません。

兵隊ごっこと凧あげ

それにしても私の不器用さは目にあまるほど特別なものでした。想い起こすと今でも口惜しくてならないのが、低学年の折の「図工《ずこう》」の授業です。私だけが白絵の色塗りをさせられていました。指を切るとかで、肥後守《ひごのかみ》とか工作用の切り出しナイフを持たせてもらえないのです。屈辱などというむずかしい言葉はもちろん知るはずもない私でしたが、ひとりクレヨンを使っている自分が情けなくて屈辱のなんたるかを本当に味わっていました。

母の取り成しはきまって同じいたわりでした。「ゆっくりやりなさい。ゆっくりやれば必ずできるパウなのだから」。それでも効き目のない母の説得がもどかしくて、本当にゆっくりやればどうなるのかと、駆けっこをゆっくり走って先生から大目玉を喰ったこともありました。嘘のような本当の話です。どうやらそれが、私の造反の始まりだったようにも思います。

実を言うと神さまはそれなりによくしたものでして、私にも皆の目を引くだけの得意な技がありました。当時は「走り方」といわれていた駆けっこです。北国民学校の秋期大運動会は町なかが空《から》になるほどの大イベントで、まるで城内挙げてのお祭り日でした。大観衆の声援を浴びるクラス対抗のリレー競走でも私は選手に選ばれていましたし、駆けっこではほとんど一等賞を手にしていました。走りながらでも父の居所がわかっていて、この時ばかりは大いに得意満面の私でした。

国民学校になってからは戦意昂揚の風潮が「兵隊ごっこ」をはやらせて、城内の地区ごとに兵隊ごっこのグループが勢いを競っていました。足の速い私は引く手あまたなほど、下士官の位で誘われました。敵陣の司令部にいち早く花火の爆弾を投げこんだ方が勝つ戦争ごっこでは、殊《こと》の外《ほか》私は目覚しい働きをしました。少々の高さなど一気に跳び越え、くぼみだろうと石垣だろうと小川だろうと、一直線に敵陣目がけて駆けこんだものです。擦り傷や打ち傷など気にも留めない私でした。何よりも仲間に入れてもらえている自分が嬉しくて、仰々しいまでに塗ってくれる「救護班」の赤チンキを勲章に、意気揚々夕やみ迫るなかを引き揚げたものです。私は中尉にまで昇進したことがあります。

冬場ともなれば今度はグループごとの凧《たこ》合戦が始まります。少年期の私の済州島を繋《つな》ぎ留めている、この島ならではの風物詩です。今でも目をつむると、夕日にひらひら糸の切れた凧が流れていきます。それを追いかけて走りに走った私が、今も畠の畦《あぜ》で弾んでいます。

風が強いことでも知られている済州島ですので、自ずと凧あげの技術も発達したのでしょうけれど、凧を操る妙技のほどは他に類を見出せないほど水準の高い技法です。世界文化遺産にでも登録できそうな民俗遊戯のこの凧あげが、済州島の市街開発で痕跡すらとどめなくなったのは、なんとも惜しくてなりません。凧あげの遊びにも、あの当時の時代風潮は表れていました。日の丸や軍艦旗の旭日、または進軍とか勝利といった文字が凧の面で筆太《ふでぶと》に躍っているのです。凧合戦の覇を競うのはみな、やや長方形の四角い凧です。真ん中に風抜きの丸い穴が空いていています。それぞれグループの特徴を表す図案が施されていますが、「パトクヨン」（碁石凧）と呼ばれる凧合戦の雄の印の凧には、一目の敬意を表して近づかないようにしていました。碁盤目状の升目が白黒交互に塗り分けられていますので、遠くからでもすぐ目につきます。その升目の配置や凧の面の按分比率でどのグループかの見分けがつくのです。この階級《クラス》の凧あげとなると神技に近い〝操凧術〟で他を圧します。一〇〇メートルそこらぐらいはざらに揚がっていまして、その凧を「オルレ」という糸繰り枠《かせ》でもって自由自在に扱います。

上にも横にも下へも、さらには後ろの方へもへこへこと凧は延びていって凧糸を巻き取ったりゆるめたり、挑んでくる相手の凧と糸を切り合うさまはまこと息を呑むばかりです。相手の凧をねらって横から挑みかかると、相手はそれをかわしてもぐるか急上昇するかで優位な体勢を取り合います。糸が相手の凧糸に掛かればきりもなく糸を繰り出してその糸が足らなくなるか、継ぎ足した糸の結び目に引っかかった方が切られてしまうのです。なにしろ貴重な凧糸ですから、切られた方の使い走りは後追《あとお》いをするやじ馬らと一団となって、ゆらゆら落ちてゆく凧を一目散に追いかけてゆきます。凧と糸は早く追いついた者たちの物だからです。先頭の集団には当然私がいます。

凧合戦に加わるまでになるには、何よりも強靱《きょうじん》な凧糸を作らなくてはなりません。その元糸《もといと》となる糸をタンサシルと呼んでいましたが、タンサとは中国産絹糸の「唐絲《タンサ》」のことですので、たぶんそれほど貴重な糸(シル)、という意味で使われたのだろうと思います。実際は固撚《かたよ》りの工業用ミシン糸でした。これとて手を尽くして手に入れる結構高い代物です。まず糸束を、うすく溶かした膠《にかわ》の汁にひたします。その糸を再度生卵の汁に通して手繰《こ》り取り、ひと晩夜露に打たせてから乾かします。その糸に細かく砕いたガラスの粉を米飯を捏ねて練った糊で付着させて凧糸は仕上がりますが、その強さは指でも落ちるほど鋭いものです。シュンシュンと鳴る凧を巻き取るときの糸鳴りの音が、今も耳をすませば聞こえてきます。

ながながと凧あげの蘊蓄《うんちく》を傾けてきましたが、これとて私のコンプレックスの裏返しです。

白状すれば、一度だって自分の手で凧を揚げたことなどありません。オルレは凧を繰る者のステータスシンボルともなるものですので、樫《かし》や檜《ひのき》などの堅くてずっしり重い材質を選んで作られますが、私のオルレも母が大工に頼んで作った特製の器材でした。何の材質かは覚えていませんが、茶褐色の見るからに上物のオルレです。持ち物だけは一丁前に揃えていながら、それを私は全然使いこなせないのです。特にオルレは凧の風圧に引っ張られて一メートルそこらも巻き取れませんでした。四〇センチほどの横木を四角い四本柱のように組み合わせた枠《かせ》の中心を細い棒の把手が平行に通っていて、右手でその把手を、左手で横木の一つの先を握って反動をつけて巻き取るのですが、私にはとうてい真似もできない技でした。

それで、というわけでもありませんが、自分の技倆のほどをとくと知っている私は進んで使い走りの後追い役(糸を切られた凧を追いかける役)を引き受けて得々と走りまわっていました。自慢のオルレはというと、ボス格の上級生の専有物になっていて、私は毎日、持って帰る保管者でしかありませんでした。それでも目を細めている母がうらめしくもあり、無性に腹だたしくもありました。

ところがやはり、母の諭しは有効でした。よんどころなく日本に来てこの方、自前で生きてゆくしかない境遇に立たされてから、さしもの不器用さも徐々に克服されてきました。本箱とか整理棚とか、間借りの狭い空間を目いっぱい使うにはいやがおうでも自分で工作をやらねばならなくなり、のこぎりも真っ直ぐ挽《ひ》けるようになっていったし、釘打ちも指を打たずにできるようになりました。「チョンチォニ、チョンチォニ」(ゆっくり、ゆっくり)とつぶやきながら、時間はかかりますけどそこそこ見場も悪くない工作が、来日のおかげでできるようになっています。

たしかに不器用な私ではありましたが、選り好みだけはしない私でした。何事につけ人一倍好奇心が働くのです。薬売りが客寄せに奇術を見せびらかしています。もう少しで卵が孵《か》えるという口上を信じて、日がな一日ひよこが孵えるのを待ちとおした市《いち》の日がありました。しかも一度や二度でなく、三度も四度も。客を集めては卵をネルの袋に入れ、待っている間《あいだ》に効能の説明をし薬を売り、客が散じるとまた初めから目の前で卵が孵えると客を集め、いつになったら見られるのかとまたたしかめに市に行きます。それでも私の好奇心は疑うことを知りませんでした。あのひよこはさぞ、袋の中できゅうくつだろうなぁとずっと思っていたものでした。

やがて凧は内地(日本本土)の和凧に取って代わり、固唾《かたず》を呑んで見上げていたあの凧合戦は、ついに視界から消え去りました。年が明ければ「大東亜戦争」が始まる、六年生の私でありました。

第2章　植民地の「皇国少年」

皇国少年の日々

私に見るかぎり、皇国臣民化はこの上なく順当に進んでいました。中学への進学を控えてそれなりに気の重い学期をすごしていた私でしたが、その年も押し詰まった一二月はじめ。ハワイ軍港の米艦隊を電撃的に打ち砕いた日米開戦の大戦捷《せんしょう》は、思わず万歳を叫んだほど、いや講堂を埋めた全校生が同じく叫んでゆらめいたほど、誇らしく、嬉《うれ》しく、進学のもやもやまでがふっ飛んだ感じの晴れやかな私になっていました。

時は来た、という思いでした。少年戦車隊のような、学校でも奨励しているどこかの兵学校に進むべきだと、親に無断で担任の「豊田」先生に勇んで申し出ました。あとで知ったことですが、この「豊田」先生は当時はまだ訓導、今で言う教諭ではない代用教員の朝鮮人教員で、めったやたらと平手打ちを喰らわせる猛烈な大日本帝国教員でありました。栃木県にあるという戦車兵学校の入学願書が素早く用意され、保護者の署名捺印が必要だと、にこやかに手渡されました。

このとき初めて、父の落涙を見ました。それほど親を捨てたいのかと、ぼそりとつぶやかれてご自分の部屋に籠《こ》もられました。願書は翌日父が直接学校へ突き返しに行き、一人息子なので死なすわけにはいかないときっぱり言い切ったそうです。豊田先生は私を立たせて怒気も露《あらわ》に怒鳴りました。「なんちゅう人間だ、おまえのオヤジは！　内申書はもうないものと思え！」。教室中が深閑《しんかん》となり、授業は自己反省の自習に取って代わりました。

内申書の評価が低くては、進学はおぼつきません。気を揉んだ母のなんらかの取り成しもあったせいか、そのうち豊田先生の機嫌も収まって、父の意向どおりの師範学校への受験とはなりました。教師は徴兵されないという、巷間のうわさを当てこんだ父の良からぬ思惑が見えみえで、気が咎《とが》めてならない私でした。それでいながら教員と詩は、打って付けのような気がしないでもない私でもありました。

そう言えば私は、国民学校四、五年のころから詩、らしきものを書いていました。金容燮《キムヨンソプ》（当時は創氏改名の金山容燮《ようせつ》でありました）という兄貴格の級友がいて本を読むことも競い合っていましたし、二人で新聞のような手書きの文集も作ったりしていました。詩も私より早く書き始めていて、少年にしては感傷的なことが嫌いな友人でした。

「とんぼを捕るな、／翅《はね》がこわれる。」

「少年はかなしいのです。／大人の目の届かないところで／かなしいのです。」

「夜の理髪店は／金の小箱の小人のようだ。」

私に居坐っている、少年金容燮のいくつかの詩のフレーズです。

当時の私は、もっとも「解放」になってからでもそうでしたが、詩と言いますと北原白秋や島崎藤村のような、口の端《は》にのぼりやすく、そこはかとない情感を伝えてくれるものを詩と思い込んでいました。とりわけ私は淡谷のり子さんが唄った「雨のブルース」が好きでして、あの歌の歌詞を非常にいい〝詩〟だと思っていたのですから、推して知るべき当時の私です。この歌詞の〝詩〟をめぐっては金君と口喧嘩を何度もしたくらい、彼と私の〝詩〟の隔りは大きいものでした。やはり並みの才能ではなかったように思います。

五年生の春の遠足のときのことでありました。入り江の海辺でしたが、小犬が漁師の使う太めの紐《ひも》で、これは渋柿でしごいてある強靱な紐ですが、その紐を首輪がわりにくくられたままさまよっているのを見かけました。家に帰ってきてからもそのことが気になって、おちおち眠りもこない。犬が大きくなるにつれて、あの紐が締まったままだったらどうしよう。まるで自分の首が絞まっていくように心がうずいたのです。そのことを金君に息苦しくてならないと話しましたら、彼は私の手を握って「光原(これが私の日本名でした)！　それが詩なんだ！　おまえの詩はそれなんだ」と諭してくれました。振り返って思うに私の詩はそのとき、一つの方向が定まる目安を植えつけられたように思います。

その後、別々の中学校に行きましてまもなく「解放」になり、澎湃《ほうはい》と湧き起こった民族自立運動に私も身をゆだねたあげく追われる羽目に陥ってしまって、余儀なく日本で六十余年もすごしてきています。当時の風聞によりますとソウルの高麗大学校を出たはずの彼は、朝鮮戦争休戦後ずっと、「チゲ」(しょいこ)を担いで港の荷物運びをやっていたとのことでした。それからも五十数年が経ちます。いつか彼の作品が韓国の文学雑誌とかに載らないものかと目を配ってきましたが、ついぞ金容燮の名前には出会わずじまいでした。彼の生存すら知らないまま年月だけが果てしなく流れ去りました。あの金君のことですので、軍事強権下のあらゆることが彼には受け入れがたかったことでしょう。どこかで飄然《ひょうぜん》とのたれ死にをしたか、それともどこかへ引かれていったまま消息を絶ったかわかりませんが、奇行とも思える「チゲ」担ぎをして、辻説法三昧にふけっていたという彼の生き方に、解放されたはずだった祖国の混迷と傷心を改めて噛みしめずにはいられません。

どうやら私にはいくたりもの少年が混在していたようです。不器用で好奇心いっぱいの少年がまずいましたし、言いつけをよく守って、精いっぱい皇国臣民でありつづけた少年もいました。それに意地っ張りで、感傷的で、歌や詩歌が好きな少年も同じようにいました。金容燮君の気の重い話をしたあとで言うのはどうも場が悪いのですが、大東亜戦争と言われたアメリカとの開戦に有頂天になった私の皇国少年ぶりは、特異にして普通でもあった植民地統治下の人物像でもありますので、やはりその後の話を記すとします。

　まことにもってたわい無いことでありますが、生まれた日が天長節（昭和天皇ご生誕の日）と同じ四月二九日の級友がひとりいて、もうひとり二月一一日の紀元節（神武天皇即位の日）に生まれた級友がいました。私にはその二人が羨ましくてなりませんでした。このいずれの祝日も、講堂での祝賀式のあと紅白の饅頭がもらえて、授業はお休みでありました。さも自分たちのおかげで紅白饅頭が配られているかのような、かの二人のはしゃぎようでありました。

　ところが思いもよらない栄誉が私にもやってきました。日米開戦の一二月八日が大詔奉戴日と定まり、毎月八日は朝礼時に式典が挙げられるのです。東方遥拝（宮城の方向へ向かっての最敬礼）、皇国臣民の誓い斉唱、「海行かば」、「君が代」の合唱。毎回ふるえるばかりの感動でした。なんとその大詔奉戴日の一二月八日は、この私の生まれた日でもあったのです。四大節（元旦、紀元節、明治節、天長節）は年に一度の祝日ですのに、大詔奉戴日は毎月式典があるのですから、ただ紅白饅頭がないのはいささか残念でしたけど、それでも私は何か選ばれた人間になったような気さえしたものでした。それだけに人一倍励まねばならない、皇国少年の私でありました。

私には早とちりのくせがあってよくしくじりを重ねたものですが、幸か不幸か、曰《いわ》くつきの私の誕生日も実は、旧暦の一二月八日(一九二八年)であることを解放になって知りました。それを承知で大詔奉戴日に合わせていた自分がそこにいたような気もしないではなくて、その卑屈さに顔が赤らみもしましたが、それが却って免罪符を得たような、反面また一途だった自分がとたんに消えてしまったような、思春期の空白をかかえもしました。望んだこともない「解放」に出くわして、無知だった自己への反動のように学生運動になだれていった私でしたが、それを痛切に思い知らせてくれた直接の動機が、この誕生日にまつわるあまりにもご都合主義的な自分のピエロぶりでありました。

この大詔奉戴日には異様にすぎて哀しくもあった、世紀末的風潮もからみついていました。毎月の八日には割り当てられた地区住民の、総出の神社参拝がありました。小高い丘の頂上にしつらえてある護国神社の急な長い石段をぞろぞろ、普段着のままの朝鮮服のお年寄りたちがダラダラ登ってゆくのです。一礼して鈴を鳴らし、柏手を二回打って最敬礼する、と幾度となく言われているはずなのに、この冴《さ》えない皇国臣民たちはてんでんばらばら、お寺参りかシャーマンのお堂めぐりと同じく手をすり合わせて祈っていました。これでは戦争に勝てるはずがないと、一途な皇国少年の私は顔を曇らせて嘆いたものです。やっぱり「大東亜戦争」は、私が案じたとおり負け戦《いくさ》で終わりました。

植民地はやさしい歌とともに

植民地人の朝鮮人が皇国臣民になるためには、それ相当の規制と強制が働いて人間改造がなされていったはずなのに、私はどうしてそうも日本人であるための日本語に執着し、当時の自分に愛着すら覚えているのでしょう？　考えられることはいくつかありますが、まずもって言えることは私の知力の基を成しているものに日本語があるからだろうと思います。暗黒時代と言われる植民地統治下で成長したにもかかわらず、ほのかな香りまでも呼び起こしそうな記憶が、日本語に彩られてひそかに私の体の中に抱えられているのです。

自分の未来のすべては日本語にかかっている気がしていた私でしたので、日本語の勉強は少しも苦になりませんでした。読むだけの本はいつも父が揃えてくれていましたし、私も本の虫のように読むことが好きでしたので、朝鮮語が使用禁止になっても私にはなんの差し障りもありませんでした。ところがある冬の日の朝、思いもよらない形で私の思い上がった日本語が制裁されたのです。

国民学校に成り立ての四年生のときのことでありました。焼き印を押されたように当時の校長先生の名を覚えていますが、宮本不可止という古武士然とした厳《いか》めしい先生でありました。朝礼までの時間、運動場へ出てきて、そろそろと見廻ってはだしぬけに詰問するのです。ちゃんと日本語で答えられない生徒は、答えられるまで頰面《ほおづら》を張られるんです。または遊びに夢中になってつい朝鮮語を口走った生徒をつかまえては、それははげしい往復びんたを何発も張りとばします。ですから校長先生が動き回るところはさわがしさが静まっていくくらい怖いものでした。

日本語にはそれ相応の自信を持っていた私でしたので、校長先生を怖がったりはしませんでしたが、霜枯れたある朝、とうとう宮本校長の愛のしごきに見舞われる羽目に陥りました。突然先生が来て「これはおまえが落としたんだろ?!」と言うのです。見ると縄跳びをした荒縄の切れ端が落ちている。身に覚えのないことだったので、私は臆することなくはっきりと否定したのですが、その否定の仕方が習慣づいている自分の国の、言葉の仕組みでの答えだったのです。

朝鮮語は英語と同じように「である」か「でない」か、つまり「Ｙｅｓ」か「Ｎｏ」しかないので、そうでないという朝鮮語の丁寧語は「アニムニダ」と言います。直訳すると「でありません」です。違うってことですね。それで昂然と「違います」と答えたんですが、とたんに目も眩《くら》むばかりのびんたを横っ面に喰らいまして、朝礼が始まるまで平手打ちは続きました。「おまえが落としたんだろう?!」「違います」「そうだろう?!」「違います」……寒い朝のびんたは鼻の先がちぎれるほど痛いもので、鼻血をたらしてこらえていました。朝礼の鐘が鳴って問詰は終わりましたが、校長先生は踵を返しながら「いいえと言え」、と一言言って朝礼台の方へ向かわれました。

この校長先生も決して朝鮮の子どもたちが憎くてしごいているのではなくて、逆なんです。朝鮮の子どもたちを天皇陛下の赤子《せきし》にすることがこの子どもたちを幸福にすることだ、朝鮮を良くすることだと心底思っている教育者だったのです。私もまた鼻血をたらしながらも、宮本校長の仕打ちをうらめしくは思いませんでした。立派な日本人になるためのお仕置きなのだと、むしろ自己反省をしたくらいでした。そのようにして日本語は皇国少年の私を造っていきました。

たしか数えの十一歳くらいでしたか。この「いいえ」という短い言葉がそれ以来骨身にしみついた特別な日本語となっています。たしかに会話のなかでは、「いいえ」という打ち消しは丁寧語の中間的な柔らかさをもっているいい言葉です。相手の言い分をひとまず認めて、柔らかくいなすわけです。全否定をしない。相手の気を荒立てずにやんわりといなしてしまう。これは非常にいい言葉ですが朝鮮で育った皇国少年の私には、及びもつかない言葉のやりとりだったわけです。いうなれば私は、「いいえ」という打ち消し一つ身につけるために、鼓膜を傷め鼻血をださねばならなかったほどの元手をかけたということです。

翻って思いますに、この「いいえ」という言葉は日本人のよく練られた、対人関係をこなしてゆく生活の知恵であるように思います。波風を立てずにすごそうとする日本人のうまい処世術ですね。もってまわった言い方をしますと、日本人の思考秩序の特性の一つとも言えます。物事の是非を正すよりは平穏である状態を優先させようという、暮らしの知恵です。私には骨身にしみついた辛い言葉ですが、私たち朝鮮人にないのはこの中庸をとる打ち消し的な中間作用の言葉と、思考感覚ではないかと思ったりもします。私たちは「である」か「でない」かのどちらかですので、この明確さはたしかに対人関係を拮抗させたり正面衝突を起こしやすいものではありますね。私もどこかで間を外して先送りするという、対人関係を荒立てないための知恵が日本語の余得のように身についている気がして、いささか気分が重くなる時も間々あります。

この十数年、日本では短歌・俳句が大いにもてはやされています。私が小学生の時も授業に取り入れられていたほど盛んでした。何か時代変動の兆しのようにも感じられて、七五調の音調律になじんで育った自分がなにかと思い返されてなりません。

植民地は私に日本のやさしい歌としてやってきました。けっして過酷な物理的収奪ではなくて、親しみやすい小学唱歌や童謡、抒情歌といわれるなつかしい歌であったり、むさぼり読んだ近代抒情詩の口の端にのぼりやすいリズムとなって、沁《し》み入るように私の中に籠もってきました。これ皆が定形韻律のやさしい歌でありました。統治する側の驕《おご》りをもたない歌が、言葉の機能の響き性(音韻性)としてすっかり体に居着いてしまったのです。ご承知のこととは思いますが、言葉は情感に働きかける音韻性(響き性)と、理性を育む意味性とで成り立っています。

俳句・短歌は、「国民学校」になったころから綴り方の時間によく作らされました。春さきのある午後、教室の中央に持ちだされた教卓に水仙の花が一輪、つる首のガラス花びんに挿してあって、それを囲んで皆して俳句をひねらされました。私などは「春いちばんはやくも切られし水仙花」などと、はずかしげもないまねごとの句でしたり顔でしたが、父や姉、兄を肺結核で亡くしている金宗玉《キムジョンオク》君だけは、つくねんと坐ったままでした。その彼が先生にせっつかれて詠んだ句が、「水仙花押し込むたびに水あがる」でした。期せずしてクラスの皆が吹きだしましたが、ふざけるなときつく先生に叱られていた彼が今もって忘れられません。金君だけが花の置かれている状態をよく見て取って悲しんでいたような気さえするのです。世をはかなんでいた金君は小学校を卒えるやすぐ、本土の山奥の寺に小坊主として入山しましたが、三年と経たないうちに、やはり腸まで結核に冒されて死にました。骸骨のような遺体でした。歌はこう詠み、句はこうあるべきだ、みたいな日本的自然主義美学がかもしだす抒情の流露は、広く朝鮮人の心をもひたしている戦前からの情感です。金君を笑ったのもこの侵しがたい抒情の規範です。そこには切れ目もなければ訣別もありません。私とて現に、その抒情の音調律を生理感覚のように引きずっています。

二〇〇九年あたりからだったでしょうか。朝九時すぎともなれば童謡、小学唱歌、抒情歌といわれる歌や終戦前後のラジオ歌謡がＮＨＫのＦＭ放送で流れてきます。いつしか心待ちにしている自分がいて、ラジオに和して口ずさんだりもします。

歌とは本当に奇妙なものでして、とうに忘れたはずの歌までが、メロディーにつれて蘇ってきます。自分の心情の波動ともなっているこれらの歌はすべて、植民地朝鮮で身についた自己生成期のなつかしい歌です。殊更《ことさら》のように繰り返しますが、このようにもやさしい日本の歌で、植民地は私にやってきたのでした。歌なくして復古調は始まらない、と言った大先達の詩人がおられましたが、歌はたしかに懐旧の情を呼び起こす力をもっています。戦中戦後のあの苦難の記憶さえ、当時の歌を聞くとあの時代がさも良かった時節のようになつかしくなってきます。

コリペ騒動

日本の童謡や抒情歌といわれる歌は掛け値なく、心情に沁《し》みいるいい歌です。その親しみやすさ、歌かずの多さは世界的にも稀《まれ》なほどのものだと思います。それだけにいつも思い返されることが私にはあります。それは抒情の問題とも兼ね合っていることですが、これほどやさしい歌に恵まれて暮らしている人たちが、どうして戦争を讃え、あれほど無慈悲なことができたのだろうと。歌とはもともと、そのようにも己を顧みることのない情感だったのだろうかと。戦いの合間には、特に日暮れや夜中ともなれば兵隊さんも家族を思い、故郷を偲《しの》んで唄いなれた「抒情歌」を口ずさんでもいたはずです。それでいながら他者、侵される側の悲しみには一片の思いすら至りませんでした。

やはり歌は情感の産物のようです。その情感を一定の波長の心的秩序に仕立てているものが抒情なのですが、だからこそ批評はこの「抒情」のなかに根づいていかねばならないと私は思いつづけています。私が抒情という、さも共感の機微のようにも人の心情をほだしてしまう感情の流露を警戒してやまないのは、私がなじんで育ったあらゆるものの基調に、日本的短詩形文学のリズム感が抒情の規範さながらにこもっているからであります。

思えば思うほど私はその情感ゆたかな日本の歌にすっぽり包まれて、なんのてらいも抗《あらが》いもなく新生日本人の皇国少年になっていった者でした。植民地統治があくどく、厳しいものであったということはまぎれもない歴史的事実ですが、人間が変わるというのはそのような過酷な暴圧や強制によってよりも、むしろもっとも心情的なごく日常次元のやさしい情感のなかでそうあってはならない人がそうなってしまうのですね。私はまさしくその見本のような少年だったと言えそうです。

そのようにもほだされやすい私ではありましたが、それでも私には自前のことばで唄う童謡、わらべうたが一つもありません。誰しもが至純に想い起こすべき、幼い日の歌がないのです。歌ごころにあるのはみながみな、日本の歌ばかりです。まだ青っぽかった当時の私がかかえているのは、大人びたナツメロか軍国日本を風靡《ふうび》した戦時歌謡、小学校で習わされた唱歌のたぐいです。その数ある歌がなつかしい歌となって、私の体のなかに沁みついてしまっているのです。

あり余る朝鮮の風土のなかで、頬もめげよとばかり声はりあげて唄った歌が、そのまま私がかかえている私の日本です。いやそれが私の植民地なのです。今もって私は「おぼろ月夜」に情感をゆすぶられます。瞼《まぶた》がおぼろにもなります。そのような歌でしか振り返れない少年期をみじめとも思い、かぎりなくいとおしいとも思います。「夕やけ小やけ」を唄うとき、自分の国の瘡蓋《かさぶた》のような家々、その藁屋根の向こうに「鎮守の森」を歌ごころでかぶせて唄っていました。それだけにそれらの歌の情景からほど遠い朝鮮の風土は、ずんずん私の心から離れていかざるをえませんでした。なつかしんではならないなつかしさのなかで、私の少年期がかくもほんのり黄ばんでいるのです。

私が順当に新日本人になっていっている間、わが家の家運は徐々に尽きかけていました。それとも知らずに私はますます望まれる少年になっていっていたのでした。あとから考えるとそれは「大東亜戦争」に備えての準備の一端だったようですが、済州築港の東海岸一帯に船舶が横付けできる港湾工事と、アルコール工場建設の一大プロジェクトが始まりました。済州築港は西側の突堤が三〇〇メートルほども沖へ左腕を延ばした形で囲われている、底の浅い港でした。そのために船舶は外海《そとうみ》に碇泊するしかなくて、人の乗り降りや積み荷の一切を艀《はしけ》の往復でこなしていました。

戦況が緊迫しだしていたのでしょうか。大型の船を直接横づけできる港湾工事が大車輪で始まったのです。ガソリンもよほど底をついていたとみえ、済州特産の芋でできるというアルコールの工場は、軍用機の燃料用だと公然とうわさされていました。東洋一の規模だと喧伝《けんでん》されていたこの工場施設は、解放後「大韓酒精公社」となって現在に至っていますが、私の記憶の底でいが栗の毬《いが》のようにしこっている四・三事件の、尽きない悔恨の痕《あと》でもあります。

この一連の東築港工事とともに、わが家の家運は傾きを増していきました。ついには母の飲食業まで店仕舞いの憂き目に遭いますけれど、この事態の裏には東築港工事の人夫調達にからむ問題が前段のいきさつとしてありました。「大東亜戦争」が始まる二年ほどもまえ、「コリペ騒動」ともいわれた騒ぎが起こります。本土から流入する貧しい人たちを捕らえては強制的に送り返すという、浮浪者狩りそのものの強引な行政措置でした。その追われる人たちの身元引き受け人を父がやりだしたことが、そもそもの事の始まりとなりました。

この回想記の初めのほうでも少しは触れましたが、済州島の人たちは気が立つとすぐ「ユクチセキ」(陸地の餓鬼)、「ユクチノム」(陸地の輩《やから》)などと嫌悪も露な物言いをしていました。本土の人は本土の人で(当時済州島は全羅南道に属していた地域でしたが、その道(県)庁所在地の光州に留学してとくと体験したことでもあります)、済州島の人たちを遠くかけ離れた放牧地の島で暮らしている、さかしい人たちという程度の認識でした。高麗時代から李王朝時代を通して政治犯の流刑地であったこととも考え合わせれば、本土との交わりがいかにへだたったものであったかをうかがい知ることができます。

済州島はもともと耽羅《タムナ》と呼ばれた島国でありました。高麗による統一王朝の成立(九一八年)によって高麗の支配下に入り、一一〇五年には耽羅郡として高麗王朝の行政地域にくみこまれます。本土の支配は京来官(高麗王朝から派遣される行政官)たちの悪政とも相俟って、島民たちは塗炭の苦しみに陥りました。悪政に抗するいく度もの民乱一揆が記録され、このころからすでに済州島は〈難治の島〉と呼ばれていたといいます。それはそのまま本土への不信反感の下地ともなっていきました。

済州と呼ばれるようになったのは高麗の高宗(一二一三〜五九年)時代からですが、その時代はモンゴル(元)の侵攻に喘いでいた時代でもあります。元は済州島を高麗から引き離して再び耽羅国とし(一二七五年)、軍隊やモンゴル人の代官を置いてこの地を蒙古馬の一大放牧地としました。さらに一七〇人余りの罪人を送りこんで、流刑地としての済州島の歴史も始まりました。モンゴルの支配はほぼ一世紀にわたり、島の奪還に何度もの大軍を高麗王朝が差し向けた結果、済州島はまたも高麗王国の地となりますけれど、それはまた、せっかく培われた生活様式が本土の軍隊によって破壊されるという裏腹の結果を生みもしました。本土に対する済州島民の反発は、古くから受け継がれている意識しない反感のようにも私には思えます。

今にして思い返せることではありますが、父のせいで「ユクチセキ」といびられていた当時の私の反発は、それが〝済州人気質〟だと勝手に思いこんでいた私の〝朝鮮ぎらい〟が働いて、いっそう皇国少年への拍車がかかっていたようにも思えるのです。その反面、済州島の人たちから疎んじられるだけの光景は実際わんさと溢れてもいました。本土のことを強いて「陸地《ユクチ》」と呼ぶのには先ほど述べたような歴史的背景があってのことではありますが、一九三〇、四〇年代の戦時下でいわれた「ユクチ」には明らかに、本土から流れてきた食い詰め者という白眼視がこもっていました。

事実「城内」には、その日暮らしもおぼつかない「陸地者」が大勢いましたし、済州島は火山岩の島で麦、粟が主な穀物でしたけれど、島民だけの食料としてならなんとか足りていた島びとたちでありました。城内で「陸地」からの流れ者狩りが始まったのは、いうところの「支那事変」がいよいよ深みにはまっていたさ中でした。カーキ色の国防服に身を固めた邑《ゆう》(市に準じる行政区域)事務所巡察隊や、あごひももいかめしい巡査たちが、一見して「陸地」からの流れ者とわかるいでたちの人たちを路上でつかまえては港の倉庫に収容していきました。

父の破産

浮浪者扱いで収容されている彼らは、身元引き受け人が現れないかぎり、数日で「陸地」の方へ送り帰されていました。一途に皇国少年だった私の目にも、乳呑み児を背負い、幼子の手を引いている婦人たちの草臥《くたび》れきった姿は、どのどこからも見放された朝鮮人を見るようで痛々しいかぎりでした。

こうして収容される人たちのことを、なぜか「コリペ」と呼んでいました。のちほどそれは朝鮮語でいう「荷札」のことだとわかりはしましたが、朝鮮語禁止の時節に官憲までが「コリペ」でとおし、ぞろぞろ連れられていく人たちの垢じみた白衣には、誰彼なしに細い針金でねじられた荷札が垂れ下がっていました。読み取ったことはありませんが、たぶん戻るに戻れない郷里もそこに記入されてあったことでしょう。それが自立心の強い済州島民の地方意識をくすぐった、朝鮮総督府の民族離間策であったことを知るには五、六年もまだ先の「八・一五」の解放を待たねばならない私でありました。

余所目《よそめ》にもそこそこゆとりのある暮らし向きだったわが家の家運が、日に日に傾きだしたのもこの「コリペ」騒動の頃からのことだったように想い出されます。横丁から出入りする店の裏の別棟の宿所は次つぎと父が引き取ってくる「陸地」者で溢れだし、人づてで仕事先を探すとか、ちょっとした小売り商か行商をさせていくとかいった父の個人的な救済策は、息せききっている父の顔の曇りで先はもう見えた気が子どもの私にもしていました。

折も折、港湾工事の一大プロジェクトが済州築港の東海岸一帯で始まったのです。わが家にいきおい転機が訪れたような城内全体が活気づくほどの、大事業でした。母の店もいっそう賑わい、父の顔も目立ってほぐれました。もはや「コリペ」の追い出しどころの騒ぎではなくなりました。人手がいくらあっても足りないほどの大工事だったからでした。本土からもまた流れ者がぞくぞく来はじめて、男は人夫に雇われ子どもを連れた女たちまでがハンマーを振るって、コンクリート用の砕石を割りだしていました。行きがかり上そうなったのでしょうけれど、あるいは行政（邑事務所）からの奨めもあったとは考えられますが、この働き手たちの食糧の供給を父が一手に引き受けるようになっていました。

日雇い賃金では日々が追いつかない延べ何百名もの人たちが、踏み倒す気など毛頭なかったでしょうに、それでも付けの米代を溜めに溜めて父を立ち往生させ、掛け売りの食糧費が積もりに積もっていって、一年余り経ったころからとうとう家が音立ててくずれはじめました。父は破産し、母も何もかも投げ打って海辺の小さい家に引っ越しました。それでも別棟の離れがあるそこそこの家でした。五年生も終わりかけていた新春のころのことでしたが、釣り糸を垂らす父の荒磯通いは日増しにつのり、母は料理屋の実績を買われて、慶事の特別料理を揃える引き合いがひきもきらずやってきていました。難産の緊急時には病院からも声がかかってくるほどの母の才覚で、食うに困る暮らしではありませんでした。

「コリペ」騒動は大変な変転をわが家にもたらしましたが、この騒ぎの元には四学年のときから級友となった李《リ》行萬《コウマン》（原音読みでは「イヘンマン」ですが、もちろん原音読みなどはありませんでした)君のことも絡みついていて、私にはこれまたおろそかにできない記憶として根づいています。

この級友は私より四つばかりも年上の少年でしたが、小学校を卒えるのに二度も落第を重ねたものですから、ちょっとした町でしたけれど、誰もこの少年を名前では呼ばないのです。いつも「ナクチェトンイ」(落第坊主)と呼ばれていました。このことだけでもいたいけな少年の心はどれだけ傷つき、塞がれていったことでしょう。私もそれに和していたひとりですので、想いおこすたびに肩身が狭くなる名前です。

その李君一家は肉の小売業をして暮らしていました。屠場の下働きでその日をすごしていた李君の父が「コリペ」騒動に引っかかってしまい、見かねた私の父が母の食堂の並びに小さな出店をしつらえてあげた一家でもありました。朝鮮では屠畜を業とするいわゆる「白丁《ペクチョン》」と呼ばれる人たちがたしかにいはしましたが、皮革製造にたずさわりながら柳行李《やなぎごうり》を編む副業も併せ持っていました。

李王朝の史実からも、世宗七年(一四二五年)新白丁に位置づけられた屠畜業の人たちは、私賤の民として一切の課税対象から外れた存在でしたので、生活苦に陥った小作農民たちは自ら白丁を名乗って屠畜を業とした、と記されています。ただ感じとして「殺生」することがなじみにくいものですから忌《い》みごとのうちに入るだけのことです。忌みごとには葬祭の下働きまでも入りますけれど、一般の人たちとべっこに離れて集落を成して住むということは、ごくごく限られた地域にかつてあったくらいのことでした。みな普通に同じところに住んでいながら、なにかと肩身を狭めて暮らしているという仕組みなのです。

李君はそのような家庭の長男でありました。その李君にはご多分に洩れず幼い弟、妹が何人もいました。落第を重ねたというのも家の暮らしが勉強のできる状態では全然なかったからなのです。家に居る間中、男の子の李君が弟、妹たちのお守をひもすがらやっていなくちゃならない。学校にまで弟か妹を連れてきては、教室の近くの運動場に遊ばせて教室に入ってくる。それに店の手伝いもしなくてはならない。住まいも名ばかりの家でした。日本の間取りからしますと六畳程度のひと間に小さい炊事場が別についている程度の家でしたが、その狭い部屋に六、七人の家族が折り重なるようにして暮らしている。宿題ひとつやりようもない。加えて父は屠畜業に関わって肉を売っている。今どきの言い方からすると本当に差別を受けるだけ受けている少年だったのです。

話といいますのは、五年生のときの理科の時間に李君が答えた解答をめぐっての想い出話です。先生は六学年のときまで担任であった「豊田」という朝鮮の先生でした。この先生は代用教員として採用され、がむしゃらにがんばってなんとか一人前の教師になった先生です。教諭に当たる「訓導」になったのは私たちが卒業したあとのことだったようです。それだけに厳しさもまた格別で、もうのべつ幕なしに頬面《ほおづら》を張りとばします。鼻血をだす生徒が毎日何人もでるほど、おそろしく教師らしからぬ先生でした。

この先生は骨の髄から、「皇国臣民」の教育をしなくてはならないと思いこんでいる朝鮮の教員であります。その先生が理科の時間に「摩擦」のことを教えていたわけです。摩擦とは、物質と物質がこすり合うときに生じる抵抗である。このときに熱も生じる、といった程度のことを前の週の理科の時間に習っていたのですが、その日は時間の初めにそのことの復習から始まりました。

豊田先生が両方の拳を手の甲で叩き合わせながらこすりつけ、「こりゃなんかね？」と言ったのです。このとき異変が起こりました。李行萬君がはじかれたように「ハイッ！」と手を挙げたのです。五年も、いや七年ほども小学校に通いながら、ただの一度も手を挙げたことのなかった生徒です。くだんの豊田先生もさも珍しいことが起きたとばかりに、「うん、きさま答えられるのか?!　言ってみろ」と指名したのですが、李君の自信満々の答えはなんと、「こぶができまぁす！」だったのでした。とたんに九〇名からいるすしづめの教室は笑いの渦と化したばかりか、李君の頭は本当に豊田先生の拳によっていくつもの「こぶ」ができたのです。

それからざっと七〇年近くが経ちます。その笑いは年とともに私を絡めて、私を沈鬱にさせ、私を気恥ずかしくさせてきました。今にして、あの答えはなんとまともな答えだったのかを思い知るのです。

あの少年、李行萬君は、ものごころついてから普通学校といわれた小学校が国民学校になっていった間中、一日たりとも頭にこぶがなかった日はなかった少年だったのです。

日本精神修養時代

毎日どつかれひっぱたかれている先生から、「これはなにか？」と両の拳を叩いて見せながらの質問だったわけですから、李君ならずとも「こぶ」を想像しても可笑《おか》しいことではなかったはずです。それが「落第坊主」の李行萬君の答えだったので、なおさら笑ったのです。植民地教育という強圧に毎日こすりつけられている柔軟な思考が、それこそいたたまれずに挙げた磨耗への悲鳴ではなかったでしょうか。六学年になって間もなく、李君一家もまた風に吹かれる木の葉のように済州海峡をもまれて行ってしまいました。

私も父の目論見に従い、教員になるための学校に進学するため済州海峡を渡りました。ところが異なことにその父は、一週間ばかりの受験のための船出にも連絡船を見送ったあと寝込んでしまったと、光州《クァンジュ》（全羅南道道庁所在地の学園都市）から戻った私に母は声をひそめて洩らしていました。何事にも動じないかのように見えていた父の威厳の中身のほどを垣間見た気がして、これは曖気《おくび》にもだしてはならない父の秘密なのだといつもよりやんちゃに、素知らぬ顔で気ままに振る舞っていました。

その父を思うにつけ、四・三事件で追われている息子を国外へ逃がそうと、急ごしらえにこしらえた金でありったけの伝《つて》を手繰って奔走したに違いない父、母の心情が偲ばれてなりません。ただの一度すら、お茶の一杯も差し上げたことがない一人息子の私です。今もって骨身に応《こた》えています。

官立光州師範学校には尋常科四学年まで行きましたが、振り返るのも気が咎《とが》めるくらい選ばれた忠節の皇国臣民を体得した年月でありました。教師になるということは、国民の範たる人間になることであり、範たる人間の教師とは国体明徴（日本は現人神《あらひとがみ》の天皇が統《す》べる神国である、という国家観を確立すること）、八紘一宇の皇国史観を体現して御稜威《みいつ》遍《あまね》く大東亜共栄圏建設に率先して邁進《まいしん》することである、との徹底した日本精神の修養に明け暮れていた私だったのです。学業からは英語がすでに無くなっていましたし、栄養失調気味の体をおして連日、配属将校の中尉殿が目を光らせている二時限とおしての軍事教練に汗まみれでした。そのように切りつめた教科のなかにあっても特別講座になっていたほどの重要課目が日本語を広めるための実践と方策、そして万世一系の天皇がしろしめす国史の深化でありました。

つい先日、日本植民地教育史研究会運営委員会が編集した『植民地教育史研究年報』第一三号を読んでいて、長年気にかかっていた「日本語普及」の実態についての有力な論拠の一つを知ることができました。その号に寄稿している田中寛氏（大東文化大学外国語学部教授）は研究論文「「大東亜共栄圏」下の植民地文化政策――胡蝶の夢の虚構と実相」のなかで、昭和一七年九月政府決定をみた大東亜共栄圏、とりわけ「南方諸地域日本語教育並びに普及に関する件」の主文、「皇軍の勢力下に帰した南方諸地域諸住民に対する日本語教育並びに日本語普及は東亜共栄圏建設上極めて喫緊の事なり。故に政府はその取扱方に関し左の決定をなす」で示された三つの基本方針（略）を紹介しながら、前年の昭和一六年一月開催された第二回国語対策協議会での橋田邦彦文部大臣の発言を次のように抜き出しています。

「国語は国民精神の宿る所であり、国民精神もまた国語に依って培われるのでありますから、日本語の海外進出は即ち日本精神の進出でありまして、八紘一宇の大理想に基づく東亜の聖業は日本語の普及に俟つところ頗る大なるものがあると信じます」との発言を受けて「内外に於ける日本語教育の連絡を計る件」、「日本語教授者養成の件」、「国語の整理統一機関拡充強化の件」等が決定されたというのです。

これは何も「大東亜共栄圏の聖業」を達成するための殊更な布石ではありませんで、植民地朝鮮における皇民化教育、その基幹をなす「日本語普及」の先験的成果があって策定された、既定の日本語進出方針です。私はまさしくその仕組みの尖兵役を担う学校で、忠節の日本語を憂き身を窶《やつ》して学んでいたことになります。父の目論見どおり、たとえ徴兵は免れたとしても、「大東亜戦争」がもし長びいていたとしたら皇軍進出地に派遣される日本語教員の、まぎれもない候補生の一人であった私でした。今更ながら営々身につけた自分の日本語のうしろめたさに、体が固くなります。

このようなことを振り返られるのも、鉤《かぎ》括弧付きにしろ「解放」に出会えた自分があってのことですが、あれから七〇年近くが経ったにもかかわらず何から私は解放されたのか、という自問は依然としてつづいています。一九四五年八月一五日をもって、それまでの私の日本語は闇に閉ざされた言葉になってしまったはずでした。にもかかわらずその闇の言葉を表に立たせて人生の大方を日本ですごしているのですから、これはよくよくの自己韜晦《とうかい》のような気さえするのです。改めていうまでもなく、言葉はすなわち人の意識でもあるものです。私から〝朝鮮〟を遠ざけていたかつての日本語は、いかなる契機の理屈があって私の詩の日本語とはなったのでしょう?! 「解放」はいやおうなく私の日本語を閉ざした変転ではありましたが、日本語で培われた感性まで変えた異変ではありませんでした。思い起こしたくはない忠節の学生時代ですのに、その学生時代は詩にこだわりだした時節とも重なり合っていますので、思い返しては苦りきっている私でもあります。

いかに自分を奮い立たせていようとも、実際そのように励んで学ぶ、選ばれた皇国臣民の私ではありましたが、親許を遠く離れての下宿ぐらしの心細さは一途な心意気とは裏腹に望郷の感傷をつのらせるばかりの日々でもありました。それだけ多感な年ごろの私でもあったわけですが、お定《き》まりのように藤村、白秋、生田春月といったそこはかとないなつかしみと淋しさを伝えてくれる詩集が、手っとり早い心の慰めとなって沁みこんでいました。それまでなじんだ小学唱歌や抒情歌といわれた歌の数かずがたぶん詩への呼び水ともなって、音調律のよく整った日本の近代抒情詩にすっかりはまっていったのだと思います。

朝鮮にまで話題しきりだった金素雲訳の朝鮮近代詩選、『乳色の雲』（初版、一九四〇年、河出書房）を手にしたのもこのような情感飢餓に陥ったさ中の、師範学校二年のときでありました。父がわざわざ買って送ってくれた詩集でしたが、あとから考えると父のまたもやの思惑が絡んだ本でもあったようです。たぶん朝鮮の詩も読んでほしかったのでしょう。その思惑は的中しまして、それこそページの端がすり切れるくらい熱読しました。

新生日本人の皇国少年が朝鮮で生成して、朝鮮の〝詩心〟といわれるものを精緻流麗な日本語でもって知らされた喜びは、多感な思春期の私にそれこそ格別な感動といってよいものでした。ひたむきな皇国少年の私が名訳の誉れ高い金素雲訳の『乳色の雲』から汲み取り、感じ入ったものは、酷薄な歴史の試練にさらされてあった朝鮮の〝詩心〟とはなんの関わりもない、ひたすら感傷めいた悲愁の余韻が情感を醸しだしているような、そのころ餓鬼のようにむさぼっていた日本の数ある近代抒情詩とへだてなくひびき合っていたことの共感であり、それへの感激でありました。文語、雅語までも自在にこなしている訳者の玄妙な日本語によって、私は初めて心情の機微のふるえのような朝鮮の詩情に触れたのです。日本と朝鮮の心情の同質性を純粋な詩情で証しだててくれているようで、誇らしさに胸ふくらむ思いでした。それはそのまま金素雲の「名訳」がもたらしてくれた、日本語の丸ごとの恩恵でありました。廃絶される運命の朝鮮語の遺産を日本語で編みなそうと腐心した金素雲先達の、込み入った思いとはうらはらに十二分日本語で事足りている朝鮮の詩が過去からの余韻のようにひびいていました。

皮肉といえば皮肉なことですが、文学に対する体系的な読書ができたのもこのあわただしい学生時代でした。西洋物はすべからく遠ざけられていた学校でしたのに、なぜだか図書室には新潮社の『世界文学全集』が備えられてあって、持ち出してまで全三八巻を三年がかりで読み終えました。

宗主国の「日本語」

厖大な『世界文学全集』の中から手始めに読みだしたのは、やはりトルストイの『復活』でした。父が大事にしていた大判の革張りの本、背文字までが金箔《きんぱく》で打ってある『トルストイ全集』の『復活』を抜き出して読んだのが、国民学校六年生のころです。むずかしい漢字にはふり仮名がふってあったので、わりと楽に読めました。中学生になった今とではどれほどの開きがあるのだろうと、まず取り出したのが『復活』だったわけですけれど、物語の筋も読んで感じたことも最初読んだときの印象とさほども違ってはいませんでした。

おばの家で娘同様に育った下女のカチューシャ・マースロヴァを慰みものにしたネフリュードフ公爵が、人間としての非を悟って、売春婦に転落しているカチューシャの殺人容疑を晴らすべく八方手を尽くします。判決取り消しの特赦令を伝えにシベリアの収容所まで駆けつけるのですが、カチューシャはシモンソンという政治犯の結婚申し込みを受け入れてシベリア奥地へと旅立っていく、といったよく知られているストーリーの小説ですが、カチューシャを裁く冒頭のシーンは今もって私を捉えて放しません。人の運命を左右する裁判官たちがあまりにも凡俗にすぎる日常をさらけだしていたからでした。

開廷の直前に女房がきょうの夕食などつくるものかと腹をたてていた、と義弟に聞かされて、陰気な顔をいっそう暗くしている金縁眼鏡の判事とか、判事室から裁判官席までの歩数が三で割りきれれば胃カタルは全治するだろうと占いをたてて、ちょうど二七歩目になるようにわざわざ小さな一歩をつけ足して自分の席にたどりつく、豊かな顎ひげの判事など。世の中をただす人たちの隠された裏をまざまざと見て取った思いがして、七〇年が経った今でも鮮明に焼きついています。

ありついた地位や出来上がった権威に狎《な》れ合っている人はそこらじゅうにいます。さらに困ったことには人の暮らしを規制し、社会の仕組みを既得権のように変えまいとする力もまた、この人たちがほとんど握っています。『復活』の中の裁判官たちを思うにつけ、イソップ物語のあの「オオカミと少年」の少年を思いだしてなりません。この寓話《ぐうわ》は二年生の国語(もちろん日本語)読本にも載っていた話でありますが、五年生の時から学級担任を持ち上がった豊田という同胞の先生の、めったやたらほっぺたを張りとばす忠節の帝国教師像と合わさって、少年は本当にオオカミを見ていたのだ。嘘をついていたのではなく訴えを聞いてくれていた大人たちが嬉しくて、手を叩いて喜んだのだと、早くから信じていました。額面どおりは受けとめない私のへそ曲がりな性分はどうやら、この時期の先走った読書から芽生えてしまったもののようでもあります。ともあれ思春期に居坐ったトルストイの影響は特別なもので、有島武郎の著作もトルストイの延長線上で愛読しました。

評論『惜みなく愛は奪ふ』の難解さや、トルストイ、クロポトキンに傾倒していながら人妻と情死を遂げたりなど、中学生の私には理解をはるかに超える作家ではありましたが、それでもなぜか私にはつよく誠実な文学者として映っていました。入信したキリスト教に信仰上の疑問をもつに至っていたことも、長老格の祖父を父にもっていながらついぞ教会とは無縁であった父とどこか通じ合っている気がしていましたし、北海道狩太の有島農場を小作人に解放した決断も、当時の私の感傷的な人間愛をくすぐって余りありました。見果てぬ夢のような私の社会主義への憧れも、元を正せば、この二大作家の文学的世界観が苗床であったような気がします。

詩も、いや詩らしきものもこの時期けっこうノートを埋めていました。熱烈な皇国少年だった割には情感にほだされやすい性分でして、合本の『藤村詩集』、それもその中の「若菜集」や「落梅集」が気に入っていましたし、北原白秋の抒情詩集『思ひ出』、抒情歌集『桐の花』等はとくと馴れ親しんだ日本の抒情の詩でありました。私の成長期の近代抒情詩の多くが韻文の音数律を拠りどころとする詩でありましたから、私にも詩は七五調の音数律がよく取れている、口の端《は》に乗りやすいものでなければなりませんでした。この習い性は今でも言葉の法則のように内心ふかく居坐っています。私の日本語が頑なまでに四角ばっているというのも、少しでも気を許せば元の木阿弥の日本語に引き戻されてしまいそうな自分が、いつもそこにいるからであります。

詩人も小説家も短歌を詠み、俳句をひねり、歌人もまた詩の形での歌を書いていた時代でしたので、要は共通のリズム感のような情感がそこはかとなくただよっていれば、すべてが詩の内のものでありました。加えてあの時期、〃大東亜戦争〃の戦局が厳しさを増していた国家総動員のあの時期、短歌はもっぱら不屈の精神力をたたえる歌として、何かにつけ朗誦《ろうしょう》させられていた詩歌でした。

たとえば吉田松陰の辞世の歌という〈身はたとひ武蔵の野辺に朽ちぬとも／とどめおかまし大和魂〉に類する歌を覚えさせられましたし、国語の特別講座では「さくら花十首」というのを暗誦させられました。本居宣長の名にし負う歌、〈敷島の大和心を人とはば／朝日に匂ふ山桜花〉から、賀茂真淵の〈うららとのどけき春の心より／にほひいでたる山ざくら花〉とつづく一連の敷島賛歌でありましたが、おかげでかの若山牧水まで、〈うすべにに葉はいちはやく萌えいでて／咲かむとすなり山桜花〉と歌いこむ「山桜の歌」の歌人として先に覚えました。のちに名だたる旅の歌人と知って、〈白鳥《しらとり》は哀《かな》しからずや／空の青海のあをにも染まずただよふ〉が収まっている歌集『別離』のなかのあの「海の声」はそらんじ書き取り、口遊《くちずさ》みながら持ち歩いていたほどの歌集でした。とりたてて物おぼえのよかった私でもないのに、覚えるのに必死だった「さくら花十首」は今もそのままそらんじられます。

〈雪とのみ降るだにあるを桜花／いかに散れとか風の吹くらむ〉は『古今和歌集』の撰者のひとりの凡河内躬恒《おおしこうちのみつね》の歌でありましたし、散る花は桜なのだと強調された〈久方の光のどけき春の日に／しづ心なく花の散るらむ〉は『古今和歌集』の紀友則の歌でありました。『金葉和歌集』の一首で『小倉百人一首』にも入っている僧正行尊の〈もろともにあはれと思へ山ざくら／花よりほかにしる人もなし〉とか、使命を果たす孤高の精神と習わされた香川景樹の自選歌集『桂園一枝《けいえんいっし》』のなかの〈とふ人もなき山かげの桜花／ひとり咲きてやひとり散るらむ〉などが、思春期の脳裡に陰画のように焼きついた大和ざくらの数かずです。幸いにとでも言いましょうか、励んで覚えた短歌の多くが古代の良い歌でしたので、短歌としては日本の良さを知る良い方の歌を身につけたと言えなくもありませんが、それでも皇国存亡の非常時下で「さくら花十首」を散華《さんげ》の誡として覚えさせられたとなると、それはやはり皇国少年の私が蓄えた不気味な心的秩序の歌なのです。

私はたしかに、歴史的には「八・一五」を分水嶺としてかつての日本からはふっきれていま す。まぎれもなく「八・一五」は、植民地を強いた日本との訣別の日ではあったのです。ところが日本語だけはその後のよんどころない日本での暮らしとも重なってか、かつての私を丸ごと抱えたままでいるのです。とうに半世紀以上が経ったというのに、「解放」とか「八・一五」とかに今もってこだわりつづけるということは、異常にすぎる執着だと自分でも思いはします。ですが初めに言葉ありきで、自分の意識を紡ぎだすそもそもの言葉のはじまりが宗主国の「日本語」であった以上、植民地の頸木《くびき》を解いたという「八・一五」は当然、私を差配していた言葉との格闘を新たに課した日でもあったのです。その日がどうしてうすらぐでしょうか。日本語で書く詩に私が取りついているというのも、もちろん日本に居つづけることと兼ね合ってのことではありますが、再び日本語に出戻った自分をいぶかってやまない凝視が自分のなかで瞳をこらしているからであり、回天を見たはずの「八・一五」と、まだありつけない「解放」とが両面の鏡のように向き合ったままでいるからです。その「八月一五日」がいよいよ、迫り上がる入道雲の背後から空をきらめかせて迫ってきていました。

第3章　「解放」の日々

私の「解放」の日

ついにその日がきました。植民地統治の頸木から解き放たれる、回天の八月一五日がやってきたのです。落胆のあまり見上げた空はまっ青で、そのまま消え入ってしまいたい私でもありました。遠い潮騒のようなざわめきがやがて町なかから聞こえはじめ、次第に地鳴りのように歓呼の声が沸き立ってきました。近所の誰もが吸い寄せられるように町なかへと出向いてゆき、私もふわふわとついていって目もくらむばかりの光景を目の当たりにしました。観徳亭まえの大通りには盛り上がるほどの人だかりが渦を巻いていて、小躍《こおど》りせんばかりに万歳《マンセー》、万歳と叫んでいたのです。南門通り、東門、西門通りからも人はなおも続々と集まってきて、夕刻ごろからは初めて目にする朝鮮の国旗、八卦《はっけ》の符丁のようなしるしが四隅に書かれている手作りの紙の小旗が打ち振られだし、喊声はいっそう波のうねりとなって高まっていきました。

それでも私は自分だけが何か場違いのような気がしてなりませんでした。聖戦の大東亜戦争を共に戦ったはずなのにと、無情さばかりがやたらとつのってひとりはずれて突堤の方へと歩いていっていたのです。唄うともなく唄っていたのは「児島高徳」の歌のひと節でした。

ビチュウヲイカデキコエント
サクラノミキニジュウジノシ
テンコウセンヲムナシウスルナカレ
トキハンレイナキニシモアラズ

きりもなく涙があふれ、たゆたう海辺で繰り返し繰り返し、「海行かば」や「夕やけ小やけ」を口ずさんでは頰を濡らしていました。宵が深まっても町なかは依然と小火《ぼや》のように火照っていて、喊声はまだまだ尾を引いてひびいていました。ろくろくめしも喉をとおらないまま夜が明け、父はというと三八度線の行き来がまだできそうな今のうちに、元山へひとまず行ってくることを母に説いている様子でした。祖父がまだご存命のころでしたので、父は老齢の祖父が気になってならなかったのでしょう。北の事情をたしかめたうえで、元山への引き揚げも考えたいと、数日後私にも打ち明けてくれていました。ですが私には何もかもが上の空の出来事でした。一六日もただほっつき歩いては、海を眺めてばかりいました。

町なかはますます盛りのさ中でした。道端に籠をひろげて出店を張っている老婆たちは、気勢をあげている青年、学生たちに惜しげもなく餅や三宝柑などを振る舞っていましたし、通りという通りからは聞いたこともない歌声が流れていて、「自由の、自由の、鐘が鳴る」と繰り返すところは、周りの人たちまでが一緒に拳を振って唄っているのです。いつ、誰が、どこで蓄えていて、どのように素早く手渡していけたので、皆がこうも高まる歌に思いを同じく和していられるのだろう？　数日まえとはあまりにも違う様変わりに自分の目をいぶかりながらも、城内を圧してこだましていた「解放の歌」にはわけもわからない私ですら、心の高ぶりを覚えずにはいられませんでした。それでも私は人だかりのうしろからおずおずと見ていただけの、「解放」の熱気からはひとり外れていた若者でした。

一七日の正午ごろからは目を見張るばかりの出来事が繰り広げられていきました。青年保安隊とか学生保安隊の腕章を付けた若者たちが交通整理から、行政の窓口業務の立会人にまでなっていて、警察官の警邏《けいら》も「建準」(のちほど「建国準備委員会」の略称とわかりましたが)の腕章の学生(本土からきたリーダーたちのようでした)たちが警官らを署内にとどめて、自力で秩序正しく遂行していました。

それればかりではありません。公的機関の国旗掲揚塔には朝鮮の国旗の「太極旗」がひるがえってもいたのです。当時の済州島には本土決戦に備えて七万からの重装備の軍隊が陣地を敷いていましたし、警察、検察、司法の各機関もそのままであったときの、いかにも大胆な若者らによる権力統制でありました。さらに驚かされたのが一六日の夕刻から貼り出された「こ奴らを糾弾せよ！」という、第一回分の民族反逆者リストでした。「徴用で同胞の膏血をしぼった奴ら」とか、「大日本帝国主義の走狗、親日派の輩」の名目で、二十数人の名が辻々に書き出されていたのです。摘発はすでに始まっていたようですが、その多くが日本へ逃げを打ったあとだとの噂も出まわっていました。そのかたわらで、私はますます打ちしおれていました。殊に「親日派」のひびきには身をこごめたものでした。朝鮮という国は何もない国、何もできない国と思いこんでいた私でしたので、目の前で繰り広げられている組織立った動きには無知だった自分へのひがみと、うしろめたさがいやおうなく驚嘆の目を見開いてもいました。父もまたとたんに忙しくなり、青年らによる相次ぐ集会の演《だ》し物、主に民族楽器の杖鼓《チャンゴ》、太鼓、笛《ピリ》、鉦《ケンガリ》の演奏指導に熱を入れだしまして、これが青年文宣隊の始まりともなりますが、元山行きはもう忘れてしまったかのようでした。

まだ在学中の私でしたので父も誘わなかったとは思いますが、敗れた日本からさえ置いてけぼりをくった感じの私に、父の素っ気なさはいっそう置いておかれている自分を思わせて、より気分が滅入っていました。うつうつと終わりかけていた八月の夜更けの突端で、ふっとひと節の朝鮮の歌がひとりでに口を衝いて出てきました。
ネサランア　ネサランア（おお愛よ　愛よ）
ナエサラン　クレメンタイン（わがいとしの　クレメンタインよ）
ヌルグンエビ　ホンジャトゴ（老いた父　ひとりにして）
ヨンヨン　アジョ　カッヌニャ（永遠に行ってしまったのか）
父がいつも私のために口ずさんでくれていたあの「クレメンタイン」の歌でした。熱気はまだどこかでどよめいていましたが、徐々に記憶が蘇り、とめどもなくこみ上げてくる涙をしゃくり上げながら、私は繰り返し繰り返しこの歌を唄いました。
広い海辺に苫屋《とまや》ひとつ、
漁師の父と年端もいかぬ娘がいた。
おお愛よ、愛よ、わがいとしのクレメンタインよ、
老いた父ひとりにして永遠に行ってしまったのか。
風のつよい日であった。
母を求めて渚へでたが、おまえはとうとう帰ってはこない。

おお愛よ、愛よ、わがいとしのクレメンタインよ、
老いた父ひとりにして永遠に行ってしまったのか。

とっくに忘れてしまったはずの歌でしたが、歌詞はなくなることもなく心の内に残っていました。釣り糸を垂れる父の膝で、小さいときから父とともに唄って覚えた朝鮮の歌です。数年後アメリカの民謡並みの歌だと知って少々がっかりもしましたが、それでもその歌は私にとってはかけがえない朝鮮の歌です。父も母も、つかえた言葉で、振る舞いで、歌に託した心の声で、体に沁みる私への伝言を与えてくれていたのです。ようやく分かりだした父の悲しみが、溢れるように私を洗っていきました。

誰が唄いだして、誰がこの歌詞を書いて私にまで伝わってきた歌なのかは知りませんが、これは私の血肉の中に居坐った父からの歌です。生まれて初めて覚えた朝鮮語の歌がこの歌です。その歌が蘇ることでようやく日本との距離もできてきました。翻然と身を翻さねばならない先が、自分の目にも見えてきたのです。あの学生青年たちの活き活きとした隊列が、私の胸の中でも血が逆流するようにうねりだしていました。

因縁もまた巡るもののようです。想えば歌詞さながらに、私も父、母を見捨てたクレメンタインでした。せっかくへだたったはずの日本でまたもや日本語にとりつかれて、なかったはず

の命をあくせくと長らえてきました。自分の国の言葉である母国語の習得から私の「解放」は始まりましたが、意識の目盛りとなって朝鮮語を推し量っているのは、今もってその日本語なのです。日本語はそのために失ってしまった私の過去そのものでもあります。今年もまたその日本語で八月の夏を想起しています。めくるめく日射しの下で、競り合っていた拳のあの空の青さを。

国語の勉強に明け暮れて

何をさておいてもまずは「国語《クゴ》」を身につけねばと、腕章姿もりりしい白準赫《ペクジュンヒョク》君を訪ねていきました。気おくれて声もかけられずにいた白君でしたが、彼はまだ木浦《モッポ》商業学校三年生の身でありながら、このときすでに表立った学生リーダーのひとりでありました。本土留学生の仲間のひとりであった白君との関係は、その後の私の人生を左右する、まさに運命的なつながりともなっていきました。

八月もはや終わりかけていましたが、自主独立への気運はますます高まっていて、〝思想犯〟で服役していた抗日運動家の方々や、本土の建国準備委員会の意を受けている活動家たちの支援によって、連日演説会、講演会、雄弁大会、演芸公演等々があふれるばかりの熱気をかきたてていました。白君に奨められて数ある集会、催しにも私は進んで出向いていくようになっていましたが、それこそ目から鱗がはがれていくように、いま置かれている自分の国の状態が日を追って見えてきました。「植民地朝鮮」という言い方も初めて耳にする言葉でありましたし、大日本帝国の同化政策がいかに欺瞞に満ちたものであったかも、短時日のうちに感じ取ることができました。

さすがは先頭立って活躍している人たちだけあって、城内には早くも国語学習所が四か所ほど昼夜別々に開設されていて、習熟度に合わせた講習会が進んでいました。学校へ戻るまでには基礎文字の「가갸표《カギャピョ》」ぐらいは覚えようと、年齢もまちまちの男女でにぎわっている初級班の学習に、恥ずかしさを押して昼夜かけもちで通いつめました。なにかにつけ驚いてばかりいた私でしたが、初心者対象の先生は皆、私と同学年程度の本土の学生たちでありました。私の無知さ加減がいかに帝国日本にまみれたものであったかを痛く思い知らされて、自分が自分でみじめでもあり、情けなくもありました。それだけに発奮して集会に行き、学習所に通い、ひ

と月ちかく息もつかせぬほどの忙しさのなかで国語の勉強に明け暮れました。

民衆の高まる熱気とはうらはらに、案じられることもまた各所で起きていました。いろいろな団体が勝手に名乗りを上げだして、全島的、ひいては本土の民主的な動きとも連携できる、統一的な協議体づくりが容易でない状態になってきていることでした。なかでも民族の気宇をうたって看板を掲げた「漢拏団《ハルラダン》」は、日帝時下で「事件師」の異名を取っていた金《キム》テリュンが率いる右翼団体でしたので、彼らの跋扈《ばっこ》はそのまま不安要因の拡大でもありました。あとで語りますが、民主人士を槍玉にあげて暴力を振るい、全島民の総意を実らせていた「済州島人民委員会」への弾圧の口実を作りあげていったのもやはり、その曰くつきの漢拏団でありました。

さらには自棄《やけ》になっている日本兵たちの、投げ遣りな行為も各地で頻発していました。この事態には各地域で自発的に編成されていった青年たちによる治安隊、自衛隊で対応していましたが、九月末にはこの自発的な組織が「青年同盟済州委員会」に発展して、九月一五日に結成を見た「済州邑人民委員会」の前衛部隊ともなっていきました。この済州邑人民委員会を基盤にして、一週間後の九月二二日、全島的統一機構体の「済州島人民委員会」は発足しました。

ソウルでは九月八日、仁川《インチョン》に上陸したアメリカ駐留軍によってすでに軍政(軍事政府)が始まっていましたが、九月六日建国創建を宣布したばかりの「朝鮮人民共和国」(大統領呂運亨《ヨウニョン》)は否認され、その新政権を造りあげた民衆組織の人民委員会にも解散令が下っていました。そのように本土での情勢は緊迫していたにもかかわらず、遠く離れている済州島には九月二八日になって初めて少数のアメリカ将校団の先遣隊が日本軍の降伏を受け入れるために空路でやってきました。

　第二学期はとうに始まっていましたが、白君について廻っていた私はいつとはなしに、学生活動家の一員になってしまっていました。父もまた、学校へ戻れとはひと言も言いませんでした。どうせ北へ引き揚げるのだから、との思いが父には働いていたのかも知れません。それでもやはり学業のことが気にかかり、九月末にはひとまず光州の学校に戻りました。ところが「国語」「歴史」の速成補講を別に受けなくては、卒業資格が取れないことを知らされました。つい先月の半ばまでも「皇国臣民の誓詞」を声を合わせて誓っていた学校でしたのに、あまりにも事もなげなその変身ぶりが白々しくて、戻ってはみたもののほとんど授業には出ずじまいでした。私の自覚を深く目覚めさせた崔賢《チェヒョン》先生とは、このどっちつかずの学業もあやふやなさ中に巡り合いました。

　解放までの四年近くを思想犯として服役していた三十がらみの瘠《や》せたお方でしたが、「自分《チェ》の在所探し《コジャンチャッキ》運動」という、農村の啓蒙活動に力を注いでいる指導者でした。おかげでようやく自分を取り戻せそうな気がしていたところへ、すぐ帰ってくるようにとの急な手紙が父から届きました。うしろ髪を引かれる思いで家に帰ってみますと、本籍地の元山に今すぐ引き揚げるというのです。父は私がいない間に開城《ケソン》(三八度線の北側にある、高麗時代の都でもあった地方都市)まで行って、越北の手筈をととのえてきていました。

家ももう買い手がついたあとでしたし、母もしょげてはいましたが、私ひとり残るわけにもいかないので、思いせかれる父に従うことにしました。あたふたと家を整理して連絡船に乗り、大田《テジョン》で乗り替えて三八度線近くの東豆川《トントウチョン》にたどりつきましたが、真夜中、その川を渡る段になって軍政庁に再雇用されている警察隊に捕まってしまいました。同じ国を同族の身で往き来できない現実が、こんなにも早く「解放」によってもたらされているという事実に唖然とし、身が震え、母の肩を抱いてただ立ちつくした夜でした。今もってその問いはつづいていますが、解放とは一体なんだったのだろうと、冷えびえとした留置場でしんそこ思ったことでした。

翌々日、母と私は釈放されて丸裸で済州島に戻りましたが、父はなぜか四〇日も拘留されていました。麻薬売買を疑われていたと、あとで知りました。私はその足で光州に行き、一二月末まで崔賢先生が開いている学習所に入りびたって、「チェコジャンチャッキ運動」の手伝いをしながら、知らねばならないことの多くを知らされました。なんとその間に「登校拒否者」

「赤色(共産主義)同調者」として私は学校から除籍されてしまっていました。教師になる息子が何かと自慢げだった母にはすまない思いでしたが、私にはむしろつくべき整理がついた気がして、さっぱりした自分になっていました。崔先生に従《つ》いているほうがよっぽど勉強らしい勉強ができると、確信めいた笑みすらひとりでに浮かんだものでした。

解放軍のはずのアメリカ軍が進駐してきて、せっかくの「解放」にありついた南朝鮮に軍政を敷き、米占領軍司令官ホッジ中将の声明(九月九日)によって朝鮮総督府の機能、権能がそのまま踏襲され、吏員(公務員)の身分まで保障されたことで親日派、民族反逆者の追及を受けて身を隠していた連中までが、大手をふってもとの職責に返り咲いていきました。政財界から司法検察はいうに及ばず、教育界、文化芸術界に至るまで、あっという間に元の木阿弥の旧体制が息を吹き返したのでした。全くもって、主人がアメリカに入れ替わっただけの、南朝鮮の「解放」でありました。このような事態を目の当たりにするようになった民衆の反発は、軍政庁の思惑をはるかに超える波濤となってうねりだしました。光州でも連日、軍政庁に対する抗議デモが人民委員会を支持する大衆や学生、青年たちによって、明らさまに「米軍は出てゆけ！」と叫ばれていました。

この時期済州島では、日本軍の佐世保への移送が三週間がかかりで終了していました。この日本軍の移送作戦にも済州島人民委員会は秩序立った協力態勢で、各地の平安を支障なく保ちました。本土から遠く離れている済州島は、本土の動静や情報、交通の面で辺地の不便をかこってはいましたが、それがまた特典ともなって、本土では解散の憂き目に遭っている人民委員会がいっそうの権威を保って健在でした。

コレラ禍の「赤い島」

軍政がこの島、済州島に及ぶのも第五九米軍中隊が到着した一九四五年一一月一〇日からのことですので、解放から三か月ちかくは人民委員会が実質的な「島での唯一の政党、一切の範囲と目的において唯一の政府」(『駐韓米軍史』一九五一年)として、済州島社会に確固とした基盤を築きあげていました。この三か月の間、大方は日本からの帰国者でしたが、徴兵徴用で徴発されていた三万人からの若者たちを含めて総勢六万人余りの済州島出身者が相次いで帰還しましたので、島民の人口は一挙に二九万ちかくにもふくれあがりました。

突然の「解放」がもたらした思わぬ人口増加でもあったわけですが、それはそのまま耕作地が限られている済州島の食糧事情を急激に悪化させるという、深刻な事態もまた自らかかえこまねばなりませんでした。植民地統治の頸木《くびき》から抜け出るということはこのようにも、それ相応の代価を支払わねばならないことでもありました。

それればかりではありません。「解放」の実質にさらなる試練でも課すかのように、復員してくる日本兵の船舶や海外からの帰国船の寄港が発端ともなって、四六年夏コレラが蔓延し、南朝鮮全域で七〇〇〇人以上、済州島だけでも四〇〇人ちかい死者が出るという疫病の災禍に見舞われました。私はそのころ、いっぱしの学生活動家気取りで、人民委員会の使い走りをしていたときでしたが、その前近代的な、というよりも原始的なと言ったほうがいいような防疫態勢には、植民地下では感じたこともない亡国の悲しみが今更のように思いおこされたりもしました。

コレラが発生しますと、その家の表を閉ざし、路地の表通りを荒縄で遮断して通行を禁じたうえ、発病者の戸口に水と漬物付きの一椀のめしを差し入れるだけで、あとはひたすら罹病者の死を待つという、おそろしく救済からはかけ離れた防疫処置でありました。戸口に置かれてあるめし、水が翌日もまたそのままであれば、屋内の患者は息絶えた証明ともなって、乳白色の鼻をつく消毒液が撒かれ、沙羅峯《サラボン》のくぼ地の一隅に骨がきれいになるまでの仮埋葬がなされます。なかには一家全滅の痛ましい死も少なからずありました。

四・三事件という、無慈悲極まる大量死を思うにつけ、四七年にかけての島民の生活困窮が生みだしもした、「謀利輩《モリベ》」という悪評もまた同時に思いおこされてきます。謀利輩とは儲けるためには形振《なりふ》りかまわない輩《やから》たちという意味の蔑みですが、それを本土の人たちが済州島の人たちに向けて言っていたのです。このよからぬ風評は南朝鮮全域に及んでいまして、うかつに済州出身であることを名乗れないほど済州島民はきらわれていました。四・三事件が終息してからでも「済州人《チェジュサラム》」は、「済州の輩《チェジュノム》」という悪し様な呼び捨てにさらされねばなりませんでした。このような済州島民への嫌悪感は、四・三事件の殺戮を「共産暴徒鎮圧」と強弁した時の軍政下の政権の名分を、市民感情で補強する大きな誘因ともなって働いていたように思えてなりません。

そのような心情に輪をかけて、済州島を「アカの島」一色に染めあげていったのが「十月人民抗争」の余波でありました。四六年一〇月一日、韓国の大邱《テグ》で反米、反軍政のデモ隊に警察が発砲したことに端を発した大衆闘争が、一二月にかけてまたたく間に南朝鮮全域に広がり、九月のゼネストまで含めると一〇〇万人もの大衆闘争に発展していったのが世に言う「十月人民抗争」です。この民衆抗争は本土での左右対立を決定的にしたばかりか、朝鮮共産党と辛うじて残っていた地方の人民委員会に壊滅的な打撃を与えました。ところが済州島の人民委員会だけは、遠く隔たった離れ島の組織であったことも幸いして健在でした。それだけ際立って、済州島は共産主義の「赤《パルゲンイ》の島」に見えていたことにもなります。

「謀利輩」と言われて誹《そし》りを受けてきたそもそもの謂《いわ》れは、日本から帰国した一部の人たちが、思い余って始めた密貿易に由来します。済州島民の日本への移住はずいぶんと早くから行われていまして、もちろん当初は出稼ぎ労働者としての渡日だったでしょうけれど、昭和元年にはすでに三万五〇〇〇人余りの済州島出身者が大阪市の東成区、生野区の一帯に底辺労働者として住みついていました。終戦直前には大阪市だけでも三二万(四二年)からの在日朝鮮人が在住していたと記録されています(昭和一八年『大阪市統計書』)。その内の六割強は済州島出身者だったはずです。その多くが大挙して郷里の済州に引き揚げてくるわけですけれど、そのなかには四、五トン程度の中古漁船を買い取って、重量制限で持ち出せない帰国者たちの荷物の搬出を請け負っていた船乗り経験者たちもいました。

当時の資料によりますと、日本に依存していた工業製品の経済関係は途絶し、強いられていた穀物供出で農村が疲弊していたところでの「解放」でしたので、済州島社会は深刻な食糧難と経済難に直面せざるをえなかったようです。それに米軍政は、日本からの帰還者が持ち出せる物品の制限を二五〇ポンドまでとし、所持金も当時の超インフレ下の一〇〇〇円(一家五人家族のほぼ二か月分の生計費に相当したと思われる)を上限としたため、帰郷してからの生活設計は立てようもなかったのでした。ただ「解放」に急かれて、受け入れ態勢も仕事場もない故里へ潮が押してくるように帰ってきたのです。

ほどなくして帰還者たちの日本への逆流が始まりました。闇船《やみぶね》とも言い、センスイカンとも呼ばれていた密航船の蠢動《しゅんどう》です。帰国者を扶《たす》けてきた漁船が、日本へ出戻ってゆく人たちを乗せて、どこかの小さな漁港からひそかに暗闇の波間にまぎれてゆくのです。その船の持ち主は関連の商人たちから注文を取りつけ、生活雑貨や履物、反物等を日本で仕入れて釜山あたりの闇市で卸し、済州島にも品物を運びこんで荒稼ぎをしたのでした。裏でつるんで私腹を肥やしていた警察幹部や、米軍政官吏も当然のようにはびこっていました。

日本への密航船は四・三事件が勃発してからでも、一年ほどはつづいていました。かくいう私もその闇船のおかげで殺戮の島を抜け出ることができた者ですが、私に類する事件の関係者と一般の密航者とでは、天と地の開きがありました。脱出する私は見つかればその場で射ち殺される立場の者でしたが、いうところの密航者たちは警察に見つかっても所持金の没収と、前金で払ってある船賃がぱあになるぐらいのことで、取り調べも二日ほどの留置で済む程度の軽微な違反者たちでありました。密航船と聞くと、私は今でも心臓が高鳴って息苦しくなります。

崔賢《チェヒョン》先生の学習所から私が済州島の親許のところに帰ってきたのは、四五年も暮れかかっていた一二月の終わりごろでした。私も自分の「在所《コジャン》」を探さねば、との思いが芽生えていたからでした。済州島で小学校を卒え、済州弁でなら話も交わせる自分でありながら、私が知っている済州島は「城内《ソンネ》」という、半径二キロ程度の済州でしかありませんでした。城内は電気も点く街並みでしたので、石油ランプや油皿の灯で暮らしているという城内の外の村落は、私には途方もなく遠い田舎でありました。崔先生に連れられて行った光州の外れの、無等山麓に散らばっている農家の暮らしが余りにもすさまじいものでしたので、済州島という本土からは隔絶した辺地の邑《むら》で育っていながら、その邑の村落からも外れて育った私には故郷となるいかようの在所があるのかと、いきおい自分の拠りどころがおぼつかなくなっていたころの私でありました。

地元の城内では白準赫君が待ち受けていました。そうして私の変転の人生は始まりました。彼は私を「読書会」に誘い、人民委員会の青年文化部に所属させながら、やがて始まる教員養成所の嘱託になることを奨めていました。軍政下で息を吹き返した右翼集団が折しも物理的攻撃を人民委員会にかけだしていたころで、筆頭格のやくざ集団、漢拏団《ハルラダン》が公然と島人民委員会を襲撃（一一月五日）した直後でもありました。彼らは食糧難を口実に、在日同胞からの醵金を集めて食糧を調達してくると募金を強要したり、あげくは人民委員会の青年保安隊員を襲って腕章を奪い、隊員を装って強迫、ゆすり、無銭飲食等々の傍若無人な振る舞いで人民委員会を挑発しつづけていました。やがて軍政庁の、統治制度の実際を目の当たりにする事態が現出します。

追放された人民委員会

済州島の実質的占領と軍政業務は解放の年の一一月一〇日、第五九米軍中隊の進駐によってようやく始まりますが（島軍政長官スタウド少佐）、当初、米軍政と人民委員会とは緊密な実務的関係にありました。済州邑《ゆう》人民委員会は別格の組織でしたが、米軍政が済州島に及ぶまでにすでに、各「面《ミョン》」（郡の下、里洞の上の行政区域）の面長や、各村の里長（「面」に属する末端行政区域の一つで、「里」の事務を司る長)はほとんど、その地の長格《おさ》の人が人民委員長を兼ねて就任していましたので、軍政当局は島の行政のために委員会を活用せざるをえなかったからでした。ありていに言えば村落共同体に根ざした村社会的な自治組織ではありましたが、大らかに村の行政を司って治安、教育、保健などの公益事業から、「敵産管理」(日本人が所有していた土地や建物等の資産)まで掌握して、村人たちの信頼を集めていました。面事務所(面役場)が行政業務を実施するときも、当然人民委員会の方針に沿うて行われました。

しかし地域とのつながりだけではどうにもならない事態が目前に迫ってきていました。何よりも深刻だったのが食糧事情の極度の悪化でした。解放の翌年の一九四六年はコレラの疫病禍に苛まれただけでなく、いまだ経験したこともないような大凶作に見舞われた年でもあったのでした。及ばずながらの炊き出し活動に加わっていたひとりとして、私もとくとその窮迫の現場に居合わせた者ですが、大凶年を耐え抜くために島民たちは麦の麩《ふすま》のおかゆから、八割方がひじきの麦ごはん、くず、かぼちゃ、芋、大根をこね合わせただけのだんご汁、それこそ食べられるものなら何でもかき集めて命をつなぐ有様でした。城内は中心街だけあってまだなんとかやりくりができていましたが、城内からはずれた里村の困窮ぶりは、町育ちの私だけに本当に目に余るものがありました。

この食糧不足の対策をめぐって、軍政当局と人民委員会との間に罅《ひび》が入りはじめ、いよいよ関係が厳しい対立へと向かっていきました。米軍政は初め、米穀自由販売政策を導入して対処しようとしましたが、地主や富裕商人らによる買い占め、売り惜しみが横行して食糧事情はますますもって逼迫しました。あわてた軍政当局は植民地下の制度でもあった米穀配給制に急遽変更し、それに必要な穀物を確保するための米穀供出制度の実施を強行したのでした。

島民には寒けをもよおすほどの、二度とは聞きたくもない〝供出〟の再強要でした。解放直前まで農民たちはいかほど〝供出〟に苦しめられたことか。拘引、勾留まで対置して取り立てていった、強引な割り当てだったからでした。当然、軋轢《あつれき》が米軍政当局との間に生じました。島人民委員会は供出政策に対抗して穀物収集拒否運動を展開し、買い占め、売りしぶりに手を貸している当局の汚職官吏や、悪徳商人の名を挙げて糾弾しました。

軍政当局はこれを社会秩序を乱す共産主義者の謀略活動と断じ、「反共」の正義をかかげて名を売っている親日派あがりの大小の右翼集団に、公然と梃入《てこい》れを始めました。利益誘導も甚だしい「敵産管理」、日本人が所有していた土地建物等の払い下げはすべからく、これら右翼の顔役の手を経て処理されたほどでした。

前年の漢拏団事件(一九四五年一一月五日)の軍政裁判からして、不当に片寄った一方的な法処置でありました。何かにつけ言いがかりをつけては挑発行為をつづけていた右翼暴力集団の漢拏団は、一〇月二七日、済州島を含む全羅南道一円に軍政実施の宣布が全南軍政長官・第二〇歩兵連隊長ペプク大佐名で発せられると俄然大胆になり、連日委員会への非難をトラックを駆って始めました。「赤《パルゲンイ》は失せろ《う》!」の誹謗に怒った委員会傘下の保安隊二名が路上で抗議をしたことから取っ組み合いのけんかとなって、この事件は始まりました。

その夜、漢拏団は島人民委員会と朝鮮青年同盟支部の事務所を徒党を組んで襲いましたが、事務所を守ろうとする保安隊員と支援者たちの加勢もあって、漢拏団は追い返されました。注進を待って待機していた米軍政の米兵と軍政警察は即刻、ジープを連ねて威嚇の銃声をひびかせながら島人民委員会を包囲し、事務所につめかけていた幹部たちと同盟員たちを不当に逮捕したばかりか、書類の一切を押収したあげく、騒ぎを聞いて集まっていた住民たちまで手当たりしだい検挙して留置しました。このとき応援に駆けつけていた「読書会」のリーダー、白準赫君ら五名も一緒に逮捕されましたが、私が一年のち入党した済州南労党(南朝鮮労働党)の、同じ細胞の同志となる友人たちでありました。

島人民委員会が軍政警察に踏み込まれ、幹部役員やその場にいた大勢の住民たちも逮捕されたという急迫の報せはその夜のうちに北済州郡の各面委員会に伝達され、夜が明けるやいなや市内各区から、朝天面、涯月面の各地方から義憤に駆られた民衆たちが続々観徳亭まえの広場に集まり、一〇〇〇名余りの抗議集会が開かれ、デモが敢行されました。軍政当局は無許可集会、無許可示威として、一五四人もの民衆を逮捕して、委員会幹部、同盟員らとともに軍政裁判にかけました。

私はこのとき崔賢先生の学習所にいたころですが、年末に帰ってきてこの事実の詳細を知り、しんそこ歯ぎしりを覚えた軍政裁判の成り行きでした。「米軍政は《法秩序》維持の名目で法院庁、警察署の周辺にMP（アメリカ陸軍の憲兵）と警官を物々しく配置し、軍政司法官パトリッチ大尉の指揮のもとに通訳と、日帝時からの司法官崔《チェ》ウォンスン、梁《ヤン》ホンギらの陣容によって裁判は一方的に進められました。事件の経緯も明かされないまま、ただ警察側の陳述だけに依拠して審議がなされ、被訴者の側の抗弁権も証拠申請も無視されたまま通訳だけが仲に立つという、略式裁判でもって布告第二号が適用され」（金奉鉉・金民柱編『済州島人民たちの《4・3》武装闘争史――資料集』）、絶不況下《ぜっふきょう》で収入も乏しいなか、全員法外な額の罰金刑に処されました。言いがかりをつけては諍《いさか》いをひき起こしていた右翼暴力団、漢拏団の関係者は誰ひとり拘束もされず、裁判沙汰にもなることなく人民委員会側だけが責任を取らされたのでした。

〝供出〟反対の大衆闘争を共産主義者の謀略に仕立てた軍政当局の対応は意図的なもので、

人民委員会の活動はもう済州島においてもおぼつかなくなったことの、脅迫めいた告示でもあったのでした。時あたかも「信託統治」をめぐる左右の対立が南朝鮮全域に広がっていたさ中で、第一次米ソ共同委員会の決裂(一九四六年五月八日)を見はからった米軍政が、左翼勢力に対する攻勢を本格化させていた時期と重なっていました。朝鮮の連合軍による信託統治の構想はもともと、アメリカが終戦前からもっていたものでありましたが、うまくいかない占領行政に業を煮やしていたアメリカが、信託統治を〝統治〟の継続と受けとめて猛反対の民族主義者や民衆の民族感情を逆に利用して、民族の統合を阻害しているのはソ連の手先どもの赤の連中だと、徹底的に悪宣伝を行い、信託統治賛成の左翼指導部を孤立させる条件に利用しました。

アメリカからそのために帰国させたかのような頑迷な反共主義者李承晩《イスンマン》を、事実上の南朝鮮だけの分断政府樹立を目指して右翼勢力が立ち上げた「大韓民国代表民主議院」(四六年二月一四日)の議長に就任させ、軍政府の最高の諮問機関として左翼対策に当たらせていたのもこの時期です。窮地に立たされた人民委員会側も左翼戦線の再整備をはかってその翌日の四六年二月一五日、「民戦」(南朝鮮民主主義民族戦線)を結成しますが、再結集を恐れた米軍政は信託問題で民心との乖離をうまくついた勢いに乗じて先制的強圧策一本で臨み、「民戦」はもちろん傘下大衆団体にまで逮捕・弾圧をくり返し、非合法活動に追いこんでいきました。

本土の情勢からももはや、済州島における人民委員会との「緊密な実務的関係」は望むべくもありませんでした。こうして人民委員会は公職の一切から追われ、勢いを得た右翼集団の傍若無人な攻撃にさらされはじめました。済州島が「道」に昇格したのは四六年の八月でしたが、軍政庁はこれをきっかけに右翼団体の新設強化、警察機構の改編、警備隊第九連隊の創設など、分断国家へ向けての体制強化を済州島でも本格化させました。

崔賢先生の学習所

私の手許には、済州島四・三事件で虐殺された犠牲者たちの、発掘された遺骸の写真集が何冊もありますが、まともにページを繰ったことが一度もありません。正視するだけの性根が今もって坐ってないのです。とてもじゃないが、耐えられない。

そのような私がとある朝、三段抜きの大きな記事の新聞写真には、釘付けにされてしまいました。朝日新聞の記事でしたが「虐殺語る遺骨・慰霊なき放置」という、目をそらしようがない大見出しが黒々と躍っていたのです。朝鮮戦争期の後半「北の協力者」数十万人を、韓国軍と右翼勢力が処刑したとの中見出しに並んで、「韓国・公州市の発掘現場。遺骨が整然と並んだ状態で見つかった。整列させられたまま銃殺されたとみられる」との説明がついている数十体もの遺骸の写真が載っています。四・三事件でもこのように並ばされて殺された犠牲者の遺骸が、方々で見つかっています。

朝鮮戦争勃発当初、韓国の釜山一角に追いつめられていた韓国軍と米兵が、マッカーサー元帥の仁川上陸作戦で戦況が反転し、北へ押し上げていく過程で惹き起こされた韓国軍と右翼集団による「北への協力者」狩りは、すでによく知られている事実ですが、それが「数十万」にも及ぶ虐殺であったことをしかと知ったのは、日本のその新聞の記事に依ってでした。「数十万人」とはヒロシマ、ナガサキの原爆犠牲者を上まわる、想像を絶する数字です。〝共産主義者〟への憎悪がこのようにも増幅するだけの下地がすでに、朝鮮戦争前からあおられていたからこその、身ぶるいする数字です。済州島四・三事件に限らず、この目をおおうばかりの惨事が〝反共の大義〟の名分でもって、不問に付されてきたのです。

あ、やはり崔賢《チエヒヨン》先生は殺されてしまっていたんだ、と得心ともつかぬ踏ん切りがやっと六〇年ぶりでつきました。解放直後の光州《クアンジユ》で青年、学生の学習所をつくり、農村の啓蒙活動に打ち込んでおられた崔先生が、北朝鮮人民軍敗走の修羅場を無事くぐり抜けたとは考えられず、ましてや無慈悲極まる〝赤狩り〟の魔の手から逃れえたともとうてい考えられない。もしや北へ連行されて生涯を全うしたのではなかろうか、との淡い期待も「数十万」という犠牲者の遺骸を発掘、調査中との報道で、ぷつりと切れました。

すっかり皇国少年になりきっていた私が、解放後朝鮮人としての自覚を深めた一番のきっかけは、「自分の在所探し運動」の指導者であり、実践者であった崔賢先生との出会いでありました。九月末(一九四五年)学校へは戻りましたが、皇民化のお先棒を担いでいた学校で、卒業資格の単位だけを何食わぬ顔で補習する自分が厭で、事もなげに民族教員養成の学校に成り変わった学校そのものが厭で、同じ思いに駆られている数人の学生仲間の誘いに乗って、「灯火《トゥンブル》学習会」を訪ねるようになりました。そこが学生たちから「崔先生」「崔先生」と慕われていた、「自分の在所探し運動」を実践しておられた崔賢先生の学習所でした。解放になったのになぜ夜中の灯火なのかと、いぶかりもした私でしたが、三人おられた学習所の先生方の伸びやかな人間味と、蓄えられている知識の奥ぶかさにすっかり魅入られた私は、昼も夜も入り浸るようになり、学校の授業はますます疎遠になって、学校とはとうとうそうして切れていきました。「トゥンプル学習所」との直接的な関わりは三月《みつき》足らずの短いものでしたが、そこで習い、教わったことのすべてが今に至る私の知識の基礎となって、意識の底に居坐っています。

やはり国語(ハングル)の履修には骨が折れました。ハングルの綴字法《マチュムポプ》と文法、発音は金《キム》イジュという「朝鮮語学会事件」に連座させられていた先生といわれる、四十代半ばのもの静かな国文学者でしたが、平素の穏やかさとはうらはらに授業となるとねちっこく問いつめてくる、こわい女の先生でした。私が済州弁という独特な発音の世界で育ったせいか、とりわけ「ㅚ」(ø《オエ》)という単母音の発音が不得手で、唇がとんがってしまうぐらい特訓させられました。ローマ字表記では[oe]で表しますが、「オエ」と音を二つに分けて発音するのではなくて、oとeを同時に一音で発声しなくてはならないのです。運動会、反省会というときの「운동회《ウンドンホエ》」「반성회《パンソンホエ》」の[ㅚ]の母音ですが、それがどうしても「운동홰《ホエ》」「반성홰《ホエ》」となってしまう。私にかぎらず地方弁が身についてしまっている人は誰彼なしに、複母音の[wɛ]《オエ》で発音される意地悪な単母音です。私の直らない発音を茶化して、よく「가오리홰《カオリホエ》(鱝《えい》の刺し身)なの?」「은어홰《ウノホエ》(鮎《あゆ》の背越し)なの?」ととっちめては周りを笑わせてもいたものでした。その金先生も崔先生と運命をともにされたのだと思うと、すぎ去った六十余年が遠い過去だとはどうしても思えません。

崔賢先生は週の半分は山間の部落で寝泊まりしていました。そのつど五人ほどの学生が同道します。野良仕事を手伝ったあと、農民たちとの夕食を囲んでの懇親があって、そのあとが灯《と》盞《さん》の明かりの下での先生のお話です。多岐にわたる先生のそのお話がたまらなく興味ぶかくて、同道の順番を皆がみな待ち遠しく思ったものでした。

全羅道はわが国一番の穀倉地帯なのに、なぜ全羅道の農民は特に貧しいのか、とか、世界に誇って余る独自の表音文字のハングルを創りだしていながら、朝鮮の近代文学はどうして立ち遅れたのだろう、とか。とりわけ「ハングル」にまつわる先生のお話は、自分にもっとも欠けている国文の素養をあぶりだしているようで、心に痛く焼きついたものでした。「ハングル」には唯一の文字、偉大な文字との意味がこもっているにもかかわらず、「日韓併合」で李王朝が終息するまで、いや一九二〇年代初頭までも「ハングル」は「諺文《オンムン》」と別称で呼ばれまして、公文書や知識人たちの文章記述には使われなかったこと。諺文の「諺」にはやさしい教訓的な言葉という字義があるところから、無学者や婦女子にふさわしい文字として扱われ、延々と漢字、漢文が「真書《チンソ》」として尊ばれるという事大主義に陥っていたこと。それがひいては朝鮮の近代化を遅らせもしたと、不遇をかこった朝鮮近代文学の詩の数かずや、小説の一節等を折につけ朗読してくれてもいました。

かつての日本は実際、「日韓併合」の当初から朝鮮の固有文化の枯渇を植民地政策の第一義に据えていましたので、朝鮮の近代文学はハングルが首座を占めるその草創期から、思いのままには成長できない高山植物のように、歪《いびつ》な発育を強いられた文学でした。それでも一九三〇年代初めには一応の開花期を迎えはしますが、ほどなくして勃発した太平洋戦争は皇民化の嵐をもろに吹きつけ、朝鮮語による創作はついに息の根を止められました。物書きの多くが御用文学者に成り変わって「聖戦完遂」を高唱し、ご時世に沿えない文学者たちは筆を折って、氷のように沈黙しました。なかでも痛ましいのは才能あふるる気鋭の文学者たちが、この時期自虐的に体を傷めて夭折しているか、発狂しているか、刑務所で獄死していることです。その数十指に余ります。これもみな崔先生のお話が元手であった、私の蓄えです。

思いもよらない「解放」に出会って、私が朝鮮人の自分を取り戻していく過程で受けた影響はいろいろとありますが、なかでも詩は、それも植民地統治下で書かれたいくつかの特定の詩は、心情を直接突き上げていたたまれなくさせた、最たるものでした。私も詩を書く者のひとりですので、詩には特別な思い入れが働くのだろう、とお思いになるかもしれませんが、皇民化の暴圧が吹き荒れるなか、自分でかかえこむしかない朝鮮語でもってそれでも書かざるをえなかった詩には、心情の激発が凝固した導火線のように秘められています。普段にはありえない時と場所に巡り会えた者の思いの中で、それが破裂したのです。崔先生に教わった、陰刻のような詩人たちの詩です。

李陸史《イユクサ》、趙明熙《チョミョンヒ》、李相和《イサンファ》、金東鳴《キムドンミョン》、金素月《キムソウォル》、李章熙《イジャンヒ》、金珖燮《キムグァンソプ》、等々。

どの名前も金素雲訳の朝鮮詩集『乳色の雲』で目にした詩人たちでしたのに、あまりにも簡略な詩人紹介しか付されていませんでしたので、詩人像を作品を通して思い見ることは通り一遍のものでしかありませんでした。

最初の民族詩人・李陸史

李陸史《イユクサ》は「解放」になって私にやってきた、最初の民族詩人でありました。もちろん、上気するほど熱中して読んだ『乳色の雲』(金素雲訳編『朝鮮近代詩選集』一九四〇年)を通してお名前だけは記憶にあった詩人でしたが、よもやその人が一七回も逮捕、検束、投獄されたあげく、関東軍監視下の北京監獄で四〇年の生涯を散らした抗日詩人だったとは、露ほども知りませんでした。

因みに『乳色の雲』での詩人紹介は「明治三八年生。北京中国大学社会学科卒業」といった程度の、感興ひとつそそりそうもない簡単なものでした。それだけにこの簡略さが、「李陸史」を『朝鮮近代詩選集』に取り上げた金素雲の思いもにじませていて、その気苦労のほどを解放後の今に伝えてもいます。

アメリカとの太平洋戦争は『乳色の雲』が刊行された翌年の一九四一年に始まりますが、その年李陸史は肺結核を患って北京から一時帰国。ソウルの聖母病院に入退院をくり返していた一九四三年七月、東大門警察(ソウル)特高に逮捕されて北京監獄に護送され、日本が太平洋戦争に敗れる前の年の一九四四年一月一六日、享年四十一歳で獄死した、くやんでもくやみきれない民族詩人です。

その詩人の存在を私にもたらしてくださったのは、やはり崔賢《チエヒヨン》先生でした。灯盞《とうさん》の灯りの下で詩人の生涯を語りながら絶句し、嗚咽をこらえて二度読んでくださった詩が、「青葡萄」でした。

　わが在所の七月は
　青葡萄が熟れていく季節

この里の言い伝えがふさふさと実り
遠い空が夢みつ粒《つぶ》ごとに入《い》り込んで

大空のもと碧《あお》い海はいっぱい胸をひろげ
白い帆舟がしずかに上げ潮《しお》に押されてくれば

待ち遠しいお方はやつれた体で青袍《あおごろも》*をまとい
必ず訪ねてくると言われているのだから

そのお方を迎え青葡萄を共に摘んで味わえるのなら
わたしの両手はびっしょり濡れてでもよいものを

あこよ、わが食卓には銀の盆に
まっ白い苧麻《モシ》**の手拭きを用意しておいておくれ。

＊　青袍＝略式の礼服も兼ねる、外套のような外出着。もともとは道士（道教の布教者）が着る「道服」に由来するが、朝鮮王朝時代をとおして道義人倫を説く人の装いとなった。青染めの道服「青袍《チョンポ》」は、官職に就かない在野人士の象徴でもあった。

＊＊　苧麻＝苧《からむし》で織った絽《ろ》（薄い絹織物）。

抗日闘士の詩にしてはいささかの高揚性も宣伝臭もなく、混濁した想念がじわっと澄んでいくような、いまだ感じたこともない清冽な詩情に体が打ち震えたものでした。たしかに『乳色の雲』で読んだはずの詩でしたのに、文語調の日本語訳のせいでか、さして感じ入ることもないまま読みすごしてしまっていました。

李相和《イサンファ》の長詩「奪われた野にも春はくるのか」も、学習所の教材として習ってはいましたが、収奪される植民地下の悲しみが憤りとなってうたいこまれてはいながらも、その語り口の流動感がそれまでなじんできた詠嘆の情調と同じ感じのものでしたので、私にはその標題（タイトル）だけで事足《こと》りてしまった詩でもありました。三十すぎて詩を書き始めた李陸史の詩には簡潔な作品が多く、それでいてバネのように剛《つよ》い詩人の不屈の意志は、青びかる光の楔《くさび》のように読む者の胸に食いこんできます。

絶頂

厳しい季節の鞭にしだかれ
ついに北方へと吹かれてきた。

空さえ是非なく疲れはてている高原
もはや研《と》がれた刃の　その霜柱の上に立つ。

どのどこに跪《ひざま》づけばいいのか。
ひと足忍ばせる　隙間とてないのだ。

だから眼を閉じ　思いみるのみ
冬は鋼鉄でできた　虹であると。

まだ近代文学の開花期であった一九三〇年代初頭の朝鮮で、これだけ洗練された詩法と硬質の抒情をどこで、どのようにして身につけたのか。私にはただ目を見張るばかりの鍛えあげた詩情の詩です。

魯迅との親交も得ていた李陸史は一九三六年一〇月『朝鮮日報』に寄せた「魯迅追悼文」のなかで、小児病的な革命的文学徒たちの不平を父親が喩すように魯迅が慰撫している点を高く評価して、行動することの慎重さを自己への戒めのように説いていたほど、独立運動家としての己をひけらかすことはこれっぽっちもない詩人でした。それどころか「わずかに私には、行動の連続があるばかりでした。行動というのは言葉ではなく、私には詩について考えることも行動になるからです。（略）恥ずかしくない〈一篇の詩〉を書くことさえできれば、それで十分でしょうに」（エッセー集『季節の五行』）とまで詩に執着していた純粋な革命家でもありました。一行の遺書も日記も遺すことなく、自分の詩さえ遺書であることを拒絶した李陸史は、四〇篇近くの詩を風に散らしたまま極寒の北京監獄で絶命しました。

事のついでですので言っておかねばなりませんが、「李陸史」は故国と民族に殉じたこの詩人のいわくつきの筆名でした。本名は李源禄《イウォノク》と言い、しばしば自ら「李活《イファル》」という別名も用いました。命をたすける、蘇らせるという、「活」の字の字義が多分気に入っていたのでしょう。

一九〇四年四月四日(陰暦)、朝鮮慶尚北道安東郡《キョンサンプッドアンドン》源村里《ウォンスンリ》で李陸史は男五人兄弟の次男に生まれました。兄の源祺《ウォンギ》も植民地支配に抵抗した独立運動の志士の一人で、すぐ下の弟源朝《ウォンジョ》は朝鮮語文学が禁じられていたなかで国文(ハングル)に執着して文芸批評をしていた評論家でした。本貫、つまり出自は真城李氏の家系で、一六世紀の朝鮮が生んだ名高い儒者、退渓《テゲ》・李滉《イファン》の一四代目の子孫に当たるという名門の出です。退渓・李滉は徳川時代から明治にかけての日本にも、思想的に大きな影響をおよぼした儒学者として知られています。

一九二五年、兄の李源祺とともに独立運動を目的とした非合法結社の「義烈団」に加入して北京に赴き、二七年に帰国したところ「朝鮮銀行大邱支店爆破事件」に関連したとして検挙され、大邱監獄に二年七か月もの間服役せざるをえませんでしたが、そのときの囚人番号が「二六四」番、すなわちハングル読みで「イユクサ」であったことにちなんで、出獄後筆名を「李《イ》陸史《ユクサ》」にしたといいます。一九七〇年代までは伝聞として伝えられていましたが、『別乾坤』誌の一九三〇年一〇月号に寄稿した原稿の末尾に、李陸史自ら筆名を「大邱二六四」と記していることが同誌七二ページの誌面を通して確認され、それまでの伝聞が八〇年以後は事実として定着しました。

思えば私の「解放」後の青春は、李陸史の詩によって芽生えたような気がします。崔賢先生によって李陸史の詩がもたらされた夜、先生が語られたエピソードの一つに突き上がるほどの発奮を覚え、手の形が変形するほど拳を鍛えた時期がありました。相次ぐ投獄で失職がつづいていた間、郷里の田舎で私塾を開いていたときのことだそうですが、塾生たちに「亡国の民は拳ぐらい強くなくてはならない」と言って拳闘を奨めたというのです。いち早く息を吹き返してくる親日派と、跋扈《ばっこ》する右翼勢力に無力感を味わっていた矢先でしたので、「強い拳」に一気に衝《つ》きうごかされた私だったのです。背丈ほどの五分板に荒縄を巻き付け、家にいる間じゅう拳を打ちつづけて、そのうちかさぶたが固まって目にも異様な節くれた手になってしまいました。私には何か始めると憑《つ》かれたように熱中してしまうくせが小さいときからあって、母を困らせたものですが、それでも李陸史の思いが籠もっている手のようで、満足でした。

第4章　信託統治をめぐって

南労党と朴憲永

崔賢《チェヒョン》先生の生き方、思うことを誠実に実践する行動力に痛く感銘を覚えていた私は、解放の年の一二月末、先生の奨めもあって済州の親許に帰ってきますが、待ち受けていた白準赫《ペクジュンヒョク》君らによって活動家の手順のような、「読書会」での学習の洗礼を受けるようになりました。白君はそのときすでに朝鮮共産党全羅南道委員会の学生党員でありました。このシステムは一年のちの一一月、共産党済州委員会が南労党(南朝鮮労働党)済州委員会に改称されてからも変わることなく踏襲されましたが、党員である自分の活動を補助する、最低二名以上のシンパサイザーを工作する責務が、党員資格として課せられていました。「読書会」はシンパを獲得する溜まり場のようなところで、いわば私は白君に狙いをつけられたシンパの候補生であったのでした。このように書くと私が一方的に白君らに引きずられていったように聞こえてきまりが悪いのですけれど、私には私なりの共感が「朝鮮共産党」にあって、その主義主張の実際を知りたいとは、かねがね思っていたからこその私の同調でもあったのでした。

せっかくの「解放」を手にしたにもかかわらず、わずか三月そこらで、追及を受けていた親日派や右翼の顔役たちが大手を振って復権し、解放軍のはずの米軍までが占領政策の軍政を敷いてこの徒輩たちを後押ししている現状に、おそまきながら自覚を深めていた私の正義感が、またも途方に暮れかけていたのです。私の知るかぎり、解放後、澎湃《ほうはい》と湧き起こったもろもろの民族運動の中で、自主独立の主張をかかげて動いている人たちのほとんどは、植民地下で警察の追及を受け牢獄に囚われ、拷問に呻《うめ》いた〝思想犯〟だった人たちでした。思想犯とは「アカ」、即ち共産主義者であることをいち早く刷り込まれていたのは他でもなく、当の皇国少年だった私だったのです。

もはや「社会主義」という言葉は時代の彼方に押しやられた感じのイデオロギーですが、私が「社会主義」という、特別なひびきのこもった言葉を耳にしたころは、異様な緊張が体を走る謎めいた言葉でもありました。それが過酷な植民地統治だったことも知らずに、ひたすら皇国臣民の誓いを新たにしたころから私にこびりついた、秘めごとの符丁のような言葉です。

ひそひそと朝鮮語音でささやかれていた「社会主義者《サフェジュイジャ》」は、天皇陛下の赤子《せきし》といわれるだけで胸いっぱいだった皇国少年の私にも、特別な意味合いをひびかせていました。同族のために苦労をしている人、またはそのために追われたり、囚われている人たちだという、同族どうしの暗黙の諒承がこもっていたのです。このようにも相矛盾した心情が、新日本人に成り立ての私にもごく自然に受け渡されていました。

回天となった〝終戦〟のおかげで、私もようやくその「サフェジュイジャ」の実相を知るに至りましたが、植民地統治に歯向かった人たち、良心的な民族主義者や自由主義者、農民運動家も組合活動家も、ひいてはキリスト教徒をはじめとする各宗派の信仰者たちをもひっくるめて、民衆は「サフェジュイジャ」と呼んでいたのでした。事実日本の官憲もまた、これらの人々をアカ呼ばわりで検束し、予備拘禁し、牢獄につないで事を処しました。私にとって、いや私が目覚めるまえからの受難の民族史のなかにあって、「社会主義」はゆるぎない正義の拠りどころだったものであり、「社会主義者」はその社会正義を担いつづけた苦難の使徒たちでありました。

「解放」後の分断対立のあつれきもまた、そのことを証して余りあります。「戦勝国に準ずる解放された国」の三八度線以南に、米国ははやばやと軍政を敷き、南朝鮮だけの単独選挙を強行して「大韓民国」を造り上げ、かつての植民地の性格を条件づける財産制度と所有秩序、その保護手段である法体系とイデオロギーを、アメリカ式の民主主義という仮象のもとに保持することで、すべての正義に勝る大義の反共法を根づかせていったのです。

解放と言われた日から早くも七〇年もの年月が流れ去りました。やはり私には自己と組織との、つながりのおさらいをする必要があるようです。

後身《こうしん》の「南労党」に私が入党するまでに至った朝鮮共産党は、植民地統治下の一九二五年に結成された抗日組織でした。ソウル派・火曜派・ＭＬ派などと呼ばれるセクトをかかえての活動でしたが、きびしい弾圧のため分散的な小グループのままで非合法活動をつづけるしかありませんでした。八・一五の解放になって大衆的な広い基盤の組織になってはいきましたが、いち早く登場したのは〝思想犯〟の刑期を終えて出獄して以来、長く転向を擬装していた旧ソウル派の面々たちでした。彼らは建国準備委員会（人民委員会の前身。代表呂運亨《ヨウニョン》）とも接触をつづけながら解放の翌日の八月一六日、はやばやと朝鮮共産党を発足させます。党事務所が長安《チャンアン》ビル（ソウル）にあったところから、俗に長安派共産党とよばれました。

一方、やや遅れて火曜派（共産党結成時（一九二五年）中心となった正統主義的セクト）だった朴憲《パクホ》永《ニョン》（のちの南労党書記長。朝鮮戦争休戦直後、金日成《キムイルソン》政権によって処刑された）たちも「朝鮮共産党再建準備委員会」を結成します。祖国再興という緊迫した状況のもとで、二つの共産党が並立する状態を正すため、両派は九月八日、朝鮮共産主義熱誠者大会を開いて基本的に合同し、朴憲永が責任秘書(書記長)に就任して一体化した朝鮮共産党が再発足しました。

当時は解放直後のことで、いきおい朝鮮人に押し返されていた私はただただ立ちすくむしかなかったころですが、周りから伝わってくる呂運亨先生、朴憲永書記長の人物像には何か惹かれてならないものがありました。とりわけ朴憲永という独立運動家の抗日闘争は私を捉えて放しませんでした。植民地統治下のあの容赦ない思想統制のもとでも国外への亡命はせず、全羅南道の炭鉱地帯で労働者の群れにまぎれていたという伝聞は、無知だった自分を映しだす鏡のようにも思えて、まぶしいばかりでした。彼への尊敬の念が私をして南労党に属するようにもさせていきましたので、今しばし朴憲永についての説明を聞いてやってください。

朴憲永は風聞どおり投獄・出獄・地下活動・投獄というきびしい生活に耐えながら、一貫して党活動をつづけた結党以来の最古参党員です。解放直前の大規模な党再建運動である一九四〇年の「ソウル－コム」に関連して再逮捕され、出獄後解放になるまで全羅南道の炭鉱地帯にひそんでいたというのも事実です。植民地下の弾圧をかいくぐりながら、困難きわまる条件のなかでコミンテルンの指示を忠実に実践する、強靭な意志力をもつボルシェビキでありました。

かくもくどくどと朴憲永にこだわるのは、朝鮮共産党が再発足して間もない四五年一二月二七日、モスクワで開かれた米英ソ三国外相会議で「モスクワ協定」として知られる「信託統治」が決定されました。戦後の朝鮮について五年間の信託統治を行うとの内容です。その賛否をめぐって激しい対立と混乱が南北朝鮮にもたらされますが、豹変するかのように信託賛成（賛託）に廻った朝鮮共産党の対応は、ひいては済州島の四・三事件にまで尾を引いていきますので、その中心人物の朴憲永の動向を改めて振り返ってみようと思ったからです。

「信託統治」というそもそもの発想は、対日戦の基本原則を定めた連合国（米・英・中）のカイロ宣言（一九四三年一二月）で謳われている、「朝鮮人民の奴隷状態に留意し、適当な手筈を経て（in due course）朝鮮を自由かつ独立の国」にするとの「適当な手筈」(in due course）の具体化として、米大統領のルーズベルトがソ連側に提示していたものでした。このルーズベルトの戦後世界のビジョンは米ソの東アジアでのパートナーシップを前提としていたものでしたが、朝鮮半島が南北に米ソによって分割された時点では、ルーズベルトはすでに亡くなっていて（四五年四月死去）、米ソの協調構造は後を継いだトルーマン大統領によって大きく後退していました。

三国外相会議で決定された「信託統治」は、原爆実験の成功（一九四五年七月一六日）を見たトルーマン大統領の、ソ連の膨張を阻止する戦略であったことが、のちのち明らかになってきます。

朴憲永と金日成

祖国再興に力を合わせようと「合同」を見た両派(旧ソウル派系の長安派共産党と、結党時からの正統主義的火曜派共産党)ではありましたが、長安派の人たちは長く擬装転向をして実践から離れていたせいもあって、理論家肌の人が多く、専ら国際主義・社会主義革命論を主張していました。しかし行動力がともなわなかったため、党内でのヘゲモニーはいきおい実戦派の朴憲《パクホ》永《ニョン》グループが握るようになっていきました。朴憲永指導部はこの段階ですでに、解放前から北朝鮮で活動していた李《イ》舟河《チュハ》らをも影響下において、北朝鮮への組織的浸透も図っていたのでした。これがのちに命取りともなる一大要因にもなりました。

私は一九四六年一二月、朝鮮共産党が南労党に改称された時、入党(当初の六か月は予備党員)した末端の党員でしたので、党書記長の朴憲永に会場ですらお目にかかったことはありませんが、写真で見るかぎりやせぎすの小さい体で、厳しい状況下の前衛党を統率する人には見えないお方でした。しかし教宣資料の演説文や、活動方針書などは、眼鏡の奥で鋭く光っている眼差しの写真と同じぐらい鋭く、共感を熱くそそる高揚性に満ちていました。その朴憲永書記長が朝鮮戦争休戦協定締結直後、南労党を私物化し反党的行為を行ったとかで金日成《キムイルソン》政権によって処刑されてしまうなんてことは、私にはまったくもって想像もつかない驚天動地の異変事でした。

私はその当時、血なまぐさい済州島を奇蹟のように抜け出て日本の大阪にたどり着き、逃げを打った者の負い目から在日民族団体の「民戦」(在日朝鮮民主主義統一戦線)大阪府本部の、文化関係の常任活動家になって駆けずりまわっていたのですが、超三大国家のアメリカ軍と戦って実質的な勝利を収めた「休戦協定」締結に、在日民戦は組織を挙げて祝賀会をくり広げたものです。朴憲永の処刑はその興奮がまだ冷めやらないさ中にもたらされた衝撃でした。高まっていた戦勝気分も、絶対的な正義の国と信じていた北共和国への祖国愛も、その国を率いる金日成首領さまへの尊敬も懐疑の闇に閉ざされていきました。

私は朴憲永を救世主のように崇めて入党した者でした。朴憲永の悲劇を、南労党の無残な壊滅を、もう年を取るだけとって高ぶる感情も枯れ果ててしまいましたが、こもごもと記憶をひきはがすように想い起こせば、北の体制をつくり上げた金日成の党と朴憲永とは、戦略戦術の面において事の初めから相容れないものを持っていたようです。

金日成は「解放」の日からひと月もあとの九月一九日、ソ連の貨物船で元山《ウォンサン》港に上陸しました。強力なソ連軍の後ろ盾を得て、金日成は一九四六年二月八日、民族主義者を排した社会主義者の単独支配体制である中央権力機関の「北朝鮮臨時人民委員会」を成立させます。そしてまず提唱されたのが「民主基地確立論」でありました。この提唱は「信託統治」をめぐって大衆間に対立が広まっていたなかにあって、南労党済州島委員会の軍事委員たちの信条となって根づき、四・三事件の決起を結果的に早めた行動原理ともなりました。自分のみじめな敗残の体験からして、私はそのように総括することができます。

「四六年三月に米ソ共同委員会が始まり、統一的な臨時政府樹立に向けた話し合いをしながらも、ソ連側は民主改革の名の下で北朝鮮地域での既成事実(北朝鮮臨時人民委員会の実績)の積み上げに余念がなかった。けっきょくそれは、李承晩《イスンマン》ら右派による南朝鮮での単独政権づくりを触発し、南北両地域における敵対的な体制の発展を促すことになる」と、立命館大学教授の文京洙《ムンギョンス》は自著『済州島四・三事件』でこの時期の南北朝鮮の状況を取り出しています。

済州島四・三事件の前章に位《くらい》する極右団体、「西青《ソチョン》」(西北青年団)の横暴きわまりない〝アカ狩り〟テロも、元を糾《ただ》せば北朝鮮の性急な「民主改革」で北朝鮮を追われた人たちの、金日成共産主義体制に対する激越な怨みの反動でした。良心的な民族主義者までをも排除した北朝鮮臨時人民委員会の「民主改革」は、たしかに制度としては進んだ改革ではありました。土地改革や重要産業の国有化、さらには男女平等の法制化までしたのですから、画期的なことには違いありません。しかしその手段と方法が余りにも急激にすぎました。問答無用の民族反逆者・親日派処断、地主なら誰彼なしの総追放。民意を問うことの一切が省かれた「土地改革」は、「親日的な大地主ばかりか、勤勉と倹約によって中小の地主に成長していたプロテスタントたちをも一挙に打ちのめし、北から南へのおびただしい数の人口流出、いわゆる越南民の増大をもたらし」ました（文京洙『済州島四・三事件』）。その数八〇万人を超したといわれています。その越南者のほとんどが反共主義の権化となって警察や右翼団体の先頭に立ち、済州島にも支部を作って島民への迫害をほしいままにしました。

北朝鮮臨時人民委員会のこの容赦のない変革に対して、朴憲永指導部が画策したのは二段階革命論でありました。土地改革についても当面の民主改革の柱であることは認めつつ、それを直ちに実施するのではなく、小作料を三割に制限する三七制獲得の方針を示していたのです。または旧日本帝国主義の残滓一掃の問題についても、それが民主革命のゆるぎない主要課題であるとの位置づけはしかとしながら、それでも当面は連合軍との協調が優先するとの運動方針を掲げていたのでした。朝鮮共産党は合同を実現した当初から連合軍を「解放軍」と位置づけていましたので、米軍単独による占領政策が明らかになってきていた一一月(四五年)段階に至ってさえ、米軍はまだ民主改革を支持するであろうとの期待を捨てきってはいませんでした。九月六日(四五年)建国を宣布し、進駐してきた米占領軍によってすぐさま否認された「朝鮮人民共和国」を、朝鮮共産党が支持したのもこの戦略からでした。

これは当然、判断の誤りとなりました。米占領軍を連合国の「解放軍」と受けとめたことによる誤りですが、けだし朴憲永指導部の責任にのみ帰するものであるとは私は考えません。解放直後のうねりのような民衆の広範な左翼支持を思うと、その支持を背景に朝鮮共産党が連合軍との協調路線をとろうとしたことはむしろ、時代的要求に適っていたとさえ言えるからです。

連合国軍の米軍を「解放軍」と見立てた朝鮮共産党の誤りは、すぐさま糾されました。朴憲永指導部は果然、四六年に入ってから米軍政に対して実力抗争路線に転じたのです。抗争路線と言いましてもあくまでも合法的なデモ、同盟罷業(ストライキ)、米軍政への不同調が主眼の抗争路線でした。ところが米軍政は米ソ共同委員会を前にした四六年五月、大量のにせ札を党機関紙印刷所で印刷したとして、党中央機関紙の『解放日報』を弾圧するという「精版社事件」をでっちあげて、共産党つぶしを露骨に始めました。もはや合法活動のすべはなく、党組織は完全に地下にもぐって非合法活動に戻っていったのです。

私はこの時期、済州島人民委員会の下働きをしながら毎日伝単（ビラ）の檄文を書き、白準《ペクジュン》赫《ヒョク》君の「学習所」で、本土から来た学生オルグからの初歩的な「唯物弁証法」の手ほどきを受けていました。折しも世上をさわがせはじめた「信託統治」の問題は、民衆の心情を荒立てていたばかりか、解放前から信頼を集めていた左翼指導者へもいちまつの疑念を生じさせていました。植民地をようやく脱したばかりだというのに、またしても統治されるという事態をこの指導者たちは払いのけてくれるのか、どうか。いぶかりの目で見つめはじめていたのです。豈図《あにはか》らんや、ほどなくして南労党に成り変わった朴憲永指導部は、民衆の思いとは裏腹の信託統治賛成を、先頭きって表明するようになります。

信託統治をめぐって

信託統治反対（反託）が民意の主流となっていたさ中にあって、よもや共産党が、解放前の厳しい統制、弾圧のもとででも一貫して抗日独立の闘いをやめなかった共産党が、信託統治賛成（賛託）にまわろうとは、まったくもって思いもかけないことでありました。解放後の南朝鮮における民族的不幸の始まりは、まさにこの「信託統治」をめぐっての左右対立の激化であったといっていいでしょう。

思いおこすのも気が滅入るばかりの当時の記憶ですが、保守中道の韓国民主党党首宋鎮禹《ソンジヌ》が、アメリカの意を受けて賛託にまわったとの噂だけで、金九《キムグ》系の血気にはやった民族主義者によって暗殺されてしまったほど、「賛託」は民心をけばだたせてやまないものでありました。「モスクワ協定」として知られる「信託統治」が米英ソ三国外相会議で決定されたわずか三日ののちの、一二月三〇日（一九四五年）の暗い事件でした。

そのあくる日の一二月三一日には、早くも「反託」気運を南朝鮮全域に広めた「信託統治反対国民総動員運動委員会」が、抗日独立亡命政権「韓国臨時政府」の指導者であった金九によって組織されました。中国の重慶《チョンジン》から解放されたばかりの祖国に凱旋して間もない、民族的英雄の金九先生でありました。氏が提唱する「反託国民総運動」は、広汎な民衆の琴線をとらえて空前の規模の集会とデモに発展しました。国民総運動の観を呈したこの反託気運に対して、共産党の対応はたしかに民衆の反感を買うだけのおくれをとりました。金九からの提唱に朝鮮共産党は当初、非公式ではあったにせよ支持の約束をしていたのです。ところがいざ大会当日となると参加はせず、その影響下にあった鉄道労組などの席は空席のまま残されて、反大会の印象をつよく参加者たちの目に焼きつけました。

そればかりか、年が改まった一月三日には三国外相会議決定支持大会を開いて、反託気運に真っ向から逆らうかのような賛託の気勢を組織的に誇示しました。突如信託統治賛成を表明した共産党の真意は、熱心なシンパサイザーになっていた私や、「読書会」の面々から済州島人民委員会の常任たちに至るまで推し量ることができず、対内的には当惑をかくしきれませんでした。あとで触れますが、信託統治に賛成した党の真意のほどは、やむなく日本へ逃れてきたあと、自分の心の整理をするなかで徐々にわかってはきましたが、先を見据えた党の指針だっただけによりむなしくもありました。

激情型で知られる抗日闘士の金九は大いに怒りました。「ソ連の手先の朝鮮共産党」と口をきわめて攻撃し、民衆のほとんどがこの怒りに賛同して、「反託」こそ統一独立の原動力とばかりに、ますます民族感情を高ぶらせていったのでした。アメリカ軍政はこの機を逃しませんでした。信託統治はもともとアメリカが提示していた統治案でしたのに、三国外相会議決定の責任がさもソ連側の強引さによるもののように情報を流して、アメリカこそが速やかな独立を保障する味方であるとの「反託」世論を大っぴらに広げていきました。

朝鮮共産党の「賛託」の真意はここにあったのでした。三国外相会議の決定である「信託統治」を実現させないと、南朝鮮はソ連と対決するアメリカの反共の橋頭堡と化して、南北分断が固定化してゆき、旧日本帝国主義の残滓一掃はおろか、それと同調していた右翼、親日派が牛耳る単独政府が、アメリカによって作られていくことを見越していたからでした。「賛託」の真意を民衆に伝える共産党の反論は、警察権力挙げての激しい弾圧で封じ込められました。同時に軍政機構内部に公然と右翼グループを登用して、行政・警察機構を反共シフトで固めていきました。

その「反託」の火付け役だった金九もやがて、アメリカが擁立した李承晩《イスンマン》によって殺されてしまいます。李承晩は南朝鮮だけの単独政府樹立を主張する猛烈な反共主義者ですが、その彼をアメリカ軍政府は一〇月二二日(四六年)、軍政令でもって創設させた「南朝鮮過渡立法議院」のその決議を経る形で、「南朝鮮過渡政府」という、実質的な韓国臨時政府の「大統領」に据えたのでした。

李承晩はまず信望の衰えない左翼指導者呂運亨《ヨウニョン》を、配下のテロ団に命じて四七年七月一九日、暗殺します。一年ぶりで再開した七月一〇日の米ソ共同委員会が、アメリカの作戦どおり最終的に決裂した直後のことです。過渡立法議院に「官選議員」として任命されながら、参加を拒否した「アカ」の呂運亨への当然の報いだと、さも正当性があるかのような噂を李承晩筋は臆面もなく広めました。

金九は自分の意図した「反託」とは別の方向に国内情勢が傾いてしまったことを悔いて、「現在、統一独立を妨害する最大の障害は単独選挙、単独政府である。われわれは共同してこれを粉砕しなくてはならない」と檄をとばし、四八年四月一九日から平壌《ピョンヤン》で開かれた「全朝鮮政党・社会団体代表者連席会議」に敢然と出席しました。会議を終えて南に帰ってきたところを案の定、李承晩の刺客である現職の陸軍少尉安斗煕《アンドヒ》によって暗殺されてしまったのです。

この一、二年の間に延べ二〇〇万人からの労働者・農民・学生・市民らによる「十月人民抗争」が二か月にわたって闘われ、済州島では「単独選挙」に反対する「四・三事件」が島じゅうを民衆の血で染めていました。もはや米軍が「解放軍」であるとの幻想はすっかりふっとんでしまっていました。休会つづきだった米ソ共同委員会が四六年五月、最終的に決裂してしまいますと、南朝鮮の政治情勢はいっそう深刻化していって、共産党はおろか進歩的人士、社会団体にまで逮捕、拘束、検挙の弾圧が旋風のように吹き荒れました。左翼と目される勢力のすべてが、否応なく非合法活動に追い込まれていったのでした。米軍政の左翼組織への干渉がそれとなく気がかりだった朴憲永《パクホニヨン》指導部は、公然活動の維持継続をはかろうと四六年二月一五日、人民党の呂運亨その他の民主勢力と相計って「南朝鮮民主主義民族戦線」(民戦)を結成します。朝鮮労働組合全国評議会・全国農民組合総連盟・朝鮮青年総同盟・朝鮮婦女総同盟・朝鮮文学家同盟等々、全国的階層別大衆団体を網羅した、延べ八〇〇万人からの合法的連帯組織でした。

それでもいっそうつよまった米軍政庁の強圧攻勢には歯が立ちませんでした。左翼陣営の再結集を恐れた米軍政庁は、先の反託騒動で民族感情との乖離をきたした共産党のすきをうまく衝いた勢いに乗じ、四六年一月に創設したばかりの国防警備隊まで投入して「民戦」はもちろんのこと、傘下大衆団体にまで専制的強圧策で弾圧をくり返し、その公然活動を蹴散らしていきました。九月には朴憲永ら共産党幹部、民戦傘下の指導者全員にいっせいに逮捕状が出されます。『人民報』『現代日報』『中央日報』など左翼系合法紙まで閉鎖が命じられて、在野の新聞はすべて公衆の前から姿を消しました。

当然、米軍政庁の民生、経済政策はますます場当たり的なものになっていきました。政治情況の操作と治安対策に名を借りた左翼追放に施策のほとんどを費やしていましたので、物資の流通は滞り、インフレは日ごと悪性化して、米の闇値《やみね》は売り手市場の高値になっていました。四六年は済州島も大凶作の年でしたが、本土でも春窮期(春麦の収穫前の端境期《はざかいき》)から米よこせデモが各地で自然発生的に広がっていって、米軍政庁はそれを鎮めるのに警察権力をためらうことなく行使しました。

ちょうどこの時期、済州島四・三事件を想起する者ならけっして忘れることができない「赤」の抹殺者、彼らに疑われれば誰彼なしに「赤色分子《パルゲンイ》」になってしまう殺戮者の、趙炳玉《チョビョンオク》がクローズアップされてきます。彼は四・三事件が勃発するや、済州島を「赤の島」と断定し、空中からガソリンを撒いてでも赤を抹殺すると公言してはばからなかった男です。

非合法活動へ

「趙炳玉」と言いますと、私にはまず「索出《セクチュル》」という造語を定着させた警務官僚の、残忍な顔が浮かび上がります。これに似た言葉に索敵、摘発がありますが、このいずれもが探り求める、敵の所在や状況、隠している不正や悪事を探り暴くことを本義とする言葉ですけれど、「索出」は「赤色分子《パルゲンイ》」を徹底的に索《さが》し出し捕らえることにのみ使われた、独特な言葉です。

この特異な言葉を編み出したくらい、趙炳玉は「マッカーシズム」が青ざめるほどの〃共産主義〃撲滅推進者でした。彼には米軍政に同調しない者はすべて「アカ」で、その者らはすべからく撲滅されねばならない赤色分子だったのです。一八九四年生まれの彼は延禧《ヨンヒ》専門学校を卒えて一九一四年に渡米。コロンビア大学で哲学博士の学位を取得して帰国し、母校の延禧専門学校の専任講師になりますが、とある教授を左翼的だと非難排斥して辞職しました。植民地時代からすでに彼は治安維持法の同調者であったことになります。それほど徹底した筋金入りの右翼反共主義者でした。

一九四五年、解放になりますと、のちに李承晩《イスンマン》を大統領に押し上げる連合政党の民主党を宋《ソン》鎮禹《ジヌ》、張徳秀《チャンドクス》らと立ち上げて、六・二五《ユギオ》事変(朝鮮戦争)時の内務部長官を務めます。何十万人からの〃赤色同調者〃を虐殺した、閉ざされた暗黒史の影の長官でもあります。その彼をいち早く軍政庁の警務部長に据えたのは、やはり当の米軍政でした。専ら共産党とその同調者を「索出」する治安維持の総責任者に、極め付きの趙炳玉を当てたのです。

四六年一月、新たに創設された国防警備隊も、趙炳玉配下の軍組織でした。警備隊の幹部将校には植民地時代の警察官、軍人、もしくは軍籍にあった人たちが公然と登用されました。六一年、軍事クーデターを起こして大統領となった朴正熙《パクチョンヒ》も、その中の一人です。これらの人たちは親日派、民族反逆者として民衆の摘発を恐れていた人たちでしたので、国防警備隊を統括する趙炳玉への忠誠心は自発的に強い人たちでもありました。その一方で「民間突撃隊」と恐れられた大韓民族青年団（族青《ソクチョン》）、西北青年団（西青《ソチョン》）、大同青年会（大青《テチョン》）を育成。後押しをして左翼の集会になぐりこみをかけ、ピケラインを襲ってスト破りをし、白色テロを日常茶飯事のようにはびこらせました。このような状況下で民衆が事を起こすということは、そのまま血を見ることにつながりましたが、「大邱《テグ》事件」に端を発した「十月抗争」は、そのようにも厳しい状況下で闘われた「人民抗争」でした。

四六年の春ごろからは、三八度線をはさんでの南北の行き来は完全に閉ざされてしまいます。それまで「北朝鮮共産党」と呼ばれていた金日成《キムイルソン》主導の党も、四六年八月「新民党」と合体して「北朝鮮労働党」となり、委員長には新民党の金枓奉《キムドゥボン》が選ばれて金日成は副委員長となりました。

もはや合法活動が不可能となった朝鮮共産党も北朝鮮と同じ方向で合党が進められ、同年一一月、新民党・人民党との合意が成立して「南朝鮮労働党」（南労党）に改編されます。委員長にはやはり新民党の許憲《ホホン》が就任しましたが、なぜか済州道の党員たちは依然として朴憲永書記長を委員長と呼んでいました。合党して「南労党」にはなったものの、党内では朴憲永指導部の影響力が勝《まさ》っていたのでそうだったのでしょうか。済州島は海をへだてた本国からは遠い離れ島であったせいもあって、南労党に衣替えしたあとも四七年末ごろまではまだ政党としての命脈をなんとか保っていました。

党員になったばかりの私にはなかなか呑み込めなかったことですけれど、中央指導部、つまり朴憲永指導部は「南労党」に改編して間もなく指導部の拠点を北朝鮮へ移した模様でした。安全を図っての中央指導部の移動だったのでしょうが、そこから南労党を指導しているという地下組織のありようが、私には想像がつかず実感ももてませんでした。ですが実際、党組織は有機的に機能していたのでした。済州島四・三事件も、麗水《ヨス》・順天《スンチョン》反乱事件を経ての智異山《チリサン》ゲリラ抗争も、その初動蜂起までは人民抗争の核心体として躍動していました。しかし四八年秋ごろには党組織は四散に近く寸断されてしまい、南労党指導部は北朝鮮労働党に合体する形で吸収されて、四九年六月、ついに朝鮮労働党になってしまいます。「南労党」の新党員になったばかりの末端の私でしたが、それでも南労党の党籍を持つ者としての政治的・社会的風波をもろにかぶらねばならない日々がやってきていました。

なにかに急きたてられているかのように、私は共産党から成り変わった「南労党」に入党しました。四六年も暮れかかっていた、十八歳の私でありました。せっかくの「解放」に出会っていながら半年も経たずして元の木阿弥の、主《あるじ》が「親米反共」の親玉に入れ替わっただけの南朝鮮の現状に、遅まきながら自覚を深めていた自分がいたたまれなくて、「学習所」から巣立ったのでした。解放軍であったはずの米軍は進駐早々軍政を敷いて占領政策を推進し、総督府吏員は現職に留まれとの軍政庁通達で、それまで逃げを打っていた親日の輩たちが大手をふって政官界に復帰してきて、社会の仕組みはまたたく間に親日右翼によって占められていきました。

日本が敗れ去ってもまた同じように植民地下で好い目をした輩たちがのさばっていることが我慢ならず、私はしんそこ震えるくらいの義憤に駆られたものです。理論的に唯物弁証法の培いがあったわけでもなく、文献といっても「学習所」で配られるパンフレット程度の教宣資料を、たどたどしく読んでは説明を聞いていた程度の、理論武装にはほど遠い私でした。しかしようやく自覚をもちはじめた私は、朝鮮人としてまっとうに生きるためにもこのような輩たちの身勝手を見すごすわけにはいかない。やはり「解放」は正しくあるべきだ、と心に決めて踏みきった入党でした。

半年間は予備党員としての活動でした。当初から私は連絡員(レポ)の要員に選ばれまして、予備期間中その訓練と補助員(私の任務を扶けるシンパサイザー)の工作に精を出しました。任務の内容についてはあとで説明しますが、厳しい情勢下で前衛組織の一員になれたことが嬉しくて、叫びだしたくなるくらい感激でした。これで私は生まれ変われるのだと、しんそこ思ったものです。国が奪われたときも、「解放」されて戻ってくるときも何ひとつ関わることのなかった自分が、今は確信をもって祖国の命運に関わっていけるのだと、自分の青春がようやく開かれてくる思いでいっぱいでした。

すでに述べてきたとおり、私は子ひとりの家庭のひとり息子です。それでも父は一言の反対も口にしませんでした。母だけが毎日おどおどしていて、息子への話しかけも遠慮がちに口ごもっていました。その母にはさすがに気が咎めて、心の内で詫びていました。果たせなかった元山への引き揚げが重い負担となって、家はほとんど破産状態に陥っていましたので、活動どころか、私はすぐにもどこかへ働きに出ねばならない立場の息子だったのです。それでも私は党員になれた自分が誇りでした。

その当時、南労党済州委員会は観徳亭大通りに面して、東門通りと本町通りといわれた七星《チルソン》洞《コル》通りの角に事務所を構えていました。人民委員会は七星洞の中ほどの南側にありましたが、ほどなくして済州島に進出してくる極右団体、西北青年団済州支部がこれ見よがしに、その真向いの北側にでかでかと看板を掲げます。私たちが屯《たむろ》していた「学習所」はそのほんの先の、北小学校OBの自宅にありました。レポ要員と決まった私にまず言い渡されたのは、党事務所への出入り禁止でした。「学習所」も解散しました。ひしひしと非合法活動の緊張が体を走りました。

党の連絡員として

入党して間もなく明けた一九四七年は、物々しくもあわただしい年の始まりでした。旧年は左右の対立が信託統治の是非をめぐって過熱し、激化した年でありましたが、その余波は遠隔の地の済州島へもうねりとなって押し寄せて、左派勢力へのそれまでの締めつけがいきおい、赤の左翼排除へと拍車がかかってきました。その対応に迫られた済州島の民主勢力も、本土の「民戦」結成に倣って、「済州道民戦」を二月、本土からは一年も遅れて結成します。四・三事件の直接のきっかけともなった「三・一節二八周年記念済州島民大会」は、その六日後に迫っていました。六名からの犠牲者を出したこの三・一節二八周年記念済州島民大会までは、済州島における組織活動の表舞台は政党よりも、人民委員会が占めていました。つまり党はそれまで、大衆組織の活動により力を注いでいたということです。

そのようにも厳しい情勢のなかで私の党活動は始まりましたが、レポの役目を果たすには不安でならない私でもありました。実は私、天才的と言っていいほどの方向音痴だったのです。いや、「だった」のではなくて今もそうである自分なのです。昨年末も関西国際空港で迷ってしまい、一行の友人たちをあたふたあわてさせました。搭乗口の待合席からトイレへ立ったのですが、後方の通路を右へ出てその先の右手にあった化粧室で小用を足して戻ったつもりが、一行の席にはたどり着くことができず、先の先の突き当たりまで行ってしまってびっしょり脇の下まで汗をかきました。

連絡員としてはすこぶる適性に欠けていたばかりか、場合によっては命とりともなりかねない私だったのです。ですが選ばれて与えられた任務が誇らしくて、一か月ばかりは死に物ぐるいで土地勘を体で覚えていきました。済州市の中心街である「城内《ソンネ》」は幸い半径二キロ程度の狭い地域でしたので、裏道や路地、どの家の裏庭を抜け、塀を乗り越えたらどこへ行けるのかを、私独得の記号と略図で呪文のようにそらんじていました。そのうち目をつぶっても町の隅々が浮かんでくるようになりました。連絡員としての基礎訓練も同時進行で特訓されました。

指導員は十月抗争（大邱《テグ》事件に端を発したゼネスト闘争）時のオルガナイザーであった、組合出身の三十がらみの活動家でした。まず目立つことをしないようにと注意され、済州島初の反米運動ともなった中学生らによる「洋菓子反対デモ」にも、直接的には加わりませんでした。読書会グループとも表立っては会いませんでしたし、市内を八等分していた地域細胞のどれにも属さなくて、南労党済州道委員会組織部のグループ会議にだけ呼ばれて加わるようになっていました。その通達や指示はすべて、白準赫《ペクジュンヒョク》と読書会の幹事役だった金度中《キムトジュン》の使いによる本の受け渡しで行われました。その方法はあとで詳述しますが、南労党は予測される大弾圧に向け、対決の準備を非常な覚悟で進めていたのでした。

たしか一月一五日付けからでしたか、私は党の指示に従って済州道教員養成所の事務職の嘱託に採用されました。もちろん裏で手筈を調えてくれたのは白君が世話をしたという形での、党のコネクションが働いてのことでした。小学校教員速成養成を目指した教員養成所は、当時行政整備がついたばかりの道学務課が管掌した教育施設でしたが、その道学務課を牛耳ってい た特任教育官がなんと、北国民学校といわれた小学校の折の、六学年の担任であった猛烈な大日本帝国教員、かの豊田先生こと金達行《キムタルヘン》奨学士でした。さすがに気が咎めたのか、君こそ教師にふさわしい勉強家だと、肩を叩きながら教師資格の付与を考える余地があるとの素振りも見せてくれていました。日帝の残滓教育反対、ファッショ教員絶対反対のスローガンをかかげて、四六年の秋口から断続的につづいていた農業学校、五賢中学校生らによる同盟休校の正当性を、改めて実感した恩師の温情でもありました。

今日では電話なども珍しくもなんともない日常の利器ですけれど、解放前後の朝鮮では自宅に電話を設けている家は数えるほどしかなく、特に済州島では城内の何軒かの富裕な家庭と数軒の商店、飲食店にあっただけの貴重な文明の利器でした。半ば非合法活動に入った党がもっとも急を要して必要としたのは、その瞬時を争う連絡手段の電話、電信の確保でありました。電信も電話も済州中央郵便局が管轄する通信施設でした。連絡員に成りたての私に、その中央郵便局への浸透が命じられました。

電話交換手は戦前の女性の花形職業でもありました。その人はまだご存命かもしれず、四七年時の電話交換手の長といえばすぐにもその人の家庭までわかってしまうほどの職種ですので、その人を引き合いにだすのははばかられてなりませんが、あるいは中学生の身で、四・三武装蜂起時の南労党軍事部の総責任者であった金達三《キムタルサム》に従って越北した金秉基《キムビョンギ》の姉であったことから、既に生涯を散らしてしまった人かもしれない女性でもありますが、私とは義兄弟さながらの秉基君の姉が電話交換手の責任者の地位にありました。もうひとりの交換手も彼女を介して私のシンパサイザーになっていってくれました。電話盗聴という大変いけないことを無理強いしたわけですが、当時の私にはいささかの罪の意識も働きませんでした。なにしろ目前に党の存亡が、ひいてはまっとうな解放の前途がぶらさがっている思いの私だったからです。

中央郵便局への接近は連日、教員養成所の郵便物を届けることから始まりました。済州島民の教育熱は植民地統治下でも本土のどの地域よりも高いものがありましたが、なにしろ学校の数が非常に限られていて、中等教育機関としては五年制の農業学校が一校あり、初等教育機関としても、まともな公立小学校（国民学校）は済州島城内の北小学校一校のみでした。あとは主《おも》だった面の四学年修了の学校か、「簡易学校」と呼ばれた学習塾程度の施設が各面に一、二か所開設されていたぐらいです。八・一五の解放を迎えて一挙に教育熱が上がり、村ごとに国民学校設立の運動が展開されて、面単位では中等学校建設の運動も推進した結果、「四五年八月から四七年一二月までの間に中等学校一〇校、初等学校四四校が設立され」（済州道教育委員会編纂『済州道教育史』一九七九年）て、初等学校の就学児童数だけでも実に三万八〇〇〇人に達していました。

それだけに教員が不足していましたし、教材不足にも陥っていました。教員養成所では教師用の参考資料から、副読本の作成、郷土史にまつわる読み物本等を謄写印刷の手作りで各地の国民学校へも送っていました。それはかなりの量で、午前午後二度に分けての郵便発送が日課になっていましたが、午後の発送は進んで私が引き受けて中央郵便局へと行っていました。

郵便課の窓口業務の人たちや「配達夫」の人たちともそうしてつながりができ、電信電報課にも都合よく、本土留学生仲間のひとりだった逓信学校上がりの友人がいて、緊密な連絡手段が考えもつかない形で作られていきました。そのうち郵便局への出入《ではい》りは、郵便物の発送だけではとまらないことも起きてきました。日本でいえばうたごえ運動のような職場合唱団が済州市内でも流行《はや》りだしたころで、「ローレライ」や「旅愁」、「故郷の廃家」といったポピュラーな世界名曲の歌詞を、実はわたくし教員養成所の作業の一端としても、日本語の歌詞からの重訳で訳していたのです。

その〝特技〟が功を奏して、一〇名ばかりの若い職員でできている郵便局の合唱団からもハングルでの歌詞を頼まれるようになり、一緒に唄うようにもなっていったのでした。退勤後の合唱練習で私は誰はばかることなく、自由に郵便局を出入りするようになっていました。指導員との連絡は週二回、東門市場のこみ入った通路で昼時間か夕刻、行きずりの形での立ち話で取っていました。

四・三事件前夜

組織部のグループ会議というのは職域団体、各地域団体の実務責任者らによる連絡会議で、道委員会からは毎回一人の指導員が参席するだけでした。討議には加わらず、最後の「結語《キョロ》」(まとめ)を述べてはすぐ座を立っていましたが、誰もその指導員の名前を口にすることはなく、金同志《キムトンム》とか朴同志《パクトンム》とかの苗字だけで呼んでいました。それに私が呼ばれた会議には「レポ」はいつも私ひとりで、他の連絡員たちとはついぞ顔を合わせることがありませんでした。それだけ「レポ」は、細心の注意を払わねばならない任務でもあったようです。

私が指令を受けるときは頼信紙による伝達と、特定の印《しるし》が付いている本、本の天の部分に一字の漢字、私の場合は「時」の偏の「日」を丸で囲んだ㊐が印でしたが、河上肇先生の『貧乏物語』を所持してきた人からの、伝言でなされました。上、中、下三編から成っている『貧乏物語』は読書会の必読文献で、いくら説明を聞いても意味を呑みこめなかったマルクス・エンゲルスの『共産党宣言』に比べると、読むのも解説を聞くのもなじみやすい本でした。読書会のグループにとどまらず、運動に関わっている人の多くが河上肇先生を「ハ・サンジョ先生」と朝鮮語読みの漢字音で呼んでいました。さも同族の大先達を崇めるかのような慕われ方でした。

会議場は五賢中学校近くの、俗称「タングンハルマン」の夜間学習所がもっとも多く使われました。「タングンハルマン」(タングンおばあさん)は朝鮮語使用が禁じられる一九三〇年代初頭まで、婦女子にハングルの読み書きを教える教室を中庭に設けていた、民族心の強い篤志家でした。その学習所は解放直後から夜間の国語《クゴ》講習所として再開されていて、グループ会議も授業関連の会合の形を取って持たれていました。時間がかかりそうな会議は農業学校の学生自治会室が使われたり、深夜に至る会議はシンパ(協力者)の自宅が内密に使われたりもしましたが、特別召集の会議でもないかぎり、夜の会合は努めてひかえていました。

頼信紙は郵便局の窓口でいつでももらえる電報依頼用紙です。一行一五字程度の升目がたしか五行ほど印刷されている四六判ぐらいの仙花紙ですが、指令書には用紙の外枠の太い罫線の左下隅の角《かど》に、針で突いた穴が目立たなく付いています。その対角線上の右肩の隅の角にもう一つの穴が付いているのは電報課のO君に届けるものであり、左下角の升目の右隣りの升目に針穴が付いているのはその日のうちに手渡さなくてはならないもので、頼信紙の四隅の角のどっちかのちぎれ具合で、伝達の場所がわかります。ちぎった角を上に四つ折りの頼信紙を持っている連絡員に、升目の穴の箇所を問い質して手渡すのです。電文は結婚式の日取りが何月何日にきまったとか、内祝いの日取りがいつだとか、男・女の赤子が産まれたといった、ごくありきたりの内容のもので、その電報は宛名とは別の人が受け取ります。誰それが死んだ、葬式は何日だとの死亡通知は殊の外重要な電報だったようです。四七年三月のゼネストに入るころから各辻・通りごとに警官や西北青年団の突撃隊員たちの警邏《けいら》が立つようになって動きがとりにくくなり、配達の郵便物にメモの頼信紙を忍ばせてもらうことが回を追って多くなっていきました。

白君らによる会合の通達は先ほど言いましたように、教員養成所へ届けてくれる本のメモ用紙で受け取っていました。何ページから何ページまでを何月何日までに訳してくれとのメモが挟んであるのですが、何月何日が会議の日であり、例えば一四二ページからだとしますと「一四」が時間で「二」は場所の指定でした。私はこの時期(四七年の春ごろ)、何かちょっと緊張すると頭皮がちくちく刺すように痒《かゆ》くなり、顔が火照って上半身いっぱいに赤い斑点が浮き出る症状に悩まされていました。ストレスが昂じて生じる症状だとは日本に来てわかりもしましたが、やむなく道立病院の内科医にかかるようになったことから、その診察券と診断書が咄嗟のときの身分証明ともなって、四・三事件勃発後も割合行きたいところへ出向くことができました。

城内《ソンネ》という狭い町だから生じる奇縁でもあったのでしょうが、私を診察してくださった内科医は道立病院の院長で、しかも外祖母《オエジョモ》(母の実母)の一族の孫筋に当たる文鍾赫《ムンジョンヒョク》という人でした。したがって私とも礼俗上の従兄弟関係にありました。病名は神経衰弱からくる「多発性神経炎」とかで、かなりの療養を要するとの診断でしたが、党員であることを打ち明けたわけでもないのに、どのように察して私の立場をおもんぱかってくれたのか、何かと親身に便宜を図ってくれていました。私が指名手配を受けて急遽《きゅうきょ》潜伏するようになるまで、道立病院は私の連絡活動の拠点ともなっていました。それまでにも警官が家に問い質しにくるなど、私の身辺がさわがしくなったときも、学生時患った肋膜炎《ろくまくえん》の再発予防を理由に、入院患者をよそおわせてくれたこともありました。

済州島にも民戦が結成されたことで、それまで表立っていた人民委員会は連合体の参加団体となり、南労党の役割はより強く広範囲に働くようになりました。諸般の情勢は南労党に厳しい状況だったにもかかわらず、前年末からの党員倍増運動も功を奏して、四七年二月ごろまでには三〇〇〇人からの党員をかかえるようになっていました。この間に人民委員会傘下の青年同盟も「済州道民主青年同盟」(民青)に改編されましたし、間もなく「民愛青《ミネチョン》」(朝鮮民主愛国青年同盟)に発展していって、四・三武装蜂起時の核心勢力ともなりました。その中心メンバーのほとんどが南労党党員でありました。

私の連絡任務も日増しにせわしくなっていきました。電信士のO君、電話交換手を介しての情報も増えていって、本土から派遣される警察隊や警備隊、西北青年団の動きや島内の警備状況がかなり正確につかめるまでになっていました。抜き打ち的に派遣されてきて、三・一節の日に群衆へ向け容赦なく発砲した忠清道警察庁応援警察隊の来島も、情報としては事前に伝わっていたのです。もはや頼信紙でのやりとりでは連絡が追いつかなくなり、手による合図で直接接触を図るようになりました。左手で後頭部の髪の付け根をほんの少しかき合うのです。私が得た情報は即刻、レポ指導員のオルガナイザーにこと細かに伝えていました。彼は「黄書房《ファンソバン》」(書房とは官職についていない人の姓の下に、呼びやすくつける語)の呼び名で、東門市場の塩干物屋(めんたいや塩からを売っている店)の配送人になりすまして、住み込んでいました。

運命の「三・一節二八周年記念済州島民大会」は目前に迫っていました。この年の三・一節は、米軍政の強圧政策に追いつめられていた民主勢力が一大反転を期して注力した、特別な記念日でもありました。無期休会に陥ったままの米ソ共同委員会を再開させ、信託統治の手順を軌道に乗せることに活路を求めていた南労党指導部も、三・一節記念島民大会を米ソ共同委員会の開催要求と結びつけて大々的に開催するよう、各地方党に指示を出していました。

済州島でも結成を見たばかりの済州道民戦が前面に立って、参加団体の民愛青、済州邑婦女同盟等の地についた大衆動員力をフルに発揮させて、記念集会へ向けての関心を高めさせました。三・一節発砲事件後もこれらの勢力が軍政当局への前衛的抵抗勢力となってゼネストが敢行されますが、四・三事件が勃発するに至って、おびただしい犠牲を強いられもしました。特に民青、民愛青の関係者は、同盟員であるという理由だけで討伐隊に惨殺されました。済州道民戦結成大会には道知事が参席して祝辞まで述べましたし、民青の結成大会でも所轄署の主任が臨席して祝った民衆組織でしたのに、一夜にして追及処断される共産暴徒に成り変わりました。

第5章　ゼネストと白色テロ

三・一節記念集会と島民大会

四・三事件の直接的な導火線ともなった三・一節二八周年記念済州島民大会は、三万人にも及んだというその空前の大衆動員と相俟って、とくと知られている記念大集会ですが、島民大会の露払い役を果たした各中学校合同の三・一節記念集会は、そうも知られてはいません。

三月一日午前九時を期して五賢中学校校庭で敢行された学生らによる合同記念集会には、済州農校、五賢中、済州中、教員養成所の学生、それに初めて集会に参加する済州高等女学校の女子学生、そして各学生のお母さん方や学校周辺の一般住民らも加わって、あっという間に二〇〇〇名を超える予想外の大集会が実現したのでした。この突然の学生集会に驚いた軍政庁警察顧問官パトリッチ大尉は、米軍部隊と騎馬警察、機動隊員を自ら率いて駆けつけ、記念集会の中止と解散を迫りましたが、学生らの強硬な抗議に立ち往生した彼は「早く行事を終え、解散しろ」と命令し、合同記念集会が終わるまで校門の周りで待機せざるをえなかったのでした。

この間に島民大会会場の北国民学校へはおびただしい人の波が各地、各方面から押し寄せて、一一時すぎには予定どおり開会宣言をすることができました。また学生集会へのパトリッチ大尉の指示命令が言質ともなって、それまで認められていなかった邑内(市に昇格するまえの行政区称)での記念集会開催が、半ば合法的なものにもなっていきました。実を言いますと三・一節二八周年記念島民大会は、島軍政長官スタウド少佐の通牒によって邑内からは離れた西飛行場での行事のみが許可されていました。

もちろん現市内の邑内には早朝から物々しいまでの非常警戒網が敷かれていました。カービン銃を肩から吊り下げた軍政警察をはじめ、一月末編成組織されたばかりの騎馬警官隊、それに本土から急遽派遣されてきた忠清道応援警察隊まで加わって、通りの要所要所を固めて島民大会への参加を規制しようとしましたが、総参謀役のパトリッチ警察顧問官が五賢中学校での学生集会にかかずり合っている間に、邑内の各道路は大会参加の群衆であふれ返ってしまい、もはやなんの規制も効かなくなっていました。この日の記録をとどめている『済州警察史』にも「群衆に家に帰るよう命じたが、命令に従う者はなく、数万にも及ぶ群衆が集結するにいたった。主導者の検挙は群衆解散後に行うことを軍政官と協議し、三・一記念行事は黙認することにした」と、非常警戒がお手上げだったことを明かしています。学生らによる五賢中学校での抜き打ち的な合同記念集会は、それほどにも有効に働いた陽動作戦でした。五賢中学校は「五賢堂」と呼ばれる旧南門城の跡地にできた学校でしたが、正門の反対側の南側は崩れかけた城壁の高台になっていて、南門大通りへも通じる裏通りができていました。緊急動員の学生の大半がこの城壁跡の裏通りに結集して、午前八時半を期して一挙に校庭へなだれこんだのです。秘密裡に態勢をととのえていったこの合同記念集会の準備に、連絡員としての私が学生委員たちの間を取り持って動いていたことが、いま思い返しても消え残った青春の埋み火《うずび》のようにほんのり火照ってきます。

この中学校合同の三・一節記念準備委員会は、島民大会を直前に控えた二月二四日結成されましたが、私はその準備段階から準備委員たちとの連絡の任に当たっていました。郵便局がらみの情報連絡とも重なって、三・一節島民大会までの二週間余りは一度も家には帰れなかったほど忙殺されました。その間じゅう学生委員の間を泊まり歩いたり(城内に下宿している学生委員が四、五人いました)、時には教員養成所や中央郵便局の宿直室にもぐりこんだりもしていました。

夜おそい出歩きは目につきやすいこともあってのことでしたが、私が公然と各学校を訪ねて学生委員たちと会うことができたのも、教員養成所の嘱託であった私の役得のようなもので、ごくありきたりの形で任務遂行ができていました。翌々年（一九四九年）私が済州島を脱出するに至るまで、潜んで逃げまわっていた私とそれでもぎりぎりつながっていたのは、わが一家が元山《ウォンサン》への引き揚げがかなわず東豆川から出戻った折、隣り合って住むようになった文《ムン》一家、といっても母子家庭の一家でしたが、その文家の一人息子、まだ中学二年生だった文少年でした。つまり彼は党員の私を手助けする補助員のひとりだったのです。家に寄りつけない私の着替えの肌着や、母からのお小遣いを届けてくれていたのも彼でしたし、急に連絡を取らねばならない先への伝達も、彼に負うところが多々ありました。文少年のその後を知らないまま私は日本でまる五〇年を過ごして、九八年の秋、愛憎こもごもの済州島を訪れることができましたが、やはり名を挙げて尋ねまわることがはばかられて、文少年のその後の消息は今もって知らないままです。なにとぞあの狂乱の季節を生きのびて、その後の人生を無事歩まれたことを、深くふかく悔いを込めて祈っています。

この年の三・一節記念の日は、冷気が沁み入るよく晴れた日でした。民主勢力（今では左翼勢力と言われるそうですが）の立て直しを図って統一戦線体を組み上げた「民戦」が、無期休会に陥っている米ソ共同委員会の再開要求を主眼に、全国規模で繰り広げた記念キャンペーンでしたので、非常警戒令が軍政当局によって発せられていたほど、二八周年記念大会は緊迫した状況の中での集会でした。それにもかかわらず済州島だけでも総人口の一割を超える大群集が邑内での島民大会に結集したのですから、言い伝えられている「済州島開闢以来最大の集会」はけっして誇張された表現ではありません。それほど三・一節二八周年記念島民大会に寄せた民衆の思いが大きかったということです。

ちょうどこの時期、世上を賑わせた「福市丸事件」(南済州郡西帰浦《ソギポ》法還里出身の在日同胞の親睦団体「建親会」が、郷里の電化事業のために寄贈した電気架設資材と、学校に贈る学用品等を積んで西帰浦港に寄港しようとしたところを海上警備船に密航船として拿捕され、その積荷をめぐって謀利輩《モリベ》といわれた大物の悪徳商人二人と、監察庁初代庁長申宇均《シンウギュン》が調査を受け、軍政庁ナンバー2のパトリッチ大尉まで関与が疑われた事件)が二月二〇日付けで申庁長の停職処分が決まり、職位解除されて警務部査問委員会に回付された直後でしたので、軍政警察、監察庁に対する不信と、親日派右翼に対する反感、いっこうに民生問題は改善されないのに、親日協力者たちだった謀利輩どもは右翼と結託して羽振りを利かしている現状に、民衆の憤懣はこの上なく高まっていたさ中でした。

反共が身上の極右団体が大々的に台頭したのも、半年ほどまえの夏ごろからです。済州島を「赤の島」と極めつけてやまなかった趙炳玉《チョビョンオク》(軍政庁警務部長)が前年の七月、視察に来島した折、反共組織の結成、育成支援を警務部の指針として打ち出したからでした。すぐさま大韓独立促成青年連盟が済州道支部を設置しましたし、光復青年会も済州島支部を結成、一一月には極め付きの極右団体、西北青年団も済州道支部を結成します。

性急にすぎた「民主改革」であったことは否めませんが、北朝鮮臨時人民委員会によって断行された土地改革によって、北朝鮮を追われた人たちが若者らによる「西北青年団」を結成しました。「西北」とは李王朝時代から北朝鮮の主要都市平壌《ピョンヤン》(平安道)がある方向を「西北地方」と呼んでいたことに由来しますが、金日成社会主義体制への怨嗟を梃子に超過激な反共の突撃隊をもって任じた社会団体が西北青年団です。支部結成時はまだ小さい団体でしたが、日を追って続々と本土から移入してきて傍若無人な振る舞いを常套化していきました。ゆすりたかりから難癖をつけての暴力沙汰は日常茶飯事の出来事で、職務規定など持ち合わせない彼らは、警官すらできないことを平気でやってのけました。

これらの右翼団体に共通している信条は、李承晩《イスンマン》ひとりが主張していた「南朝鮮単独政府樹立論」を信奉することでした。それだけに三・一節二八周年記念島民大会がかかげたスローガンの一つ、「三・一精神によって統一独立をかちとろう」は、まさに民族的念願の表明となって広範な民衆の共感を呼んだのでした。

予期せぬ惨事

三・一節二八周年記念島民大会へは、五賢中学校での学生合同記念集会の一団とともに参加しました。民族的一大共感に打ちふるえた、数少ない感動の記憶の一つです。

この三・一節直前の二月には解放後初の反米運動ともなった「洋菓子反対デモ」が邑内の学生たちによって組織され、自主自立への気勢をたくましく見せつけたところでしたが、それまでにも米軍政への抗議はデモや同盟休校の形で断続的につづいていました。親日残党の守旧勢力をはばかることなく後押ししている軍政庁に対し、日帝の残滓教育反対、ファッショ教員絶対反対のスローガンで学生たちは立ち向かっていたのです。それだけに軍政警察の学園への干渉も日増しに強まってきていました。この実情を踏まえて済州島三・一節記念闘争準備委員会(委員長安世勲《アンセフン》)は「学園への警察干渉絶対反対」を島民大会のメーンスローガンの一つに採択して学生たちの意気込みに応え、「三国外相会議決定、絶対支持」「米ソ共同委員会再開促進」

「米軍は撤退せよ」のスローガンとともに島民大会の意義を大きくクローズアップさせました。

その現場に居合わせた者でなければ、あの島民大会の熱気のほどは想像だにつかないでしょう。北国民学校の広い運動場が大会参加者でびっしり埋めつくされて、会場が割れんばかりに沸き上がるスローガンの唱和と喊声と拍手で、早春のこの日の冷たい気温が蒸れるばかりにどよめいていました。午後二時まえデモ行進は始まりましたが、警察隊の発砲で即死四名、のち死亡二名、重傷八名という予期せぬ惨事がデモ隊の最後列で突発しました。私の目撃事実とは違う記述が『済州島四・三事件』(済民日報社編)にも見られますが、ここではそのまま私の体験を記すとします。

デモ行進の先頭に立ったのは済州邑婦女同盟の幹部たちでした。横数列おいて三・一節記念闘争準備委の役員たちと民戦の幹部たちが並び、そのあとを五賢中学校での記念集会を終えた学生たちが、スクラムを組んでつづきました。私は整理員としてその学生グループに付いていましたが、この隊列は東回りの先陣で、城内の住民と禾北《ファブク》、三陽《サミヤン》、朝天《チヨチヨン》等、済州邑の東側の人たちのデモ隊でした。西側の村里《そんり》の人たちから成る西回りのデモ隊は東回りの隊列のあとにつづき、観徳亭大通りのロータリー(観徳亭まえ広場と一周道路が合わさっているところ)、当時はこの五叉路の中央に交通台が置かれていましたが、その交通台を基点にデモ隊は東西に分かれて進むようになっていました。横断幕のスローガンが隊列のところどころに掲げられていただけで、和気あいあいと所定のコースを辿っていたのでした。

東回りの私たちは交通台を東へ向かって東門橋のたもとを川沿いに左へ曲がり、山地橋の手前を西へ入ると大会場の北国民学校へも行き着く北新作路《シンジャンノ》ですが、北国民学校の東隣が金融組合で、その同じ並びの小十字路をはさんだ東隣が新設されたばかりの済州道監察庁でした。

その監察庁前を通りすぎ金融組合前に差しかかったとき「そこで止まれ!!」の厳しい喚声がスピーカーで鳴りわたりました。一〇〇メートルほど離れた北国民学校の正門前では武装した警官たちが道を塞いでカービン銃を構え、中央の警官は伏せて軽機関銃を向けていました。警官の背後の軍用トラックの前には指揮官と見られる米軍将校と数人の米兵が並んで立ち、責任者らしい警官がマイクで「それ以上進めば発砲する。即刻解散しろ!!」と怒鳴りつづけていましたが、その警官が監察庁長の姜仁秀《カンインス》であり、米軍指揮官が軍政警察顧問官のパトリッチ大尉であることを、半世紀も経って刊行された『済州島四・三事件』で知ることができました。

大会会場の北国民学校に帰り着いて解散のセレモニーを予定していたデモ行進は、会場を目前にして止まり、進むか退くかで先頭の婦女同盟幹部、三・一節記念闘争準備委員役員、民戦幹部の間ではげしいやりとりが交わされ、ここで退けばすべてが支配されると、強固にデモ続行を言い張っていたのは先陣を承っている婦女同盟の幹部たちでした。あと一〇分で射撃するとの最後通告がマイクで告げられて、民戦幹部たちのしゃくりあげながらの必死の説得で、その場はいったん退散することに決まり、準備委の代表が、たしか済州農校の英語の教師が同道したはずですが、その旨を伝えに警官隊の方へ出向いたところへ、観徳亭ロータリーの整理にまわれとの急な伝令が届きました。私は直ちに小十字路の間道を南へ抜け、七星洞の出入り口の五叉路へ駆けつけましたが、一帯は通行を遮断された西回りの隊列と、進めないために引き返してくる東回りの後尾の人たちとでごった返していて、高ぶった興奮が渦を巻いていました。デモ行進は中止が決まったと私は大声で他の整理員たちと告げてまわり、ざわめきもなんとか落ちつきかけていましたが、群衆への一斉射撃はこの直後に起こりました。

一周道路の新作路は観徳亭の右横(南側)沿いに東西に延びていますが、西回りのデモ隊はその観徳亭の南側を先頭の一部が通りすぎたあと、武装警察によって急ぎ通行が遮断されてしまったのでした。五叉路のロータリーからは二〇〇メートルほど離れている観徳亭の正面を背に、米兵が戦闘態勢で横一列に並んでいて、その前を武装警官たちがカービン銃を構え、二機の機関銃を地面に据えて直ちにその場から立ち去れとがなりたてていたのです。そのとき、七星洞の通りから騎馬警官一騎が走り出て、布陣を布いている警察隊の方へ駆け寄ってきました。その騎馬警官を追うように群衆の一部も走りだしたそのとき(ひとりの子どもを蹴散らしたまま駆け抜けてゆく騎馬警官への、あと追いだったことがあとでわかりました)、まさにそのとき、威嚇射撃の機関銃が火を噴き、武装警官が一斉に群衆へ向け発砲したのです。

あの布陣からして、発砲命令は米軍側の命令だったと確信します。威嚇射撃に逃げまどう群衆の何人かが、脇へ外れようとして殖産銀行の階段に折り重なるようにくずおれて、その脇道を南の方へ逃れた人たちも道立病院まえで待機していた警官たちの射撃にあい、犠牲者と怪我人をより増やしました。私はこの情景を警察署正門寄りのかたわらで、つぶさに見ていました。正真、血が逆流するほどの憤怒に駆られました。撃たれた人のほとんどは広場の周りで見物していた人たちで、皆がみなと言っていいほど背後から撃たれた死傷者でした。中には小学生の少年から乳呑み児を抱いた婦人までいて、やがて死んだその乳呑み児は六人の犠牲者には含まれない犠牲者ともなってしまいました。

凄惨を極めた四・三事件はこのことが導火線となってこうして火がつきました。民衆の心にも同時に火花が散ったのです。もはや修復不可能なほどの、軍政警察への反感の火花です。この日の三・一節二八周年は全国規模の記念集会でしたので、本土の各道、里・村でも集会が開かれてデモが行われ、警察との衝突で少なからぬ死傷者が出もしましたが、群衆の解散に直接米軍が介入したのは唯一済州島だけでした。これは済州島を「赤の島」と見立てる予断がすでに働いていたことの証左でもあります。

軍政警察はこの日の夕刻、ただちに夜間の通行禁止令を発しました。午後六時から翌朝六時までの通行禁止令です。加えて済州から近い全南警察に追加の応援警察派遣を要請して、木浦《モッポ》警察から一〇〇名の警察隊が夕刻五時、済州へ向け出港しました。「警察署襲撃事件」と規定した軍政警察は民心の収拾を図るどころか、翌二日の早々から三・一節記念闘争準備委の幹部や学生らを自宅に襲ってまで、逮捕に躍起になりました。さらに「デモの群衆が警察署を襲撃する気勢を見せたため、やむをえず発砲した」という要旨の声明を姜仁秀監察庁長が発表するに及んで、民心は火に油を注がれたように沸き返りました。

ゼネストに突入

過渡期の時代だったとはいえ、米軍政庁や警察権力が反体制的社会運動にからむ事件の真相をいかにねじ曲げ、その事件の経過や諸事実をどれだけ体制側に都合のよい歴史的事実に仕立てていったかを、とくと見せつけられたのが軽傷者をも含めれば二〇人からの死傷者をだした三・一節記念の日の、警察による発砲事件の成り行きでした。「警察署を襲撃する気勢を見せたため、やむをえず発砲した」との監察庁長の声明によって無法な発砲は「南労党にそそのかされた群衆の警察署襲撃事件」と決まり、『東亜日報』等の全国紙にも警務部の発表どおり三・一節記念島民大会の〝暴走〟ぶりとして報じられました。

この警務部発表が実際の事実とどれだけかけ離れたものであるかは、三月一〇日を期して断行された抗議のゼネストが証明しています。全島挙げてのといっていいほどの、広範な顔ぶれが揃っていました。金融、通信、教育、食糧機関から地域団体など、島内の一七四団体がこのゼネストに加わり、一部の現職警官から済州道庁職員を含む軍政庁官吏の、実に七五パーセントが罷免されることも覚悟でゼネストに参加したのでした。しかもこの記録には商店、個人店舗等の民間人のゼネスト参加は含まれていません。アカの南労党の策動だけで糾合できる、民心の結晶ではけっしてなかったのです。

もう少しくわしく記憶をたどってみるとします。思わぬ死傷者の血で染まった三月一日は、悔しくて歯がみする思いの夜をすごしました。もっとも寝るわけにはいかない任務もあっての夜更かしではありましたが。党組織部の指導もあって、当然予想される一斉検挙に備えて学生合同記念集会の学生委員たちをできるだけ退避させるべく、通行禁止令が緊急に発せられているなかを夜通し伝達に駆けまわったのです。民家の庭づたいに石垣を越え、裏路地を走り、住民たちの誰彼ない親身な協力、わざわざ様子を見に門外をうかがってくれていた年配のお父さんたちから、庭越しに隣家へ声をかけてくれていたお母さん、お姉さんたちの協力を得て、明け方までには中心メンバーの七割近くと連絡がつきました。その学生たちも裏塀を越え、庭をよぎって、周辺の民家にひそみました。

それでも二日早朝から始まった警察の家宅急襲で、一〇名の学生を含む二五名の三・一節記念島民大会の関係者が一日で逮捕されました。全員顔が変形し、脚、腰が立たないほどの殴打、拷問を受けました。三・一節島民大会を主導した済州島民戦はすぐさま、各界人士が参加する三・一事件真相調査団を構成しようと提案しましたが、警察は独自の調査活動が始まっているとして、この提案をにべもなく拒否しました。これに対し南労党済州島委員会は、三・一事件に対する党中央の方針が決定されるまで、島党独自の「三・一事件対策闘争委員会」を設置することを決め、三・一節島民大会を通して高まった民衆の信頼に深く立脚して、党の大衆闘争の合法性をかち取り、対策闘争の進展に即して完全な思想的武力的態勢の準備を図る、との趣旨の指令書が島党全機関に通達されました。邑内の党員たちの間髪を入れない必死の活動が始まりました。死傷者救護の募金活動を前面に据えて、「同胞を銃撃した無法な警察」のポスター から、ビラ配り、ビラ撒き。アジトを変えながらの夜を徹した印刷(謄写)作業。ポスターは警官から右翼団体総出で引き剥がしに躍起でしたが、剝がしても剝がしても夜が明ければまた別のポスターが貼られていたくらい、党員やシンパサイザーの宣伝活動は機敏かつ大胆に発揮されました。名刺大のビラを学生帽の中に詰め、鍔《つば》を握って袈裟掛けに頭上から振り下ろすと、ビラは吹雪のように舞い散るのです。私はもっぱら檄文作成に関わり、時に応じて深夜の印刷作業に加わりました。気が張っていたせいかそれとも若い盛りの体力のおかげか、嘱託としての教員養成所の仕事にいささかの支障もきたしはしませんでした。

ゼネストを主導した「済州島総罷業闘争委員会」は三・一節島民大会を主催した三・一節記念闘争準備委の主要メンバーに、官公庁の代表までが加わって三月九日、結成されました。この段階ですでに逮捕者は二〇〇名を超えていましたが、総罷業闘争委員会の中に真相調査団も設けられて、発砲した警官の処罰、警察首脳の退陣、警察の武装解除と拷問の即時中止、犠牲者遺族および負傷者の生活保障と損害賠償、三・一節島民大会に関係した愛国人士を検束逮捕しないこと、日本警察が行使した国家主義的警察活動の継承を改めること等の要求をかかげたゼネストは、遂に翌一〇日正午を期して断行されました。

米軍政庁も三・一事件の重大さを思ってか、ゼネストに突入する二日まえの三月八日、ホッジ司令部のカスティオ大佐を団長とする米軍高位調査団が来島して発砲事件の綿密な調査を行いましたが、調査結果はいっさい明らかにされないまま一三日離島しました。入れ替わりに一四日来島した趙炳玉《チョビョンオク》警務部長の有無を言わせぬ強権発動がその答えともなりましたが、高位調査団に加わっていた米二四軍団の三月一九、二〇日の中間情報報告書には「済州島は人口の七〇%が左翼の同調者であるか、あるいは左翼政党に加入しているほど、左翼の本拠地であると知られている」と記載されており、三月二六日の報告書には「島民の六〇〜八〇%が左翼であるといえる」と断定しています。警務部次長の崔慶進《チエキヨンジン》に至っては「済州島住民の九〇%が左翼である」と公式の場で言い切り、済州島は制圧しなくてはならない「アカの島」であると公言しました。済民日報社が社運を賭けて取材した厖大な資料『済州島四・三事件』第一巻にはなお明確な米軍政庁の見解「ストライキの基本的理由は三・一暴動に対する警察の行動への反感にあると思われる。このような憎悪心は、最近の南労党による大衆扇動によって惹起したものである」という、一九四七年三月一四日付け米六師団「G—2報告書」まで収録されています。ますますもって「済州島」は、「アカの本拠地」であらねばならない運命の島に押しやられていきました。

　事態解決を図って飛んできたはずの趙炳玉警務部長は、来島するや否やゼネスト首謀者の逮捕を命じ、発砲した警察の行為は何ら問うことなくゼネスト鎮圧のための一方的処置を強行しました。本土より四二一名の応援警察隊を増派させたうえ、西北青年団まで大挙派遣させてゼネスト封じに当たらせ、島民感情を反警察に増幅させている南労党の扇動を暴くという名分で、三・一節関連の人士にまで及ぶ一斉検挙の旋風を巻き起こしました。

　それでも三月二〇日すぎにはゼネストは済州島全域を巻きこんで、全民衆のストライキに発展しました。その間に三・一節島民大会の実行委員たちや、とりわけ済州島民戦の活動家のほとんどが逮捕されて、三名の民愛青活動家が拷問によって殺害されます。これとは別に一〇日余り行方がわからなかった私の指導員の「黄書房《ファンソバン》」の遺体が、うしろ手で撲殺された形で南水閣《ナムスガク》の崖下で見つかりました。私が見た最初の屍体です。片方の眼球がドロッと、うつ伏せた横顔の片えに落ちていました。野辺送りは塩干物屋の店主夫妻が執り行い、私は参列を差し止められて葬儀にも出ずじまいで、六〇年が経ってもなおしこっています。

　このあと私も検挙されて二週間に及ぶ留置場体験を生まれて初めて味わいました。私より先に逮捕されていた読書会の幹事役だった金度中《キムトジュン》は、木浦の検事局に送致したという警察当局の説明のまま、それっきり行方不明になってしまいました。私は通院加療中の患者であるとの証明と、職務に忠実な教員養成所の嘱託であったことが幸いして、特例の形で釈放されました。正直に申しますと、北朝鮮出身の父のつてで、西北青年団の口利きがあったとのことも、あとでうしろめたく知りました。

残忍な拷問

金輪際想い起こしたくもない記憶ですが、詰め込みで勾留されていた済州軍政警察署の留置場は、劣悪この上ない環境状態を無理強いしていた、人間性無視の行刑施設でした。島内がゼネストで揺れていたさ中、済州監察庁は趙炳玉警務部長の急な指示によって済州警察監察庁に名称が変わり、それまでの済州警察署も監察庁が統轄する第一区警察署に改まっていましたが、施設はもちろん従来のままで、黙りこくっている囚人たちが強度の異臭をむんむん蒸らしてうずくまっている、空気までがどよんとしたうす暗い監房でした。

私が勾留されていた折は留置場はもうすでに満杯で、八畳ほどの各監房には三〇人余りの〝三・一事件暴徒〟容疑者たちが芋ころのように詰め込まれていました。ベルトも帯も取り上げられて私語まで規制され、排尿も排便もままならないまま、ただ取り調べの順番を今か今かと待っているという、このままだと間違いなく気が狂《ふ》れてしまいそうな不安と焦燥と、絶対孤独感の恐怖に気力が滅入り、同房の誰もが牢獄めしの「コンパプ」(物相飯《もっそうめし》)を申し訳程度に手を付けては匙《さじ》を置いていました。私もせいぜいいく匙かのめしに汁をすするのがやっとでした。食欲があるないの話ではなく「コンパプ」は見るだけで吐き気すら催してくるのです。

最初の訊問を受けた人はひとまず無傷で戻ってきていました。玉汗《たまあせ》を浮かべた顔で取り調べは割に紳士的だったと洩らしながら、デモに誘った人、ゼネストを奨めた人やその関係で動いていた人の名を、宥《なだ》めすかすように問いただしてきたのには弱ったと語り、次回の訊問まで南労党員、民青、民愛青の盟員の名前をよく思いだしておくようにと語気を強めて駄目を押されたのには、息が詰まったと溜息をつくのでした。そして誰もがどこの誰の名を挙げりゃあいいのかと、頭をかかえて呻いていました。

二週間そこらの短い勾留期間ではありましたが、私にはしんそこ怯《おび》えとおした果てもない暗い時間でした。再度の訊問にあった人は再び同じ監房には戻ってこず、留置場の長い廊下の梁《はり》を伝って、離れている取り調べ室からの牛のような呻き声や、喉が裂けたような叫び声がこだまのようにひびいてくるのです。爪の間に竹串を突き刺していくとか、角《かど》を立てた角棒で容赦なく打ち据えて、ひいては金槌で指を一本一本潰していくといった残忍な拷問の話を、私はすでに「十月人民抗争」といわれる「大邱事態」を体験した黄《ファン》指導員から、つぶさに聞いて知っていました。

もはや自ら死を選ぶしか方法はないのではなかろうかと、絶対名を明かすわけにはいかない友や同志や、協力者たちの顔が連日連夜、救いを求める霊魂のように浮かんでは消えていました。思うだけで身の毛がよだつ拷問を目前にして、耐えきることなど、とうていできそうもない自分をよくよく知っていながら、それでもその死ぬ方法が見いだせなくて、早鐘のように打ちつける心臓の音をただ悶々と聞いてばかりいた、情けなくも気弱な活動家の私でありました。

最初の呼び出しが私にかかったのは勾留されて四日目の夕刻でした。手荒な検束だったにしては四日間も放置されていたのが不思議でしたが、それだけ留置場が満杯で訊問に手間どっている様子でもありました。型どおりの家族調書から、本籍地の元山に帰りきれなかった理由や「金日成」についての感想等もおだやかに聞きつつ、西北青年団と父の関係をくどくどと問いただしてきましたが、そう言えば父は西北青年団済州島支部結成のみぎり、顧問就任を要請されていながら体調を理由に辞退したことがありました。邑内には当時北朝鮮出身者は父ひとりだったようで、私と同年輩ぐらいの西北の青年たちが何かにつけ、食事をよばれにちょくちょく家にやってきていました。このようなことがプラスにでも働いたのでしょうか、取り調べは至って慇懃《いんぎん》に紳士的でした。

この分だと私が党籍を持っている者であることはまだばれていない感触も伝わってきて、体の震えがいくぶん収まってもきました。師範学校を除籍された理由については一切崔賢《チエヒヨン》先生との関わりを口にせず、突然の解放で国語の素養が皆目白紙だったことと、皇国少年だったことが恥ずかしくて学業をつづける意欲がなくなり、そのまま済州島に留まったことによる放校処分だったと、とつとつと神妙に、半ば正直に打ち明けました。しかし「読書会」のことについてはなかなかうなずいてはもらえませんでした。改めて話を聞くので細大もらさず思いだしておくようにと駄目を押しながらも、薬は飲んでいるのかと聞いてもきましたので、残忍な拷問からはなんとか免れるのではなかろうかと、希望らしきものも、かすかに見えた気がしました。

幸いにしてと言いましょうか、なんらかの幸運が特別に働いたとでも言いましょうか。人をして芯から震えあがらせた特別捜査隊の、無慈悲な拷問からはなんとか免れた私ではありましたが、「十月大邱事態」から「三・一事件」に至る間の、軍政警察による残忍な拷問は「四・三事件」へかけて更に増長していった、血も凍る暴虐でした。『シカゴ・サン』紙の日本特派員として、南朝鮮全域に拡散した「十月大邱事態」の状況を一九四六年一〇月五日から一か月半にわたって取材したマーク・ゲインは、軍政警察に配置されて訊問の現場に立ち会った米軍将校の目撃談を次のように記録しています。いくつかの要点を拾い出しますと「角が刃先のようになっている棍棒で向《む》こう脛《ずね》を殴りつけ、指の爪にとがった木片を刺し込み、口にゴムチューブを差し込んで、ほとんど窒息するところまで水を流しこんだ。さらには鉄の棒で殴りつけたあげく、鉄の輪に吊るすことも普段にしていた」（マーク・ゲイン『解放と米軍政』カチ、一九八六年、韓国語版）。これらの警官はすべてと言っていいほど、植民地統治下で抗日愛国者を弾圧し迫害した特別高等警察出身者か、朝鮮総督府特高関連の警察官だった人たちでした。

私が釈放されたのは「談話文」なるものを発表した趙炳玉警務部長が済州島を離れて間もなくです。観徳亭前の発砲を「治安維持の大局に立脚した正当防衛である」と強弁し、さらには「北朝鮮の勢力と通諜提携した特定の政治社会団体が、米軍政を転覆し社会的混乱を誘致することで自己の勢力の扶植を図って現出した事件」であるという、警察総帥の言としてはただただ驚くほかない見解を意図的に披瀝しました。それはそのまま祖国の情勢を民族対立の「反共」へと向かわせる、恐ろしい裁断でした。これにより批判勢力はすべて北朝鮮に同調する「赤色分子」の勢力となり、右翼勢力による白色テロ、「アカ狩り」に公然の正当性を付与したも同然のことと相成りました。南労党はもはや、公党としてのその存在の痕跡すら許されなくなってしまいました。

「談話文」が公表されてから旬日を経ずして、ゼネストは暴圧剝《む》き出しの武装警察隊によって鎮圧されていきました。総罷業闘争委メンバーは全員逮捕され、拘禁数は実に二五〇〇人にも及びました。六六人もの済州警察官が罷免されたばかりか、軍政裁判に回付されたおびただしい人数のほかに、本土の検察庁に送致したといわれたまま行方不明になった活動家は、私のつながりだけでも四人になります。「四・三犠牲者」には含まれない闇の死者たちです。

しかし敗れはしましたが、私には民衆の息吹きをじかに感じ取ることができた、感激の日々でもありました。立てこもっているところへ地域の婦人たちが手分けして、飲み物や蒸しパン、なま卵などを連日差し入れに行くのです。町中は深閑《しんかん》として、本土からの応援警察隊の警官たちがアゴひもをかけて目をぎろつかせているただ中をです。ひしひしと住民たちの共感が町じゅうを占めていました。

第二次米ソ共同委員会はこの夏の八月一二日、米ソの対立によって遂に決裂に陥りました。

横行する白色テロ

惨《むご》い体験を経たとか、騒乱の渦中を這いずったとかの記憶は、とかく私情、私怨に駆られやすいものではありますが、六五年も経った「四・三事件」を改めて想起するとき、そこには個々の思いのほかに、当時の国内情勢をもはるかに超えた一大要因が、かざした透かし絵のように浮かんできます。

日本帝国の植民地統治から解放されたはずの朝鮮は、解放早々米ソの分割占領下に置かれ、一種の条件付き独立案、朝鮮人自身の臨時政府を樹立はするが、これを五年間にかぎって四大国(米・英・中・ソ)の信託統治のもとに置くという「信託統治案」が、解放の年の一二月末、米ソの間で合意されていました。それが四七年の八月一二日、済州島では島民によるゼネストが鎮圧された直後にあたりますが、ようやく再開された第二次米ソ共同委員会がまたしても決裂に陥り、「信託統治案」は反故に帰してしまったのでした。「四・三事件」の惨劇はまさしく、立命館大学教授の文京洙《ムンギョンス》が自ら編集した『なぜ書きつづけてきたか　なぜ沈黙してきたか』のなかで指摘しているように、「この「信託統治」の具体化にむけた米ソの話し合いが決裂し、便宜的な分割占領が恒久的な南北分断へとむかう中で起こった悲劇」でありました。つまり五万人余りにも及んだ「四・三事件」の犠牲者、公的には三万人といわれていますが最低でも五万人は下らないというのが、私の頑な実感です。現にこの数年だけでも、四〇〇〇人近い「四・三」関連犠牲者が新たに判明してきています。いずれにせよこれだけの目を覆うばかりの犠牲者が米軍政下で生じたのですから、同族相残の結果とばかりは言いきれないものをこの「事件」はもっています。言い替えれば米軍政庁がその気でさえあれば、この犠牲者の大半は死なずに済んだ良民たちだったのです。

それが「赤《パルゲンイ》一掃」という名分でもって島民虐殺が容認され、支援さえ大々的になされました。米ソの角突き合いによる第二次米ソ共同委員会の決裂は、東西両陣営が対決する「冷戦」の発端となって分断対立の一大要因を朝鮮半島に作りだし、〝反共の大義〟が南朝鮮における政治情勢を席巻するまでに至りました。左派勢力の総検挙も、これ（米ソ共同委の決裂）を機に全国規模で広がりました。

期を同じくして済州島の情勢も一変しました。全島挙げての抗議のゼネストではありましたが、強圧剝き出しの軍政警察によって、趙炳玉警務部長が済州島を離れる三月一九日にはほぼ、一部の職場と学生らの同盟休校を除いて鎮圧されていました。ところがストライキに参加した一般の人たちに対する検束は三月の中ごろから始まったのです。それこそ手当たり次第の大量検束でした。三月末には三〇〇名を超え、四月一〇日には連行拘禁者が五〇〇名を突破したと、当時の『済州新報』は報じています。

警察署の陣容もまた、本土からの警察官が中心の態勢になりました。済州警察官はすべて応援警察隊の指揮下に入り、取り調べの一切は本土から来た応援警察隊が担当しました。そればかりか趙炳玉のこれまた急な指示によって済州監察庁内に設置された特別捜査課の構成も、捜査要員の主軸はすべて本土からの警察官で占められました。

警棒と銃口をつきつけてのゼネスト鎮圧が功を奏してくると、まず済州道軍政長官がベロス中佐に交替し、穏健良識の知事として親しまれた朴景勲《パクキョンフン》初代知事も辞表を受理する形で退任させて、曰く付きの柳海辰《ユヘジン》（右翼政党、韓国独立党労農部長）が四月一〇日付けで任命されてきます。しかも警護員と称して七名の屈強な西北青年団員を引きつれての赴任でありました。彼は米二四軍団情報報告書にも「極右主義者」と記載されているほどの反共主義者で、これまた名うての反共主義者である国民党、韓国独立党の党首を歴任した安在鴻《アンジェホン》、彼は済州島「三・一事件」が起きる直前の二月、米軍政庁により朝鮮人官吏を総括する民政長官に任命されたばかりでしたが、柳海辰はいわば親分の安在鴻に抜擢されて済州道知事に赴任してきたのです。

大柄で一八〇センチを超える長身の彼は片時も放さず黒の色メガネをかけ、振る舞いも至って威圧的な男でした。一万石を超える全羅北道完州《ワンジュ》の大地主の次男として生まれた彼は、北朝鮮で実施された農地改革を強盗の所為とののしり、徹底した反共主義者に進んでなったという右翼人士でした。済民日報社が編んだ『済州島四・三事件』第一巻によると、その彼に安在鴻は「どんなことがあっても、済州の地から左翼を一人残らず追い出し、民生安定と治安維持に全力をそそげ」との特別訓辞を垂れて赴任させたといいます。柳海辰は噂にたがわず着任早々辣腕をふるい、ゼネストに加担したり理解を示した各行政機関の官公吏を選び出して「思想が不穏」だとして即刻罷免し、済州道庁に至っては職員が半数になったほどの苛烈な粛清でした。本土からの官吏と西北の団員で職員の不足は補充されていきました。

発砲事件の第一区警察署長も頃合いを見計らってか、平安南道(北朝鮮)出身の元関東軍大尉だった文龍彩《ムンヨンチェ》に替わりました。彼は一年後勃発する「四・三事件」時の、第一区警察署長でもありました。これで「アカの島済州島」を制圧する態勢はすっかり調いました。済州島を頭から「アカの島」と決めてかかっているベロス軍政長官と、極右の性向をむしろひけらかしてやまない柳海辰知事とが相俟って、西北青年団、大韓青年団等の右翼勢力がより強化され、白色テロが白昼堂々横行するまでになりました。言いがかりを付けられたが最後、誰もが「赤《パルゲンイ》」にされて半死半生の目に遭いました。とりわけ西青《ソチョン》の横暴ぶりは目に余るものがありました。

私が釈放されたのは柳海辰新知事が辣腕をふるう直前でした。とりあえず職場には復帰しましたが、見知らぬ教員が多くおり、主だった学生の多くが学校(教員養成所)に姿を見せませんでした。母は眼が落ちくぼんでいたほど憔悴していて、父は以前にも増して無口になっていましたが、私の党活動についても意見がましいことは何ひとつ口にしませんでした。ただ「お母さんを心配させるな」とは、そっぽを向いての直言でした。

何よりも私を呆然とさせたのは上部との連絡がつかないことでした。「定点」(日に二度、きまった時間に(曜日によって時間が違う)連絡を取り合うために立ち寄る場所)にも誰ひとり現れず、たしか逮捕はされてないはずの白準赫《ペクジュンヒョク》君とも接触することが叶いませんでした。私も実際気分が萎えていて、緊張すると出る赤い斑点が上半身全体に出ていました。取りすがらんばかりに母が入院をすすめて、とりあえず臨時入院をすることにはしました。

私にかぎらず、若者の多くが自己の身の振り方に悶々とした時期でした。多くの教師や地域団体の活動家たちが指名手配されて身をひそめなくてはならなくなり、なかには保身のために群小の右翼団体が統合されて再発足した「大韓青年団」に、誓いを立てて入団するとか、名乗り出て第九連隊に入隊したり、縁故をたどって日本へ密航した者も多くいました。さもなくば山へ登るしかありませんでした。

入院して数日後、文少年が『ハイネ詩集』をたずさえてことづてにきました。「百日紅《ペギルホン》より」の見舞いのメモが入っており、日時、場所指定の会合の連絡でした。白君が無事であることもそれで確認がとれたわけですが、文少年からは「改めて先生が見舞いにきますので、病室を動かないように」との伝言も伝えられました。夜間は通行禁止ですので、もちろん動きはとれない私ではありましたが、それがどのような会合であるかは五感でもって感じ取ることができました。もうくるところまできたという思いが、決意のように働きました。「信託統治」の可能性はもはやなくなり、北朝鮮が進めている「民主基地確立論」が俄然、現実味を帯びて迫ってきました。

「四・三」勃発前夜

その年が変われば「四・三事件」が勃発するという一九四七年は、済州島民にとってとりわけ多難な年でありました。「四・三蜂起」が起きるだけの、いや「四・三事件」へ駆り立てられるだけの諸条件が、民族分断への先がけとなって離れ島の済州島を揺り動かしていた年でもあったからでした。

三・一事件に絡む抗議のゼネストは警棒、銃口でもって蹴散らされ、手当たり次第の検挙旋風が苛烈に荒れ狂って、天にまで見放されたのか、その年もまた大凶作は島の畑《はたち》地を干上がらせていました。民生問題は二の次のような米軍政の強圧行政に、島民の不安は不信を伴ってつのり、政治的にまた社会的に、急激に深刻化していった年でした。

三・一事件の処理をめぐって軍政警察への憤懣が渦を巻いていた三月中旬、米軍政はＣＩＣ（米軍の戦闘情報指揮所）派遣要員まで済州島に常駐させて情報活動を取り仕切ります。再編を図って初代知事を辞任したばかりの朴景勲《パクキョンフン》氏を議長に推戴した済州民戦が、「八・一五」二周年を迎えての民戦中央委アピール、「米ソ共同委員会の促進を求める全国集会」に呼応して動いていたその「八・一五」の前日、軍政警察はまたしても朴景勲議長をはじめとする社会人士、道庁幹部等三十余名を敢えて逮捕して、とうてい罪には問えるはずもない合法活動を露骨に弾圧しました。米ソの対立が国際的に深まる「トルーマン・ドクトリン」の発表もまた、三月のゼネストと深く絡んでいました。その延長線上で第二次米ソ共同委員会もついに八月一二日決裂し、その煽《あお》りはすぐさま本土の南朝鮮に及び、「八・一五」に向けての民戦中央委のアピールが「八・一五暴動陰謀」として摘発されるまでになりました。左派勢力への大々的な検挙作戦もその八月一二日を期して断行されます。検束者が一万三〇〇〇名にも及ぶという大弾圧でした。

九月に入ると事態はさらに厳しくなります。朝鮮半島の命運を決する「国連への移管」問題がアメリカによって惹起されるのです。第二次米ソ共同委員会の決裂によって「信託統治案」が反故となるや、アメリカはその機を待っていたかのように朝鮮問題の戦後処理を、米国主導の国連に一方的に移管しました。それまで米軍政当局が否定しつづけてきた南朝鮮だけの単独政府樹立が、これによって俄然クローズアップされ、左翼陣営に比べて劣勢であった右翼陣営の勢力拡大が、官民一体の様相を呈して全国的に繰り広げられていきました。

一一月一四日、国連総会はソ連退席のまま、南北朝鮮の総選挙を可決します。しかし北朝鮮はアメリカの思惑どおりこれを拒み、いきおい南朝鮮だけの「単独選挙」が四八年五月一〇日に実施されることになりました。もはや南北分断は止めようがない歴史の趨勢となって、民族の心情に深い亀裂を走らせました。私が南労党済州島委員会の中に（済州島にはすでに道制が施行されていましたが、済州南労党は四八年まで「全羅南道南労党済州島委員会」のままの組織体制でした）軍事部が構成されたことを知ったのは、第二次米ソ共同委員会が決裂したあとでありました。私は済州市内を担当地域とする連絡員のひとりでしかありませんでしたが、あげくが米ソの角突き合いでしかなかった「信託統治」の問題については、賛成（賛託）の方針を党が急ぎ打ち出したときから、私は隙間風が吹くのを島党内で感じ取っていました。なぜなら大多数の民衆がまず、民族感情として「信託統治」を受け入れませんでしたし、島党内の若手幹部の間でも「民主基地確立」論になお執着する人たちが多くいたからでした。

「民主基地確立」論とは、金日成《キムイルソン》の主導で構成された「北朝鮮臨時人民委員会」（四六年二月八日）、この権力機関は曺晩植《チョマンシク》等の民族主義勢力を排除し、朴憲永《パクホニョン》共産党が進めていた民戦の組織構造をも実質的に否定して、つまり信託統治が想定する「朝鮮臨時民主政府」の基礎づくりの意味合いをもっていた運動体まで拒否して発足した、北朝鮮中心の権力機構でしたが、その臨時人民委員会の戦略的運動方針として金日成が打ち出した「民主基地路線」に、島党内の若手幹部たちが闘争の活路を見出そうとして使っていた呼称なのです。

ソ連の軍政を後ろ盾に社会主義基盤をまず北朝鮮で固めて、これを民主基地として全朝鮮に及ぼしてゆく、といった「民主基地路線」が、実現の可能性からますます遠ざかってゆく「信託統治」の問題と対置して軍事部の関心を高めたのだろうと、末端にいた私ですら思ったことでした。

実際の話、革新勢力は米軍政下で追いつめられていきましたし、南労党との連携組織である民戦、婦女同盟、民愛青の活動家たちも米軍政の施策として追及されて、民主組織全般が軍政警察の弾圧にさらされているとき、党の執るべき道は必然的に反米救国《パンミクグク》に向かうしかありませんでした。それはまたそのまま、北の「民主基地路線」ともやむなく重ならざるをえないものでもありました。軍事部を構成するに至る若手幹部たちが、南朝鮮における統一路線として「民主基地確立」に思いを馳せたとしても、それは無理からぬ衝動だったと思うのです。一連絡員でしかなかった私にも党の活路はそこにしかないような気がして、痛く共感したものでした。

それでもまだ南労党は、合法政党としての存在ではありました。したがって南労党の関係者であるということだけでは拘束も検挙もできず、無許可集会参加、不法ビラ散布、不穏書類所持等を取り締まる米軍政布告令でもって拘束、逮捕がなされ、右翼集団、殊に西北青年団の赤色分子を摘発する探査テロが、わが物顔で横行していました。もはや実質的に非合法化されたも同然の、済州南労党でありました。島党組織もゼネストの当初から分散して潜行し、島党の主力メンバーは東部の拠点地域である朝天面《チョチョンミョン》で地下活動に入っていました。連絡機能の重要さは組織が分散したことで一段と緊要なものとなり、中央郵便局を介する通信手段は——今もって具体的方法は明かすわけにいきませんが——命に代えてでもやりとげなくてはならない、私の重く重い任務でした。この時点で道立病院は、通院加療をつづけている私の新たな連絡定点となっていましたが、改めて見舞いに来ると言っていた白準赫《ペクジュンヒョク》君は、「ポルレ（ぐみ）取りに行ってくるわ」のメモを文少年《ムン》に託したまま、四月末、漢拏山《ハルラサン》へと消えていました。

年末にさしかかり、右翼団体のさらなる強化が図られました。西北青年団済州支部の再構成と、朝鮮民族済州道部団まで結団されて、済州道は右翼陣営一色に染まっていきました。駐朝鮮米軍政長官もディーン少将が第三代目を継ぎ、済州島軍政長官もベロス中佐からマンスフィールド中佐に替わって、柳海辰《ユヘジン》の強圧体制がいっそう固められて一九四七年が暮れました。

運命の四八年はこうして明けるのですが、新年は済州南労党への一斉手入れから始まったのでした。党の存亡が問われる一大危機が、いよいよもって済州南労党に降りかかりました。一月二二日、米CICと軍政警察は朝天面の秘密アジトを一斉に襲って安世勲《アンセフン》島党委員長と、多数の幹部を含む一〇六名が逮捕されました。それまで正体の一切が不明だった党組織の実態がこれでむきだしになりました。四・三蜂起時の武装隊司令官となる金達三《キムタルサム》軍事部組織部長、彼のあとを継いで二代目武装隊司令官となる李徳九《イドック》もこのとき逮捕されましたが、これまた運命とでも言いましょうか。単独選挙を控えた国連臨時朝鮮委員会の特赦要請があって、他の逮捕者たちと共に三月初め釈放されてきました。賽は投げられる寸前でした。座して死を待つか、立って戦うか、祖国分断への単独選挙が目前に迫るなかで、ぎりぎりの選択が党員全員にかかってきました。緊張は高まり、私の「多発性神経炎」は、体全体に赤い斑点を増やすばかりでした。

第6章　四・三事件

四・三の烽火が上がる

オルム（漢拏山のふもとをぐるりと隆起して小山を成している寄生火山）に烽火《のろし》が噴き上がるのは、山がチンダレ（朝鮮つつじ）に染まる或る日だ、とは南朝鮮だけの単独選挙が本決まりとなり（一九四八年三月一日、国連朝鮮委員団が発表）、三月三〇日を期して五月一〇日の総選挙選挙人登録業務が開始されるとの告示があったそのすぐあと、緊急に召集された連絡会で知った決起準備通達でした。私のその後の連絡任務は指定者（道オルグ）への直接伝達と、私への直接指令だけとなり、私なら私が伝える横の連絡は六名だけにしぼられました。事態はまさに急を告げて差し迫っていました。

朝天の秘密アジトが急襲された直後の二月初め、私は退院して再び通院患者になります。随時出入りができる道立病院は格好の連絡場所となりました。済州南労党は四八年初頭までの一年の間に四度もの大規模な検束、強制捜査に遭い、党員どうしは極度の緊張のなかでつながり合わねばなりませんでした。三・一事件に端を発した党員の検束、逮捕。「八・一五」二周年を迎えての民戦中央委アピールに絡む事前検束。一・二二事件といわれる秘密アジト急襲事件、そして二・七事件。この「二・七事件」とは全国的に広まった単独選挙反対気運を背景に、たとえば左翼陣営とは明確に一線を画してきた民族主義中道路線の金九《キムグ》、金奎植《キムギュシク》までが反対陣営の先頭に立っていたほど、祖国分断への危惧は高まっていたわけですが、南労党は「二・七救国闘争」といわれる単独選挙阻止のためのゼネスト断行を、二月七日と決めていたのでした。

これに呼応した民戦はじめ、全国労働評議会傘下の各単位事業労働組合、鉄道・電信・電話・郵便の各分野から工場・鉱山・事業所等が一斉にストライキに入り、総罷業参加労働者数は三〇万名にも及ぶ大闘争とはなりましたが、済州島では相次ぐ弾圧のため散発的なビラ撒き程度の反対で終わって、軍政警察の非常警戒をかえって高めるだけのことになりました。

南労党主導による「二・七救国闘争」は、単独政府樹立をもくろむ国内勢力に対して一定以上の打撃を与えはしましたが、反面大弾圧へのさらなるきっかけともなって検挙、投獄の嵐を全国的に吹きつのらせもしました。ついに本土の南労党までもが公党としての活動は立ち行かなくなり、党の崩壊を案じる若い活動家たちは智異山《チリサン》へと入山していって、遊撃隊闘争まで模索するようになります。時代は同様の運命を、海をへだてた済州島にまで課していました。

オルムの烽火は花が咲き競うまえに噴き上がりました。いたたまれない思いの不祥事が、いや公公然たる白色テロが警察権力とタイアップして、島民の日常を脅かしていたからでした。散発的で小規模な示威ではあったにせよ、「二・七罷業」に同調するデモが一日遅れの二月八日から各地の村で発生し、これが元で済州島は再び最大級の検挙旋風にさらされます。しかもしらみつぶしの家宅捜索までして日に何十人となく連行してゆくのは警察ではなく、西北青年団の独壇場の特権でした。それに西北出身者は必ず、道内の各警察署に配置されてもいました。

このような権力構造はそのまま、南労党員の切り崩しにもフルに使われました。CICの調査資料から当時の南労党党員数は三万名と見られていたようですが、摘発された「不穏分子」の多くを南労党からの転向者に仕立てて、大々的に報道したものでした。つまり南労党への不信助長を大衆へ向けて広めたというわけです。そのためもあって党を離れていった末端の党員もいはしましたが、転向声明に名を連ねた人たちのほとんどは自己保身か、延命のために応じた人たちが主で、大方は単一団体の役付きの人であったり、民愛青の学生委員どまりの人たちでした。シンパサイザーとは言えても党籍を持った人たちではなかったはずだと、私は思っています。表向きはたしかに解体状態に陥った党ではありましたが、深手を負って動きの取れない党ではけっしてなかったのです。その時点ではそのように信じていた私でした。

そこへもってきて歯がみせずにはいられないことまでが、発覚しました。「四・三」勃発直前の三月ひと月だけで三人の若者が残忍な拷問によって殺されたのです。ひとりは朝天支署に連行されたまま殺された朝天中学院二年生の学生で、もうひとりは摹瑟浦《モシルポ》支署に留置中に死んだ二十七歳の青年です。あとのひとりは西北青年団中心の警察隊に捕まって棍棒と石でめった打ちにされたあと、村はずれの路上で射殺された翰林面《ハルリムミョン》出身の二十二歳の青年でした。やり場のない島民の憤りは気化したガソリンのように空中に満ちみち、いつ発火しても不思議はない状態をかかえたまま、済州島の春はヂンダレが山を染める四月を迎えようとしていました。

私はその日も日課のような郵便物の発送で郵便局に出向き、二言《ふたこと》、三言《みこと》のそこそこの情報も耳に収めて職員室へと戻ってきましたが、「オルムに烽火」の日取りは受付嬢から事もなげに受け取りました。預り物だという本、正確にはペスタロッチ「教育論」の一部を訳出したパンフレットでしたが、その「本」を手渡されたのです。今も鮮明に覚えています。見馴れた筆跡の頼信紙が挟んであって「李査頓《イサドン》宅の百日祝宴《ペギルチャンチ》は朔日《ついたち》で、スンジオルムの花見は三日だ。時間を繰り合わせて一緒に行こう。白一《ペギル》」とありました。胸がふくらんで今にも破裂しそうでした。「査頓」とは相舅《あいやけ》のことです。「百日祝宴」とは生後一〇〇日を迎えた乳児のお披露目をする宴《うたげ》のことですが、四月が明けるにはまだ二日も残っている冷たい午後でした。

私は決められたとおり通行禁止時間とにらめっこしながら、その日のうちに「六名」への連絡を済ませ、済州農校での徹夜作業に彼らとともに取りかかりました。「白一」からのメモの頼信紙には四・三の日に撒かれるビラの原文が仕組まれてあったのです。裸電球をくるむように裏返しにかざせば、わりとはっきり文字が染み出てきました。折も折、済州農校は、四月四日から始まる道学務課主催の「済州道学生文化展覧会」の会場になっていて、ちょうど展示場作りが始まったころでした。私は道学務課所属の嘱託（特定の業務に携わる臨時雇い）として展示作業の一員にもなっていましたので、送られてくる各小・中学校の生徒作品、図画、墨書、作文、工作品等々の現場管理もまた、私の職務のうちに入りもします。ですので私が居残りをすることは特に目立つことではなく、通行禁止時間にかかってしまった人たちは行った先でそのまま、たとえば職場でなら職場でとどまることはよくあることだったのです。

私の連絡グループが受け持った任務は伝単（ビラ）一〇〇枚と、画用紙四枚を薄板にぴったり貼りつけた立て看二つの作成。そしてその散布と設置を責任をもって行うことでした。「アピール」には二種類のビラがあったことをあとで知りましたが、私たちが作成したのは「島民へのアピール」の方で、「警察への警告文」の現物はついぞ見ずじまいで終わりました。島民へのアピールは「市民同胞よ！　敬愛する両親、兄弟よ！／四・三の今日、あなたの息子・娘が武器をとって立ち上がりました」で始まり、祖国の統一・独立と民族解放のために、売国的単独選挙・単独政府に命がけで反対し、「あなたたちを苦難と不幸に貶めた米帝とその手下どもの虐殺蛮行を阻止するために！　今日、あなた方の骨髄に染みた怨恨を解き放つために！」とつづく全文二五〇〇字ほどの檄文です。「済州島人民遊撃隊」の名で出されていました。

私のグループはこの「アピール」を四日がかりで手書きで仕上げました。謄写機はゼネスト弾圧の折、残らず押収されてしまったからでした。ついにきたった四・三の日の未明は、澄みきるばかりに晴れ渡った肌寒い夜明けでした。午前一時を前後して数あるオルムから烽火が噴き上がり、あちこちから武装蜂起の信号弾が青白く打ち上がりました。

「山部隊」への期待

私の班の七人グループは三手に分かれて行動に移りました。夜が白みはじめた午前四時半すぎ、AとBは二つに分けてある立て看の一つを半分ずつ提げて、段差がうねっている畠の石垣沿いにハンネ川へ向け西北へ下ってゆき、CとDと私とは南門坂西側の、だんだらに下がっていっている畠の石垣をいくつもいくつも乗り越えて、道立病院近くの、南門大通りに面して尖塔をそびやかしているカトリック聖堂の木立ちのひとつに、立て看を針金でくくりつけました。涸れた川ではありますが、雨が降れば鉄砲水がほとばしるハンネ川の、大石が剝きだしている川床の端を、這うようにして西門橋のたもとまでたどり着き、その近くの劇場朝日倶楽部左側の横かべに設置したA、Bの膝と手足は、すり傷で服の外まで血が染み出ていたといいます。見つかればお互い、それまでの命の決死行でした。

ビラ撒きはE、Fが受け持ち、農校のいくつかの大教室と道すがらの家いえの前庭に投げ入れ、山地港《サンジ》通りの建物のすき間すき間に差し込んでいきました。Fは帰宅途中不運にも、まだ解けてない通行禁止時間にひっかかってしまって、それっきり消息がわからなくなってしまいました。Fが捕まったことで私たち六人の身辺も危ういものとなりましたが、即座に殺されてしまったのか、それとも拷問に耐えて絶命したのか、残りの六人の身辺にそれらしい追及が及ぶことは、四月がすぎるまでありませんでした。

私とC、Dは立て看をくくりつけたあと、DとEは家が近くだったので裏路地へと消え、私はそのまま木立ちと石塀の物かげで通行禁止が解ける六時を待って家に帰りました。物言わぬ母の朝食をそそくさと済ませて服を着替え、いつものとおり、ではなくはればれと出勤していったものです。稚拙と言おうか、純情だったと言いましょうか。革命の朝が今まさに明けた気がして、足どりもひとりでに弾んだものでした。

武装蜂起の全般的な情勢は日をおいてわかってきましたが、蜂起当初の私の認識は至って限られたものでして、組織防衛のうえからも末端の連絡員が知り得ることは任務の守備範囲に限られる、至極部分的なことでした。農校の校庭から確認された信号弾の閃光も東の方角できらめいていましたから、たしか奉蓋《ポンゲ》オルムあたりから打ち上がったものと思われました。旧市街の城内《ノンネ》に隣接する禾北《ファアプク》、三陽《サミャン》、北村《プクチョン》、朝天《チョチョン》からも同時に確認が取れていたはずですので、烽火も信号弾もたぶんそのあたりから打ち上がった一番西寄りの信号を、私たちは見たことになります。

展覧会の開催を明日にひかえた展示準備は、大童《おおわらわ》の作業でした。私は学校での残務整理を理由に早めに切りあげて南門通りを下りていきましたが、蜂起のうわさは早くも広まっていて、辻々にはひきもきらない人だかりができていました。「大したもんだ、すごい！　よかった、よかった！」と口々が相好くずして賛同しているのです。私が家に帰りついた夕刻ごろにはもう、蜂起は「人民蜂起」と呼ばれていたほどでした。山に入って事を起こした「山部隊《サンプデ》」が、自分らの思いを晴らしてくれる「救いの兵士」のように、親しみを込めて語られていたのです。

あとで追いつめられて分散して孤立したときが「山の人《サンサラム》」、それまではずっと「山部隊」と呼ばれていました。山のあの人たちは足首に砂袋を巻いて、一年間漢拏山《ハルラサン》の起伏を走って鍛えたので、風のように駆け抜けることができるのだと、さも見てきたように山部隊の神出鬼没ぶりを称えるのです。四月いっぱいは神話が神話を生む期間でした。討伐特攻隊が大挙派遣されてきて制圧に血道をあげても、民衆たちはどこかで上がる狼煙を見上げては自分たちの思いを晴らしてくれていると、正真手を合わさんばかりに共感していたのです。

翌四日の済州道学生文化展覧会は、予定の時間どおり開会されました。地方の各学校に割り当てられていた参観日も、日程どおり指定された学校の生徒たちが来館していて、「山部隊」による武装蜂起など何の支障もなかったかのような、済州市内の平静さでした。党関係の私たちも、ここでは「私も」と限定することにしますが、遊撃隊（党内の私たちはソ連の言い方にならってパルチザンともゲリラとも呼んでいました）が町中ではまだ「城内」と呼ばれていた道庁所在地の市内にまで襲ってくるとは、少しも思っていませんでした。米軍政も「治安次元」の蜂起事件ととらえていたようで、「山部隊」優勢の情報がすっかり伝わっている城内の住民たちには、警察隊の無蓋トラックやジープが夜をついてあわただしく行き交っても、どこかゆとりすらあった数日でした。

実際三日当日の、第一区警察管内の「山部隊」襲撃は、東は禾北までだったし、西は外道里《オエドリ》で止まっていました。事前にささやかれていた党員間のやりとりが事実を言い当てていたようにも思えて、五月に入るまでは「四・三蜂起」は最大限半年で収まる事件だと、決めてかかっていた私でした。ささやかれていたことというのは、島党軍事部と、本土の国防警備隊とは組織的につながっていて、呼応した隊員たちが反乱を起こして援《たす》けにきてくれるとの希望的観測でした。事実、この年の一〇月には部隊ごとの反乱が起きてはいます。正確には一〇月一九日、済州島への鎮圧を命じられた麗水《ヨス》駐屯中の国防警備隊第一四連隊が、王当性のない鎮圧であるとの理由から出動を拒否して反乱決起し、逆に麗水・順天《スンチョン》の二都市を占拠したあげく、智異山に籠もってパルチザン闘争をくりひろげた「麗水・順天反乱事件」のことを指しますが、実際は南労党とも、もちろん島党軍事部とも何のつながりもない、良心的な兵士たちによる義挙的な反乱事件でありました。

私ならずとも思い違いをするだけの要素は、たしかにありはしました。五・一〇総選挙が弾圧によるものではあったにせよ、その選挙が効いて単独政府の李承晩《イスンマン》政権は成立しました。にもかかわらず本土では、祖国分断に反対するデモや集会がなお断続的につづいていたのですから。それに大田《テジョン》でも警備隊の一部が山に籠もる等の事件が警備隊内部からつづいて起きていたので、武装蜂起への援軍は必ず来ると、私のほかにもそう信じる友人たちが多くいたのでした。

それだけではありません。武装決起当時の「城内」は応援警察隊の多くが所属する本土の各署へ引き揚げたあとでしたので、市内に突入することはそうむずかしいことではなかったはずでした。ですのに遊撃隊の襲撃は東も西も南も、その手前で止まっている。そのことも事前に洩《も》れ聞いていたことと符合していたのです。それは城内包囲作戦と言いまして、一周道路を東西で遮断し、中山間地帯を掌握すれば城内は無血解放区となって難なく行政機関を接収できる、といった内容の話でした。やはり若すぎて、単純にすぎた私でした。

それでも四月いっぱいは、いや五月半ばまでも「山部隊」に対する島民の期待には熱いものがありました。詳細は数日かかって知りましたが、武装蜂起の規模は私の予想をはるかに超えて大きく、四月三日の一日だけでも島内の一一支署を急襲し、西北青年団をはじめとする右翼団体の事務所や幹部宅は警察署よりも多く襲っています。恨みつきない右翼の徒輩たちだったでしょうに、彼らに対しては殺害よりも警告の意味を込めて深手を負わせるにとどめていたことも、四・三蜂起の日の特徴となっています。

さらには四月二〇日を前後して、単独選挙を阻止するための直接行動が敢行され、各地の選挙事務所や投票所を襲って選挙管理人を殺害したり、施設を破壊すること等が相次ぎました。併せて「山部隊」は、これがのちのち四・三の悲劇を惨劇に変える因《もと》ともなった出来事ですが、投票拒否の証として村びとたちを大挙入山させたりしたのです。それは胸痛くも、無理強いの説得と脅しによってなされた行為でした。

幻に終わった和平交渉

武装蜂起、とは言いましても決起当初の実際は農民一揆程度の貧弱な〝武装〟でした。文京洙が自著『済州島四・三事件』で引用した『真相調査報告書』によりますと、山部隊の勢力は総数三〇〇人程度と見られていて、銃火器も敗戦時の日本軍が武装解除の折、地中に埋めていった旧式の「九九式小銃」三〇挺余りにとどまっています。あとは竹槍・斧・鎌といったたぐいの前近代的な武器でした。それだけにわが身を挺することでしか苛烈な弾圧に手向かえなかった武装隊員たちの、やむにやまれぬ怒りの噴出が逆に見えてもきます。

この武装蜂起の日の犠牲者数については『真相調査報告書』の他に、軍政警察総帥の趙炳《チョビョン》玉《オク》が四月六日の記者会見で発表したものとの二つがありますが、両方の犠牲者数に開きはありません。ただ趙炳玉発表には「共産系列の破壊的、反民族的分子の指導のもと無頼の輩が成群作党し、警察官署を襲撃し、警察官吏及び家族を殺害、善良なる同胞の殺害、暴行、拉致等の天人共怒たる蛮行を恣行し、総選挙登録実施事務を停頓状態に陥らせ」た結果の数字として、事こまかに死者、負傷者、行方不明者、テロ、放火、道路橋梁破壊、電話線切断等を挙げていますが、ここで言う「善良なる同胞」が西北青年団、大同青年団の極右の面々であることには言及がありません。

四月三日、山部隊が襲ったのは警察支署と右翼団体事務所、要人の居宅であり、警察支署は島内二四支署のうちの一一支署に及んでいました。蜂起の日の犠牲者だけを取り出しますと次のようになります。

■警察　死亡四人、負傷六人、行方不明二人
■右翼など民間人　死亡八人、負傷一九人
■山部隊(武装隊)　死亡二人、逮捕一人

よもやこの程度の小規模の抗争が、何万人もの犠牲者を出す呼び水になろうとは、南労党関

係者にとどまらず島民の誰にとっても、想像すらつかなかったことでありました。済州島での事件としてはこの日、未曽有の、いや米軍占領下の事件としては世界的に未曽有の「四・三事件」が勃発したわけですが、済州島の中心市街「城内」は依然として平静な数日を保っていました。済州道学生文化展覧会も予定どおり順調に開催されていまして、私もいつもと同じく職場から中央郵便局を回って、展覧会会場に詰めていました。蜂起の情報と合わせて本土からの討伐警察隊の動向も、刻々と電信・電話部のコネクションを通して伝わってきました。指定者からの緊急連絡もまた、電信部のコネクションを通してその日のうちに、「電報配達」でなされていきました。

事態は明らかに山部隊側に有利に動いていました。農民たちの熱い共感に支えられて、中山間地域の村々には洩れなく「自衛隊」が組織され、済州市外の主だった里村にも自衛組織の自衛隊が作られて、主力部隊の山部隊とは連絡員によって縦横につながっていました。私もそのつながりのなかの、中間伝達者のひとりでもありました。済州市内(城内《ソンネ》)に居残っている党関係者は武装蜂起が契機となって、新たに後衛部隊とも呼ばれるようになっていきました。

米軍政があわてだしたのは五日になってからです。三日段階では本土の各署からそれぞれ一個中隊の派遣が取り決められ、総勢一七〇〇名からなる警察隊によって武装蜂起への対応がはかられましたが、五日に至って急遽「済州非常警備司令部」を済州警察監察庁内に設置し、軍政警務部公安局長の金正浩《キムチョンホ》に司令官の発令がくだりました。またこの発令とは別途に警務部長の趙炳玉は、自己の手兵集団のような西北青年団本部に連絡をとって、「反共精神に透徹した西青団員五〇〇名を済州に派遣するよう要請」(済民日報社編『済州島四・三事件』第二巻)までしたのでした。

金局長は警備司令官に就任するや「武装暴動は外部勢力と国際共産主義との連係による暴動である」との、決めてかかった見解を披瀝し、次いで八日には布告文を発布して部落別の「郷保団」組織を各里村長に命じました。さらに一〇日には済州道道令を公布して、陸地部(本土)との海上交通網の一切を遮断しました。それにもかかわらず帰順してくる者もいなければ、村ごとの郷保団組織も遅々として進まなかったばかりか、事態解決への兆候はその兆《きざ》しすらあらわれませんでした。苛立《いらだ》った金司令官は一八日、重ねて「事態鎮圧のための警告文」なるものを発表します。「南労党系列の悪辣分子は、我が三千里江土をソ連に売り渡し、共産社会を建設し、政権を掌握するため、あらゆる謀略と手段を恣行した後、最後の悪あがきとして、人命殺傷、破壊、放火、強姦を連日敢行し、民生を塗炭におとしめている」(同『済州島四・三事件』第二巻)と事実を糊塗して四・三蜂起が共産暴徒による騒乱暴動であると決定づけ、①暴動に付和雷同しないこと。②暴動に直接的に加担した者は自首せよ。暴動に食糧や金品を提供した者は今のうちに自首せよと促し、さもなくば「一挙に掃討するつもりである」とも言明しました。

しかし四日の寧坪里《ヨンピョンリ》、城内に隣接する山手の部落ですが、そこの大同青年団が自衛隊の青年たちによって襲撃されたあと、六日もまた城内から西南の梨湖里《イホリ》、東南の方の奉蓋里《ポンゲリ》でも同じく大同青年団が襲われ、七日には下貴里《ハギュリ》、八日には翰林面《ハルリムミョン》の村々へと連日山部隊の襲撃が相次ぎ、山部隊の銃火器も右翼団体、各地の支署から奪い取ったカービン銃、手榴弾等で日増しに戦闘力を増してきていました。かようにも四月いっぱいから五月一〇日ごろまでは、山部隊が抗争の主導権を握っていた時期でした。

警察兵力だけでの鎮圧はもはや無理だと認識した米軍政庁は、四月中ごろから米CICの活動を本格化させ、米軍艦艇を動員して済州島の海岸全域を封鎖しました。加えて摹瑟浦《モシルポ》駐屯の警備隊第九連隊に鎮圧作戦への出動を命じ、釜山駐屯第五連隊からも一個大隊の済州派遣が決定されました。山部隊の優勢には気を良くしながらも米軍出動の事態に至ってようやく、本土からの援軍を当てこんでいた私の心情に黒い翳《かげ》がきざしはじめました。援軍はもう望みうすだとの、不安のかげりです。それでも四月いっぱいは勇躍、活動にはげんだ私でした。もっぱら抗争の状況を知らせるビラ撒きが主でした。このときはもう謄写機の手配もついていて、市街の屋並みのところどころの隙間や、石垣の穴ぼこに八つ切りのアピールビラをたばねて差し込んでおくのです。それが思いだしたように風に吹かれて、ひらひらと街なかへ舞い散るのでした。四月末にさしかかると増派された討伐警察隊によって、見境も斟酌《しんしゃく》もない掃蕩戦がやみくもに中山間地域一帯で展開されていきます。山部隊の抗争も一段と強まり、暗闇をついての連日の急襲は城内の間近まで迫っていきました。

いま思い出しても拳を振りたくなるほど残念でならないことですが、「四・三蜂起事件」が無残きわまる惨劇に陥らないだけの手がかりが、実は山部隊司令官の金達三《キムタルサム》と金益烈《キムインヨル》中佐が率いる第九連隊との間で、話し合いの形で取り交わされていたのです。第九連隊は済州地域の郷土連隊として、一九四六年一月組織された軍事警備隊です。次頁以下の「遺稿「四・三の真実」」の項は文京洙著『済州島四・三事件』から抜きだした要旨ですが、米軍政からの討伐命令があってからも、第九連隊はなお宣撫活動に注力していました。事実、山部隊も警備隊との衝突は避けていましたし、第九連隊も出動命令がくだるまでは蜂起事態への介入を回避して静観していました。

それが記録としてだけ残っている「四・二八交渉」の手始めです。討伐隊が焦土作戦を展開しはじめていた四月二八日、金益烈連隊長と山部隊司令官の金達三は、大静面の九億小学校で和平交渉に臨みました。四時間に及ぶはげしいやりとりの末、二人は三つの条件を呑み合うとで戦闘中止に合意します。ただこの「四月二八日」は、金益烈連隊長が残した「遺稿」からの推定日ですので、合意を見た会談日は四月三〇日であるとの学説も最近出てきています。ともあれ討伐する側とされる側との厳しい対立を踏まえての秘密折衝が前段にあって成立した会談のはずですから、二日間の違いはさしたることではないように私は思います。

遺稿「四・三の真実」

和平会談での合意は、①七二時間以内の戦闘中止、②武装解除は漸次行うが、約束を違反すれば即時戦闘再開する、③武装解除と下山が円滑に進めば、主謀者の身辺安全を保障する、とした三条件でした。特に③の身辺安全については、当時摹瑟浦《モシルポ》港に拿捕されていた十余隻の日本漁船のうちの一隻を、済州島脱出用として山部隊《サンプデ》側が望むなら提供してもよいとさえ金益烈《キムインヨル》連隊長は提言していました。これに対する山部隊隊長金達三《キムタルサム》の答弁は武装蜂起の真意の披瀝ともなっていますので、紙数に急かれてはいますがぜひ付記しておくとします。

「帰順と武装解除が終わり、すべての約束が遵守・履行されたなら、私は堂々と自首し、すべての責任を負う。そして、法廷で、今回の行動が自衛のための正当防衛であったという事実と、警察の圧制・蛮行を満天下に公表するつもりだ」と言い切って、金連隊長の誠意ある熱意に応《こた》えています。ところがこの実りある合意は五月六日、金連隊長の突然の解任であっけなく雲散霧消してしまいました。

和平会談の詳細は近年に至って、『済民日報』四・三取材班が一九九三年にまとめた全六巻の『済州島四・三事件』で知ることができた私でしたが、山部隊、この呼び名はこのあたりで、広く言われている「武装隊《ムジャンデ》」に合わせることにします。「山部隊」とは四・三勃発当初民衆の側から言いはじめた呼称でしたし、蜂起した勢力は、自らを「人民遊撃隊」とも公称していました。その「武装隊」との直接会談を困難を押して推進した金連隊長は、会談のもつ真実性を保障するため自分の家族を全員、妻と老いた母と二歳になる息子を人質として武装隊にあずけることまで表明して、九億小学校(大静面《テジョンミョン》の山間地域にある学校)での和平会談を実現させています。四・三事件が終息したあと、焦土と化した村々を見回った元第九連隊情報将校の李允洛《イユンナク》は、金連隊長に随伴して和平会談に臨んだことを振り返りながら、「われわれのやり方で収拾したならば、あれほど酷い流血事態は避けられたはずなのに、米軍と警察がこれをぶち壊した」と、和平会談の消滅を痛切な思いをこめて証言しています。

そもそも米軍政は占領政策の初めから、遅ればせに発足した「朝鮮警備隊」（創設時は「国防警備隊」でしたが、第一次米ソ共同委員会（一九四六年三月）でソ連代表から「朝鮮臨時政府樹立についての議論がなされている最中に、国防部を設置する意図は何か?!」との抗議があって、警察予備隊的な「警備隊」に格下げの形でなりました）を南朝鮮占領政策の最たる推進力とは考えていませんでした。やがて「国軍」の基幹となる軍組織ではありましたが、現にアメリカは東欧圏社会主義のリーダーであるソ連と、三八度線をはさんで対峙しているのですから、その即応力についてまだ信がおけなかったのです。

それに比べて「軍政警察」は、朝鮮総督府警察からのそのままの成り変わりでしたので、つまりは日本帝国の国家権力下で「アカ狩り」の実績を積んできた「反共」の猛者集団でしたので、南朝鮮を極東における反共布陣の強固な砦に仕立て上げたいアメリカには、その即応力において「軍政警察」はこれ以上ない信頼の担保でもありました。目論見どおり、軍政警察はその即応力をいかんなく発揮しました。植民地下の警察体制をそのまま踏襲した彼らは、ようやく「解放」にありついた同胞を冷酷無慈悲な方法でもって取り締まり、軍政下での「軍政警察」の優位性を誇示しました。当然警備隊との間でも、再三軋轢《あつれき》が生じていました。ジョン・メリルは論文「済州島叛乱」（文京洙訳『済州島四・三蜂起』新幹社、一九八八年）の中で、当時の警察の内実を次のように明かしています。

「主に日本の支配下での治安活動の「経験者」である対日協力者によって構成されていた警察は、そのイデオロギー的傾向においてははっきりとした右翼であった。そのやり方も、市民的権利にはほとんど注意を払わない、なにかといえば拷問にかける旧態依然たるものであった。こういう警察に仕返しをしようと警備隊に加わった者も多かったし、場合によっては両者間に戦闘が起こることもあった」。これと同様のことを第九連隊長だった金益烈も、遺稿「四・三の真実」の中で述べています。以上のような指摘どおりの軍政警察であったからこそ、その警察に武装隊の攻撃は向けられたのでした。蜂起という騒乱が起きた済州事態をめぐっても、警察と米軍政は北朝鮮と通じた共産主義者の暴動だと喧伝していたのに対し、警備隊は努めて平静に事態を見て取っていました。治安問題には軍は介入しないとの警備隊の原則に従ってのことではありましたが、済州島連隊の第九連隊は端から四・三の済州事態を、済州島民と警察および右翼の西北青年団等との衝突であるとの認識で静観していたのです。

済州警察からの相次ぐ支援要請があって、金益烈連隊長が一部の兵力を済州邑に派遣したのは四月一三日でした。この派遣隊は米軍駐屯地と政府施設の警備に任務が限られていました。武装隊も警備隊が配置されているところへは近づきませんでしたし、もし遭遇してもすぐさま退避して衝突を避けていました。警備隊に対してはむしろ、親近感さえいだいていた武装隊員たちでした。その第九連隊に鎮圧作戦への参加命令が下ります。金連隊長が米軍政より命令を受けたのは、記録によりますと一九四八年四月二七日とあります。

鎮圧作戦への出動命令を済州道軍政長官マンスフィールド大佐から受けた金連隊長は、この日の述懐を克明に遺稿「四・三の真実」に留めていますが、その記述は〈四・三事件〉がいかようの経緯を経て大量殺戮の惨劇に至ったかを明かす、幾重にも重要な資料となっています。マンスフィールドは下命の折、済州暴動事件は国連でも取り上げられて、米占領政策の行きすぎをソ連が非難しているので、「済州島暴動事件を「共産主義者の煽動による叛乱」と規定しなければならない」と申し渡しているのです。

この命令に対し金連隊長は「そのような問題は政治の次元で決定すべきことであり、（中略）鎮圧作戦になんらの影響をおよぼすものでもなく、さらにそのような問題は私の責任所管外である」と答えています。このような見識が許容されることはもちろんありませんでした。五月六日金連隊長は突然解任され、民衆から殺戮者と恐れられるようになる朴珍景《パクチンギョン》中佐が赴任してきますが、彼は見境のない大量検挙、即決の処刑、村ごと射ち殺し焼きつくしてゆく掃討戦を強行して、冷酷無比な連隊長としての勇名をとどろかせます。それほどの勇猛果敢な連隊長だったにもかかわらず、その朴珍景も間もなく、自分の部下のひとりの将校に射ち殺されて果てるのですから、暴圧の銃火は狂気にあおられるものであることの証左のようにも思えます。掃討作戦は無慈悲にくりひろげられて流血の惨劇をひろめ、中山間地帯は文字通り、焦土作戦によって焦土と化していきました。

この惨劇に至る事態を当初から見越していた第九連隊長金益烈が、マンスフィールド大佐を説き伏せて進めていたのが武装隊との和平会談でありました。いわゆる「まず宣撫、のち討伐」という、段階的解決方法への模索でした。武装隊との接触を図るためのビラがまず作成され、金連隊長自ら軍政庁のＬ５軽飛行機に乗り込んで漢拏《ハルラ》山《サン》山麓一帯に呼びかけのビラは撒かれました。このビラには済州市内にこもっている後衛部隊の私たちも、すぐさま反応しました。このときの活動が追われて潜伏するようになるまでの、私のもっとも精力的な活動でした。

「軍の主任務は国土防衛と外敵との戦闘であり、同族相争を望んではいない。済州島民を敵と思ってはいないので、平和的な方法で解決しようではないか。帰順者は安全と生業を保障する。

叛徒諸君、要求条件があるのなら、会談によって解決しよう」。実に真情のこもった、呼びかけのビラでありました。

焦土作戦

済州農業学校は一一月はじめごろから、西北青年団警邏隊の手で続々と連行されてくる赤色容疑者たちの収容所となり、間もなく無法きわまる即決の処刑場に成り変わっていきますが、五月いっぱいまでは武装隊《ムジャンデ》との中間連絡拠点地でもありました。学校所在地が中山間地域の大きい里村である吾羅里《オラリ》、我羅里《アラリ》等に近く、すでに二名の現職教員が四・三蜂起直前に武装隊に加わるため山に上がっていて、南労党の党籍を持った民愛青の、隠れ党員の学生委員も多くいた学校でした。

金益烈《キムインヨル》第九連隊長からの呼びかけビラを受け取ったのも、農業学校で中継される連絡員からでした。思えばこの和平会談呼びかけビラをめぐる取り組みが、指示伝達の行き違いから命令系のだぶりとなって党員たちを戸惑わせるようになり、城内(済州市内)の組織が浮き足だって急に孤立していった、大きい要因であったようにも想起されます。

私が受け取った最初の指示は、「和平会談」を支持、賛同するビラ活動でした。それも邑内に駐屯している警備隊と、島内出身警官の家族、縁者を対象とした、奥歯がひしぐばかりに緊迫する活動でした。昼間は普段どおり振る舞い、通行が禁止される夜間の深い時間をねらって影のようにへばりつきつつ裏路地を走り、裏垣を越えてシンパサイザーの学生たちにビラを託してゆきます。その学生たちが目標の家々の濡れ縁の沓脱《くつぬ》ぎ石《いし》に、何枚かのビラを履物で押さえて置くのです。こちらが命がけならビラを置かれた警官一家も、戦慄が走る朝を迎えることになります。もはやおまえたちは武装隊の監視下にあるという無言の圧力です。和平会談の切実さを実感させる、これ以上ない取り組みだと心《しん》から思いつめた後衛部隊の一班《いちはん》の私たちでありました。

ところが三日めには別の指示が伝達されてきました。和平会談の呼びかけは軍政府の謀略だという警戒喚起と、警備隊は干渉するなという、警備隊へ向けてのあからさまな牽制アピールに取って代わったのです。しかもこれは東部軍事委からの指示だといい、初回とは違う系統からの伝達でした。それだけではありません。相次いで警備隊員たちへの、武装闘争への加担を求める呼びかけにまで要求が高まっていきました。

私の班の六人グループも迷ったあげく、警備隊の心証を荒らげてはならないと、警備隊員への闘争加担アピールを「心ある警官なら加担せよ」と書き改めて、そのまま活動をつづけました。機運はたしかに動いたかに見えていた五月六日、まったくもって出し抜けに、和平会談提唱者の金益烈連隊長は解任されてしまい、警備隊総司令部人事参謀で、日本陸軍少尉時代済州島で軍務についていた経験のある朴珍景中佐が、ディーン軍政長官直々に受けた焦土作戦の密命を帯びて赴任してきます。金益烈は実録「遺稿」の中で連隊長解任の折のことを想起しながら、「焦土化作戦は人道的に決して許されるものではなく、戦時においても、黙認した司令官は戦犯として処罰を免れるのが困難だ」(済民日報社編『済州島四・三事件』第二巻)と、密命の焦土作戦を糾弾しています。当然「和平会談」は泡沫《うたかた》のように消滅してしまいました。

金連隊長の解任は五月一〇日の単独選挙を控えた直前に当たり、和平交渉の立ち消えを軍政庁の指示と警察による妨害と受けとめた武装隊は一段と攻撃の手を強めて、各投票所を襲撃、選挙管理人の殺害にまで及んでいって、ついに島内二か所の選挙区で投票の実施ができなくなり、全国で唯一選挙無効の地域を現出させるまでになりました。このような情勢激化のなかで、もはや討伐どころではない朴珍景連隊長の見境のない掃蕩作戦が、地獄絵図のように繰り広げられていきました。

ディーン軍政長官は朴珍景中佐の赴任に際し、水原第一一連隊の一個大隊を同時に済州に派遣させて、既存の第九連隊、釜山第五連隊と合わせて三個大隊の大兵力を「我が国の独立を妨害する済州島暴動事件を鎮圧するためには、済州島民三〇万を犠牲にしてもかまわない」と就任辞で述べた朴珍景連隊長の指揮下に配属させました。それに増派されてきた討伐特攻警察隊が協同して動くという、これは暴動鎮圧というより徹底した根絶やし作戦の戦争遂行でした。

その非道もきわまった惨酷さは私自身がつぶさに見聞きしたところですが、四・三当時統営部情報局長だった白善燁《ペクソニョプ》（のち四星将軍〈大将〉になった軍人）の、『実録智異山《チリサン》』の中にも殺戮の一端が客観的事実として記されています。

「一方で第一一連隊（第九連隊が一一連隊に再編された）は、共匪の情報網を遮断し、左翼勢力を威嚇するため、村ごとに左翼嫌疑者を探索し、公開処刑するということを毎日のように繰り返した。このようにして処刑された者の中には、親族内の葛藤や個人的な怨恨によって密告された無辜の犠牲者もいた」。当の警備隊側が認めるように、目を覆うばかりの惨状が公然化しました。焦土作戦を実行した朴珍景連隊長はこの掃蕩戦の功によって、赴任わずか一か月余で大佐に昇進するという特級の栄誉を手にしました。

焦土作戦はさらに強化されていきます。米軍政は朴珍景連隊の掃蕩戦を支援して北部海岸全域を駆逐艦二隻を出動させせて封鎖させ、現地鎮圧作戦の最高指揮権者として米二〇連隊ブラウン大佐を済州地域米軍司令官に任命し、赴任させてきました。各地に撒かれた武装闘争共闘の呼びかけの効果だったのか、どうかは知りませんが、金益烈連隊長の更迭に不満をもった第九連隊所属の兵士四一人が、五月一八日、大量の武器弾薬と装備をたずさえて脱走し、山の武装隊に加担します。中《うち》の二〇人は数日後逮捕されてしまいますが、軍政警察に不満を持った若者たちが、兵士の中にそれだけいたということでもあります。

一〇月に入りますと人命の被害が極限に達する本格的な焦土作戦が展開されます。暗殺された朴珍景大佐の焦土作戦を踏襲した宋堯讃《ソンヨチャン》連隊長は海岸線を封鎖したのち、海岸線から五キロメートル以上離れた中山間地帯を「敵性地域」とみなすという布告を発して、民家のすべてを村ごと焼き払い、逃げまどう人から疎開させられた人たちに対してまで無差別虐殺をほしいままにしました。「とりわけ十二月の連隊交替を前にした九連隊は、「華々しい戦果と記録を残そうという欲望」にかられ、海岸の村に疎開させられた住民を大量虐殺した。討伐隊に逐われた武装隊は、アジトを山中深くに移す一方、時折海岸の村に対して報復奇襲戦を試みた」と、当時の酷薄な実情が「四・三」の実態を丹念に調べあげた『済州島四・三事件』第一巻（済民日報社編)の「時期区分」に記されています。城内にひそむ後衛部隊の私たちももはや、討伐隊本陣のただ中で息をひそめている、取り残された使い走り程度のものでしかなくなっていきました。

武装隊の戦術も少数単位のゲリラ闘争に向きを変えて、夜陰の奇襲を城内間際までかけてはいましたが、私の活動は早くも、五月半ばごろからみるみる逼塞《ひっそく》してゆくばかりでした。中央郵便局にも特攻警察隊の監視員がカービン銃を手に詰めるようになり、電信、電話部との接触も従来どおりとはいかず、せっかく聞き取った情報すらも、かんじんの〝特定の人〟が連絡定点にめったとは現れなくなって、ひとりやきもき気をもんだものでした。その代わり別の連絡員が現れて、「決定事項」だという指令だけは折りたたんだ例の頼信紙でくれていました。無謀としか言いようがない、末期症状的な内容の決定ばかりでした。早くも食糧調達の急務が督促され、ひいては爆薬の入手まで命じてくるようになったのです。今もって気が咎めてならないことすら、決定事項として受け入れていた私たちでありました。

惨酷な五月

無理だった「決定事項」の例を二例ほど、悔いを押して打ち明けるとします。郷保団結成の旗振り役で、単独選挙を推し進めた独立促進国民会（李承晩が作り上げた国民的連合体の政治社会団体）の顔役の一人であった韓某を誅伐《ちゅうばつ》するため、実子の党員に拳銃を持たせて警戒の厳しい自宅を襲わせたあげく、みすみす銃火にさらして犬死にさせたことや、数え年十四歳の少年、この少年は少年団候補党員として公開処刑されましたので、実名を明かしてもかまわないでしょう。姜正宇《カンジョンウ》という、済州酒精公社の給仕だった少年です。私が入党した折の話としてこのことはすでに記述したことではありますが、少年団候補党員とは、特定の党員を支援するシンパサイザーの少年のことです。党員ともなれば責務として、何人かのシンパサイザーを工作し、組織しなくてはなりませんでした。

酒精公社は済州島で一番大きい政府系列の事業体です。警戒が厳しいのはいうまでもありません。給仕であった姜少年に、その公社の発電発動機の爆破が命じられたのです。渡された手製の手榴弾は発動機から跳ねてころがり、隅の壁の一部を壊しただけで逮捕され、公開処刑されました。もはや無謀なことでしか、済州市内の党は党組織の存在を示せないまでになっていました。韓某誅伐の折は見届け役の私でありましたし、姜少年の発動機爆破未遂事件のときは、あとで述べる中央郵便局放火事件後の、潜伏中のことでありました。

狂乱の虐殺はついに、私の身近な従姉《いとこ》の夫にまで及んできました。惨殺された屍体をまじまじと見たのは、このときが初めてです。むごたらしく殺されたこの兄貴の名は、四・三犠牲者の位牌を祀ってある済州平和公園の霊安室にもありません。日本から引き揚げてきてまだ三年も経たない、高南杓《コナムピョ》という実直な四十がらみの男でした。ちょうどこの時期、四・三蜂起直前に朝天の方で捕まった東地区(三陽から旧左面までを、そのように区分していました)連絡責任者の自白からか、あとを継いだ代理責任者までCICの調査で逮捕されてしまい、城内の各グループは極度の緊張のなかで地下へ潜る準備をしていたときでした。

日にちも忘れません。五月二一日の朝一番、高南杓の長男でまだ中学校に復学できずにいる甥っこが、気力も尽き果てたような面持ちで訪ねてきました。その前日の二〇日の午《ひる》すぎ、荒磯の近くで小舟を浮かべて烏賊《いか》釣りをしていた父ら総勢一〇名の漁師を、道頭峰《トドルボン》山頂まで引っ立てていって虐殺し、万歳を唱えて討伐特攻隊の警官らは引き揚げていったそうです。父、南杓の遺体は目も当てられないほどの傷みようで、眼の片方は刳《く》り抜かれており、右腕は肘の上からもがれてひときれの皮でようやくつながっていたと、こらえきれない憤りを虚ろににじませながら泣きじゃくっていました。お金もお米もなくて葬式を出せないと訴えてきていたのです。この虐殺はその二日前の一八日、この地区の砂水洞《サスドン》(現済州空港の西はずれにあった地区)で右翼の家族ら六人を武装隊が拉致して殺害したことへの、見境のない仕返しの血祭りでした。

母は取り急ぎ何がしかのお金と、五升ずつのお米を甥っこと私に持たせて、先に砂水洞の喪家へ向かわせてくれました。私は私でそれなりの目論見がまた別に働いてもいて、私から同行を申し出てもいたのでした。近親者の葬儀参列は要所要所の検問をわりと楽に通り抜けられたことと、もちろん兄貴の葬儀に駆けつけることが主目的ではありましたが、督促されている食料送致の一端の務めが、果たせる機会でもあると思っていたのでした。演歌めいた述懐で苦笑されるかもしれませんが、運命とはいかなる星のもとの定めなのかと、つくづく思わずにはいられなかったこの日の出来事ではありました。砂水洞へは海岸沿いの小道を西へたどるのが、一番の近道でした。家を出てすぐ龍水淮《ヨンスガク》の浅瀬に差しかかります。その二メートルほどの海へとそそぐせせらぎを越えた先が、観光の名所として名高い「龍頭岩《ヨンドアム》」です。裾をたくし上げて私が先に渡ったとたん、「そこで止まれ！」の怒鳴り声が石垣の物かげからひびいてきました。なんと非常警戒網に引っかかってしまったのです。もっとも注視される食糧のお米もたずさえていましたし、もはや私の運命は絶体絶命の瀬戸際でした。「うしろを向いて立て！」の命令が下り、ガチャガチャカチャッと撃鉄を起こす音がそこらで一斉に起きてきました。意識は意外と透きとおったようにはっきりしていて、これで終わったなアとまっ青な空をゆっくり見上げていた私でした。

その瞬間、まさにその瞬間、「待てェ！」と叫びながら騎馬警官一騎が私の背後まで駆けてきて、待てェ待てェ！と私をさえぎって立ちはだかりました。これが運命というものでしょうか。その警官こそ北小学校同期同窓の徐《ソ》源《ウォ》玉《ノク》君でした。同級生とはいえ、齢《とし》が私より三つも上の兄貴格の友人です。彼とはその後、四、五年して日本で再会しましたが、私を助けたあと間もなくして日本へ脱出したのだそうです。騎馬警察官創設時からの第一期警察官であったこともあって、普通の警官よりは顔が利く徐君ではあったようですが、それでも下っ端の警官にすぎない徐君のところへ毎日のように、誰それを助けてくれと部屋が埋まるほど贈り物が届けられていたそうです。「上役の奴らはどれだけの金品を懐にしていたのか、想像もつかない」との彼の告白に、討伐の実態がいかようなものであったかを今更のようにのぞき見た思いがしたものでした。その徐君は今も、横浜市内で暮らしています。

　ともあれ徐源玉君のおかげでなんとか非常警戒網を脱け出ることができた私は、ふとんをかぶせて寝かされている、納棺まえの高南杓兄貴の遺体と対面することができました。右の二の腕はもがれた状態で半握りの拳が横向きに置かれていて、えぐられた眼窩はどす黒く血汁《ちしる》をにじませて虚空をにらんでいました。喉元で途絶えた叫びのように、大きく口を開いたまま硬直していました。言い知れぬ憤怒が体をふるわせて、憎しみが体じゅうを駆けめぐっていました。

　誰かの詩ではないですが、本当に「五月は惨酷な月」です。従姉《いとこ》の夫の葬儀が終わって一週間も経たない五月末、私も追われる身となる事件が起きました。中央郵便局の集配課には私の連絡を中継してくれる二人の同志がいました。一人は私の小学校の一年先輩で、もう一人はクラス違いの同期生でしたが、その二人が処刑されてしまいます。ある日突然引っぱりだされて、公道で撃ち殺されてしまうのです。それへの報復が緊急グループ会議の決定事項になりました。中央郵便局には討伐特攻隊員、警備隊員たちの家族へ送る郵便物や、為替が毎日集荷され、午後の三時頃には小山のように積まれます。五段ほどの石段を上がって三つの内側へ開く観音開きのドアを開けて中へ入ると、正面右寄りに郵便受付の窓口があって、その背後に集荷された郵便物が無造作に積み上げられているのが、毎日の光景です。その郵便物を燃やすという直接行動の任務を、私とHというもう一人の同志とで受けたのです。投げつける火炎瓶は手製のもので、小さなボール箱にガソリンを詰めた薬瓶三個と少量のダイナマイト火薬、もう一つの小さな薬瓶には塩素でしょうか、空気に触れると包んでいる紙、新聞紙がぱっと燃える薬品が入っている。それをぶっつければ薬瓶が割れて、ガソリンに引火して爆発するという簡単な仕組みになっていました。そのまえに私が連絡を取るグループの細胞から、所属党員の名簿が警察に渡ってしまうという事件が起きていました。その裏切り行為を疑われている仲間に火炎瓶を投げつける役目が決定事項になっていたのです。私はその彼に危険物の火炎瓶を窓口で中継しなくてはなりませんでした。郵便局には入口にも中にも警備の警官がおりますし、そのような危険物を持って入ることは普通の人にはとうてい不可能なことです。

済州島を脱出

私は、教員養成所の嘱託として日課のように各地の国民学校(小学校)へ送る教材や関連の印刷物を郵便局に持ち込んでいましたので、いわば顔なじみの来局者でした。ひと抱えの郵便物に潜ませて、火炎瓶を通じ合っている窓口業務の同志に小包郵便として受け付けさせます。その窓口係は外からでもすぐ手が届くところに受け付けた小包を置いたまま、次の用事にとりかかっているのです。

中央郵便局の入口は五段ほどの階段があって、表のドアは奥へ押して入るようになっています。真ん中のドアは中間だけを仕切っている上下が空いているドアで、押しても引いてもどちらにも開くようになっていますが、いちばん内側のドアは入るには手前へ引き、出るには押すようになっている、つまり外へ開くようになっているドアでした。私と入れ違いに、火炎瓶を投げつける役目のH君が切手を買うと言って入ってきます。窓口の脇に置いてある火炎瓶を手を伸ばして取り上げたまではよかったのですが、集荷した郵便物の片えに折わるく彼の従兄弟がいたのです。彼は火炎瓶の包みを差し上げたまま、わけもわからぬ声で絶叫したものですから、局内にいた警備の警官がカービン銃を構えて駆けよってきました。逃げながら力なく放った火炎瓶はさほどの発火もせず、白い煙と臭いだけが立ちこめました。

よく打ち合わせてはいたのですが、人間、恐怖に陥るとわからなくなるようです。彼は一番奥のドアを走りながら押して出て、真ん中のドアは体をぶつけて表のドアにとりすがるように、さかんに叩いていました。引かなければ出られないのに、必死に押しているのです。それこそこぶし大に見開いたあの真っ白いHの眼が、まざまざと私の脳裡に焼き付きました。追ってきた警官が至近距離からカービン銃を連射し、後頭部をふき飛ばされたHはそのドアにしがみついたまま絶命しました。まるで握りつぶした豆腐のように、脳味噌がひび割れたガラスに筋を引いて垂れていました。大通りの警官も駆けてきました。私はとっさに身を翻して東の真隣の、空き屋となっている旧公設市場の中へ駆け込み、左側の破れた窓枠から隣り合っている知事官舎裏の石垣に跳び移って、二〇センチほどの石垣の上を枝が絡んでいる桜並木の茂みをかいくぐりながら、知事官舎の裏庭と背中合わせになっている、欅《けやき》の大木の真下の家の狭い裏庭に跳び下りました。表通りはすぐ左側が北国民学校の正門です。数年まえまで母が店を張っていた斜向《はすむ》かい筋の、昵懇《じっこん》の家です。小学校の三年先輩の高氏は解放（終戦）まえに大阪へ渡っていて、年老いた母が一人で住んでいる家でした。わけも聞かずに二日間かくまってくれて、文少年との連絡もご自分で取ってくれました。

いきさつは省きますが、三日めの午《ひる》まえ私の最後の頼みの綱のK君がジープでやってきて、私を道立病院まで連れ出してくれました。中古のジーンズにGIシャツ（ハウス・ボーイの制服でもあるもの）、野球帽に似た帽子まで目深にかぶせられて、まったくもってフリーパスでジープは駆け抜けることができました。K君は本土留学組の一人でした。解放直後の国語講習会でも一緒だった友人です。米軍基地開設の当初から基地のハウス・ボーイにいち早く入りこんでいました。私が臨時のハウス・ボーイとして基地に住みこめる手筈が調うまでの、数日間の結核病棟入りでした。担当医師との渡りはついてはいたものの、生きた心地がしない一週間でもありました。

約束どおりK君はまた、ジープで私を迎えにきてくれました。米軍基地の数棟のカマボコ形の兵舎は、旧日本軍の飛行場でもあったチョントゥル(現済州空港の東はずれ)にありましたが、私が潜んでいた九月末までは、小規模の処刑が散発的に警察によって行われていたぐらいで、大々的な虐殺の地としてはまだ知られていませんでした。その基地の月極めの臨時雇いとなり、まる四か月テント張りの軽ベッドで寝起きして、K君のもとで皿洗いとジャガ芋の皮をむく仕事に明け暮れました。おかげで月二度くらいは、厳戒の街なかを連絡を取りに、指定場所の〝定点〟と道立病院にK君のジープで出向くこともできましたが、もはや組織の実体からは外れた、孤立無援の私になってきていました。

四回以上の契約更新はならず、九月末やはりK君のジープで、これからの潜伏先はK君同様明かしたくない名前のお方ですが、城内の人なら誰知らぬ者はない知名のC氏宅に、父の縁故をたぐって年末まで潜みました。塔洞《タプトン》の旧家で、戦時中掘ったという堅牢な防空壕が物置きとなっているところに隠れました。石垣のすき間をとおして磯の満ち引きがま近に見える、大きな夏ミカンの木の下でした。一一月に入って間もないころ、砂利浜の塔洞の渚に数珠つなぎに手首をくくられた水死体の幾組かが、数日にわたって打ち上げられてきました。夕陽を浴びて招魂の舞いを鳴り物入りで踊っている巫女《シンバン》の光景を、石垣のすき間から見やっていたのもこの時期でした。K君にはその後の移動にもまこと助けてもらいましたが、その彼にもまた何事かが起きたのか、数年後日本への脱出を図って密入国で捕まり、韓国へ強制送還されたとこの大阪で伝え聞きました。聞いて廻るわけにもいかず、その後の彼の消息は今もってわからずじまいです。

私の済州島脱出までにはまたひとセクション、悲劇が絡みつきます。かくまってくれた叔父貴(母方の)があろうことか、武装隊の手によって殺されてしまうのです。思い出せば今でも心身がよじれてならない、私の無残な記憶です。

年末ぎりぎりK君のジープで飛行場をよぎって、母の実家のすぐ近くの、叔父貴の家の裏の畠に掘られてある種芋の穴(菰《こも》がかぶせてあります)に潜みました。区長の家ですので家捜しはしませんが、警察の上役あたりがしょっちゅう出入りします。そのつどちょっとした酒食でもてなしてもいたようです。それが武装隊には討伐隊に肩入れしているようにも見えたのでしょう。たしか命日が二月一六日のはずですから、事件はその三日まえの一三日のことになります。明け方襲ってきた武装隊に腹部を二か所も竹槍で刺された叔父貴は、腸をはみださせたまま裏の石垣をよじのぼってその裏の小道に落ちました。それでもすぐには死ななくて、七転八倒の苦しみが三日もつづきました。わめき声やアイゴーの嘆き声が、私が隠れているすぐそこの向こう側でひびいていました。一〇〇日もつづいているような、耐えがたい怨嗟でした。

もう死んだほうがいいと、何度思ったかわかりません。悲しげな母の面差しや、つてをたどって必死に動いているであろう、寡黙な父のあせりの顔が浮かんできて、嗚咽をこらえて耐えていました。これ以上叔父貴の家の負担になっているわけにもいかず、葬儀のショックからまだ放心状態がつづいている従姉《いとこ》の家に移りました。ひと声のやりとりも、外へのひと足もまかりならない逼塞のコパン（食糧置き場）ぐらしが三月余りもつづいて、やっと済州島脱出の日がやってきました。父のあらんかぎりの奔走があって、五月二六日（のはずです）まずクァンタルという無人島に逃れます。済州市の北方、約三〇キロ先の岩山です。

討伐隊の副食物《おかず》を獲るための漁船が毎夜半《まいよわ》、警備のサーチライトを浴びながら出港します。そのうちの一隻の漁船にもぐりこんで、タクネの小さい漁港を離れました。舳先には現職警官の一人が、赤い旗をひるがえして立っていました。漁港までは真っ暗闇のなかを私をしたがえた旗持ちの警官とともに、父が連れ立ってやってきました。これはお前の母からのものだと言って、水の入った太い竹筒と炒り豆(大豆を砂糖で固めた非常食)のアルミ弁当箱を手提げにして渡してくれました。もうひとつの包みには日本の五十銭紙幣を詰めてあるというゴム水枕と、着替用の学生服が油紙に密封されてありました。

第7章　猪飼野へ

夜更けの上陸

父は手短に言葉を添えました。真夜中のおだやかな海風の中で洩らしてくれた、今生の別れの父の言葉でした。「あとの船の手筈も調っている。明後日《あさって》のいま時分、岩場の近くまで船が寄ってくれるはずだ。あとひとふんばりがんばって耐えてくれ」。いよいよ漁船に乗り込む段になって、父はさらに改めて告げました。今も胸に食いこんだままのひと言です。

「これは最後の、最後の頼みでもある。たとえ死んでも、ワシの目の届くところでだけは死んでくれるな。お母さんも同じ思いだ」、と言って顔をそむけました。私が見納めた父の最後の面影です。沖へ出てもふた筋のサーチライトは光を交差させながら、暗い海上をねめまわしていました。あの光の届くところからだけはなんとしても脱け出さなければ、と私もうずくまったままひたすら口の中で念じていました。

漁日和の夜だったとはいえ、クァンタル近くの海はさすがに外海《そとうみ》の大きいうねりでした。コップをかぶせたような島の岩場のへりを北側へ廻りこんで、漁船は私を下ろすために止まりました。基地で使っていた寸胴の防水袋に弁当箱と竹筒の水、靴も入れてあるという着替服の包みに着ていたＧＩシャツ、ズボン、運動靴も脱いで押しこんで、金が入っているというゴムの水枕といっしょに腰にゆわえて、黒くうねっている海の中へそろっと身を下ろしました。一、三〇メートルほどの距離をぐらっぐらっと浮き沈みながら、無我夢中で岩場にしがみつきました。小高い山頂まで裂けたように喰いこんでいる崖の岩かげへ、這いつくばって身をひそめましたが、六月ももう明けようというのにいっときに寒さが襲ってきて、ふるえがかたかた歯を鳴らして止まりませんでした。押しこんだＧＩシャツがなければ、私の体力はもうそこで尽きていたかもしれません。

間もなく夜が白みはじめ、限られた視界からも意外に近くで漁をしている調達漁船が、二隻も見えていました。うかつには体も乗りだせないほど、危険が皮膜のようにおおっているクァンタルでした。この岩壁の島で、私は四日間も蟹になって這いつくばっていたのです。一日、一日のなんと途方もなく長かったこと。夜の孤島の、なんと無慈悲にこわかったこと。六五年もまえの出来事だというのに、やけに日は長く、潮騒はやたらと不安をかきたてて、裂け目を吹き上げてくる風に鳥肌を立ててふるえていた自分が、今でもさいさい、まったく同じパターンの悪夢の中でうなされていたりします。

「明後日には……」と言われていた船は、夜どおし待ちとおしても現れず、生涯でもっとも長い日になった日もまたむなしく暮れていって、夕暮れから雨になった四日目の夜半、種火さながらのランタンをゆらして船が近づいてきました。いかにも古びた四、五トンほどの日本へ向かう密航船でした。魚を入れる船倉のような、蓋付きの升目の仕切りが三つもあり、半畳そこらの中には六、七人の男女がすしづめに入っていました。なにぶんにも重油の臭いとないまぜになった臭気がひどく、とてもじゃないが入りこめるところではありませんでしたが、この人たちのほとんどは、日本へ出戻ってゆく解放直後の「引き揚げ者」たちでした。私は、防水袋だけを預けて操舵室のうしろの機関室の煙突にベルトを巻いて片腕をとおし、水枕を坐布団にして坐りこみました。

済州島東端の城山浦沖を突っ切ったのが午前の三時ごろです。舳先にいた警官二人も、そのまま密航に加わったようでした。雨も小止みになり、曇り空も白んできたころ、五島列島の明かりが見えると船長が声をかけてくれました。もう虎口の韓国を脱し、日本の領海に入ったのです。私は大きく息を吸い、肌身はなさず持っていた赤い薬包紙の薬、誰からも明かされたことはありませんが、それが青酸カリであることは早くから私は知っていました。くるんであった油紙をゆっくりほどいて、中の小さい赤色の包みを、スクリューに巻かれた白波が逆巻いて流れている海のうねりへ放りました。気抜けがしたようにどっと疲れが出て、とたんに眠りに落ちた私でした。

二、三〇分はまどろんだでしょうか。あたりを圧する雨の音と、かぶさってくる波のしぶきに目が醒めました。今にも船が大波に呑みこまれてしまいそうな、豪雨の嵐でした。境界を越えて安心したのも束の間、機関室にまで水が浸かってしまい、かんじんのエンジンまで止まってしまいました。雨しぶきの向こう側を伴走するように走っている、韓国の警備艇もはっきり見えてきました。船は木の葉のように揉まれて、流されようではまた韓国の領海に入ってしまうかもしれない。しきりと赤い薬包紙が思い返されてならない私でした。

幸い船は日本の領海内を南の方へ流れてゆき、鹿児島沖に至ったころは雨も風もやんでいました。天運のように最後の一発の焼き玉が発火して、船はポンポンポンと思いだしたように動きだしました。もう船倉へ入らなくてはならないと言われ、反吐《へど》を吐いた人たちもまざっている饐《す》えに饐えた穴ぐらの箱の一つに、かぶさるように入りこみました。はたと気づいてＧＩシャツの胸ポケットに入れてあった書き付けの便箋をまさぐりましたが、半がわきのままよれよれによじれて一面にインクをにじませた形でへばりついてしまっていました。大阪に着けば連絡を取るようにと記してくれてあった何人かの、母方の親戚の住所メモでした。がくっと頤《おとがい》がずり落ちるほど気落ちしましたが、なまじ持っていては(捕まったとき)先方に迷惑がかかるとの周りの助言もあって、棄てることにしました。船は六月五日の真っ昼間、紀伊半島の内海に達していました。

真夜中まで待たなくてはならないとかで、船は西へ向けて大阪湾をよぎり、淡路島と兵庫の間を何時間も、いやげんなりして欲も得もなくなってしまうくらい長い時間、うろうろしました。もちろん日本が初めての私には現在地点を推しはかることはできませんでしたが、箱の中の「引き揚げ者」たちのささやきで、今どのあたりなのかが感じとれました。音をたててはならない。音波探知機で捕まるからと船長からきつく言われていましたので、誰もが黙りこくって耐えています。魚の臭いがびっちょり染みついている狭い船倉での蒸れ具合といったら、それだけでも十二分に、生きのびることの辛さをとことん味わわせてくれていました。

ようやく夜更けに至り、船は明かりを消して渚ちかくまで松林がつづいている浜の、浅瀬ぎりぎりまで入りこんで止まりました。それこそ蜘蛛《くも》の子を散らすように乗客のすべてがあっという間に、浅瀬の水を蹴散らしていなくなってしまいました。「ツルハシ」(鶴橋)までなら連れていってあげると、身寄りも土地勘もない私を案じてくれていたオッチャンたちまでが、どこかへ消えてしまっていました。どの方向へ行けば〝大阪〟なのか、もわからない私がひとり、波打ち際の砂地に膝をかかえて、呆然と船を見返していました。

船は何事もなかったかのようにゆるく向きを変えて、ポンポンポンと出ていってしまいました。いっときに涙があふれて、顔じゅうがぐちゃぐちゃになりました。私はまぎれもなく見知らぬ異国にひとり取り残された、天涯孤独の若者でした。エンジンの音もすっかり遠ざかり、とにもかくにも身をかくさねばと、重い足を引きずって松林の中へと入りこみました。

木立ちをとおして、別荘らしい白い壁の家がうすぼんやり見え、そこここで犬が吠えていました。近年になって、松林の地形と駅の近さから推して「舞子」であろうと、詩友のたかとう匡子《まさこ》さんから教えられましたが、幹の太い根方にへたりこんでしょうことなく、持ち物の整理を始めました。服を着替え、なんと驚いたことに、折りたたんだ学生服の間から阿部次郎の『三太郎の日記』が登山帽とともにこぼれ落ちたのです。読みさしのまま机の上に置きっぱなしていた、四六判の、カーキ色の布張りの本です。じいんと胸が熱くなりました。竹筒と弁当箱と、一年以上着とおしたＧＩシャツ、ズボンとをいっしょに丸めて草むらに押しこみ、いかがしたものかと防水袋をかかえて木の根方にもたれていました。思案していたはずのその私が、いつの間にか眠りこんでしまっていたのです。

猪飼野に行き着く

通過する列車の音にハッとわれにかえりました。線路をたどれば近くの駅に行き着くはずです。草むした小道が線路に沿うて左右に延びており、私は列車が来た反対方向へ向け歩きはじめました。

さほどの時間もかけずに、くすんだ駅舎が見えてきました。改札口からも我さきに船から逃げだした人たちが、素知らぬ顔でそこらじゅうにいるのが見えました。どう見ても今しがた日本に来ました、と言わんばかりのうすよごれた顔の人たちでした。改札口の近くにいた一人がひとりごちるように大阪までの料金をつぶやいてくれたので、キップは怪しまれることなく買うことができましたが「大阪」という行先が大都会の漠然とした空間のようで、不安はさらにつのるばかりでした。

すっかり夜を抜け出た朝があざやかにプラットホームを照らし出している中へ、列車がきしりながら到着し、一見刑事とわかる四、五人の私服警官が、群れを追い込むようにどっと駆けこんできました。不審者の上陸を住宅地の誰かがいち早く通報していたようでした。「ワタシチガウ、チガウ」と誰もが懸命に朝鮮語訛《なまり》まるだしで言い訳をしていましたが、私服警官らは至って民主的に、いいから降りぃ降りぃと車内から連れ出していました。時にもよりましょうけれど、困りきった人の悲愴感というものは、極まれば滑稽なものでしかないものでもありました。

登山帽をかぶって『三太郎の日記』に目を落としている私の前を、私服の刑事もそれとなくのぞき見ながら行ったり来たりしていました。ところどころうすく塩を吹いてはいましたが、終戦直後の身なりにしてはセルという上質の生地の詰襟《つめえり》を着ていた学生服姿の私でしたので、挙動をうかがいながらも先の車輛へと移っていきました。たしかに運が良かった私ではありました。しかし「大阪」へ着いてからがしんそこ行き暮れてしまった私でもありました。

まずもって「ツルハシ」へ行く手順がわからない。誰かに訊こうにも怪しまれそうで、押されるままに改札を出て広場へ出ましたが、人の混み具合ときたらこれが敗戦国の日本なのかと、目をうたがうばかりの賑わいでした。それに自分が降り立ったところが「大阪」ではなくて、「ウメダ」(梅田)という聞いたこともないところであったことも、いっそう私を戸惑わせて悄気《しょげ》させました。

ようやく料金表でたしかめた「鶴橋」は、今の環状線になるまえの「城東線」で天王寺方面行きに乗ることがわかり、なんとか鶴橋に降り立つことはできました。あたり一面食べ物の匂いでごった返っていましたが、おなかは目まいがするほど空《す》いているというのに、食欲はからっきしわきませんでした。ただただそのままぶっ倒れて、眠りたいばかりの私でした。

路面電車が走っている表通りを当てもなくふらふら歩き、のちほど疎開道路とわかる小橋《おばせ》交叉点北寄りの角を少し左へ折れた道端に、放置されたままに置いてあった焼けたトラックの運転席に這い上がって、そのまま眠りこんでしまいました。あれから二か月余りも同じ症状はやむことなくつづきましたが、眠りにつくと発動機の音がトントントントンと体を震わせてくるのです。まるで悪夢が、船とともに揺られている感じの眠りでした。

藪蚊にたかられて、もがいてあがいて、運転席を離れました。まだ日暮れの名残が、遠いざわめきのように残っていました。このままだと死んでしまいそうで、私は意を決してふらりふらり表通りを歩きだしました。警官を見つけて自首するつもりでいたのでした。日本へ来たいきさつを語り、北朝鮮への送還を願い出れば、よもや殺戮の地へ送り返しはしまいと、呪文をつぶやくように何度も何度も自分に言い聞かせていました。

すれ違った人が振り向いて声をかけてきました。「あんたクァンタルから来た青年ではないか?!」。まさに闇夜で仏《ほとけ》の声を聞いた思いでした。涸れたはずの涙がどっと噴き出て、私はただ大きくうなずくばかりでした。たしかに魚の箱の中にいた、背《せい》の高い五十年配のお方でした。自宅が近くだという「金井さん」に連れられて、十何日ぶりかの温かいみそ汁と白米のごはんを涙をこらえて頂戴して、またも発動機の振動が体を震わせてくるひと晩の眠りにありつきました。私の初めての〈在日〉の夜は、このようにして更けてゆきました。

記憶には習慣づいた記憶もあると、よく思うことがあります。同胞集落地の「猪飼野《いかいの》」（大阪市生野区にあった、かつての町名）に行き着いた自分の、運命の妙味みたいなものが何かにつけ思い返されるからです。翌朝早々、仏さまの化身のような金井さんは何はさておき寝泊まりができて、めしが食える仕事場を探すのが先だと、ものの二丁とは離れてない猪飼野一条通り中一丁目の、西側の路地を入った二軒目の長屋に私を連れて行ってくれました。ローソクを作っているという家でした。労働など考えたこともないこの私が、その日から日給いくらかの住み込み工員となって、見知らぬ国の日本で生きてゆくことになりました。

あの当時は停電の多い時期でして、路地の並びの大方がローソクの仕事をしているようでした。工場とはいってても二坪ほどの裏庭を三和土《たたき》にした仕事場で、主ひとりが至って簡単な装置の器機を使ってローソクを製造していました。周りを水道の水が巡回するようになっている、横長のブリキの水槽が二つ設置されていて、その中を四〇本ばかりのローソクの型が横二列に並んでいる。一本一本の型の中心に芯になる細引《ほそびき》の紐が垂れているのですが、その筒状の型の中へ湯煎《ゆせん》で溶かしたパラフィンを注ぎ入れて冷ますとローソクが出来上がります。その型を水槽から持ち上げて真下から角材の枕木でもって押し上げて取り出すのです。単調な仕事ではありますが、型にへばりついたローソクは相当の腕力と腰のねばりを必要としました。

その当時は休みが中勘定の一五日と、月末の一日しかありませんでした。しかもその休みすらない月もあって、給料も遅延しがちで分割払いが常でした。それでも縁故者のない私には、拝むばかりにありがたい仕事でありました。

ちょうど梅雨もさ中のころでした。在日同胞の暮らしも容易でないことがわかりかけていた私でしたが、まさに在日暮らしの亡霊のような初老の男と海をへだててまたも出会ってしまって、その光景が今もって焼き付いたネガのように蘇ってきます。月末のたった一日ある休みにも出かけるところがとりたててあるわけでもないし、相部屋の二階の窓辺に腰かけてぼんやりしょぼ降る雨を眺めていました。

聞き覚えのある声が表通りから流れてきたんです。「こうもり傘直《なお》しーいィイ」と語尾を長く引く独得な呼び声で、ひと声で日本人でないことがわかる物売りの声でした。それも地方訛りの濃い済州島のアクセントが、そのまま日本語になったようなひびきの声です。はて、どこかで聞いた声だなと声のする方を見下ろしますと、風采のあがらない初老の男が片足を引きずるようにして、傘直しにしては傘もささずに古い傘を二、三本肩に束ねて、「こうもり傘直しーいィイ」と路地に入ってきている。私は電気にでも打たれたように、タイムスリップしてしまいました。城内《ソンネ》（済州島）でさいさい見かけた、あの傘直しのおっさんだったのです。

私は「解放」（終戦）になるまでは、日本で暮らしている同胞たちは日本という赫々《かっかく》たる文明国に住んでいるのだから、さぞ文化水準の高い生活をしているものと思いこんでいました。「解放」になって済州島へも六万人近い在日同胞が引き揚げてきましたが、悲しいかなせっかく帰ってきた故郷には、働くところも仕事もありはしませんでした。古い針金を集めては魚焼き器を作ったり、古タイヤで草履を作ったりして、現金収入を図っていました。

運命の紐

「城内」という済州島一番の繁華街にいてさえ、引き揚げ者の大方はその日暮らしがやっとでした。そのなかでまたも猪飼野で出会うようになったその傘直しのおっさんは、特に目立ってみじめったらしい人でありました。「解放」になって間もないころのことでしたので、民族感情も自覚高揚のうねりのように高まっていて、日本的なものはすべからく排斥されていた時期です。ですので日本語を使うことなど、もってのほかのあたりの空気でした。ところがあのおっさんだけはまったくもってお構いなしで「こうもり傘直しーいィィ」と、半ば呻くような何とも耳ざわりな売り声の日本語で辻々を歩いていたのです。それでも咎める人など誰ひとりいない、孤影悄然の引き揚げ者でした。

苦難の故郷を捨て、老齢の父母を置き去りにしてまでやってきた日本で、またもあの傘直しのおっさんと出会おうとはまことにもって奇異な巡り合わせです。そればかりか見知らぬ土地に来ているはずのこの私がなにやかやと、縁故がからんでいる人たちとも日を追って出会っていくんですね。どうやら人間には生まれながらにしてと言いましょうか、自己の行動半径が定まる運命の紐のようなものがあると、よくよく思ったことでした。自分の育ったところを基点にして運命の紐が自分の腰に結わえられてあって、いかに遠くへ離れていってもその紐の延びる範囲内でしか動き廻れない。銘々が精一杯動き廻って自己の行動半径を保っているのです。その円の重なり合っているところで人は出会い、またつながっているとも言えそうな気がします。

もちろん私は日本で育った者ではありません。ですがあのおっさんと同じく、つまるところ日本に引き戻された者のひとりであることには、違いがないような気がしたのです。私を結わえている運命の紐は当然、自分が育った固有の文化圏の朝鮮から延びています。ところが一定以上の知識を伸びざかりの私に詰めこませた日本という国もまた、別の基点となって私の思念のなかへ運命の紐を延ばしています。いうなれば私は両方の紐にからまって、自己の存在空間を重ね合わせている者でもあるということです。日本で生まれ育った世代たちだけが〈在日〉の実存を培っているのではなくて、日本に引き戻されてきた私もすぐれて、〈在日〉の実存を醸成している者のひとりなのです。まさにそれが私の〈在日〉であることに気づきました。日本で定住することとの意味と、在日朝鮮人としての存在の可能性をつきつめて考えるようになった〈在日を生きる〉という命題は、こうして私に居坐ったのでした。

早くも日本での暮らしの変転は始まりました。なんとかめしが食えていたローソク工場も、年末いっぱいで廃業の憂き目に立ち至ってしまったのです。秋口あたりから電力事情も改善されていて、ローソクの需要はすっかり飽和状態に陥っていたことを、私も出荷の滞りから察してはいました。出入りの行商のひとりが下宿させてもいいと言ってくれているので、そちらへ移ってはもらえまいか、との社長《シャッチョウ》さんの計らいで、年末ぎりぎりに、通称鶏舎長屋《タクトナリ》と呼ばれている南生野町の板間ひと間のバラック建ちの中年夫婦の家に移りました。それこそ息を呑むばかりの、在日朝鮮人のどん底の集落でした。

アジアの盟主を自負していた文明大国の日本で暮らしていながら、年配の人たちならまだしも私と同年輩の若い同胞ですら、ほとんどが義務課程の小学校にも行っていない。下宿先のバラックの周りだけでも十数世帯が寄り合っているというのに、共同水道がただ一つ、共同便所の裏側の近くに蛇口を立ち上げていて、大雨の日など汲み取り口からの汚水がコンクリート敷きの水場のあたりまでゆけゆけになるといった、とてもじゃないが人間が住んでいるところとは思えない、市街の裏通りに押し込められた孤島の暮らしがそこにありました。

男の乳呑み児と四つそこらの女の幼児をかかえる中年夫婦のひと間に、場違いのような青年が同居するのですから、いかにも人目がはばかられてならない下宿でした。故郷《くに》から来た腹違いの弟だという触れ込みで共同生活は始まりましたが、先払いの下宿料はその日のうちに借金取りにむしりとられてしまって、スイトンか素ウドンに醬油をかけた夕食が一食辛うじて当たるくらいの、想像もつかない空腹の日々が半年ほどもつづきました。仕事は下宿先の〝兄さん〟が見つけてきてくれた、布施市（現在の東大阪市）の高井田にある石鹼工場に雑用係として働くようになりましたが、かなり離れている百済《くだら》のバス停から今里経由で高井田まで行かねばならない、交通費の半分は自己持ちの遠距離通勤でした。

苦しい生活とはいえ、生命の危機に追いたてられることのない日本での暮らしは、それだけで困窮に耐えうるだけの有難さがありました。またそれだけに自分ひとり逃げを打ったという後ろめたさも、日を追ってつのってきていました。その負い目に輪をかけるように私が日本で迎えた初めての新年は、朝鮮戦争が勃発する一九五〇年に立ち入っていました。

なんとか在日朝鮮人の運動体につながらねば、と思っていたところへ、日本共産党への集団入党が地区単位でできるとの誘いが、生野区の朝連（在日本朝鮮人連盟）活動家からもたらされました。朝連は終戦の年の一〇月、在留同胞の生活安定、帰国同胞への便宜、日本国民との互譲友誼、大同団結等の六項目の綱領をかかげて結成された在日朝鮮人の全国組織でしたが、四九年の九月、「団体等規正令」第二条一号の「占領軍に対して反抗し、もしくは反対し、または日本国政府が連合国最高司令官の要求に基づいて発した命令に対して反抗し、もしくは反対」した団体として、すでにGHQと日本政府によって強制解散させられたあとではありました。しかし非合法の活動ではありましたが、後継組織として一九五一年一月に正式に発足する民戦の活動は、切れ目なく持続していました。この強制解散にも四・三事件の裏打ちのような反共の暴圧を感じ取っていた私は、一月末、自己を奮い立たせるように日本共産党の党員のひとりになりました。二月いっぱいで石鹼工場も辞めて、中川本通り(生野区)近くにあった民族学校跡《あと》の、民戦大阪府本部臨時事務所に非常任で詰めるようになりました。文宣隊活動再開のためのサークル教室を、前任者の文将喜《ムンジャンヒ》教宣部長とともに受け持つようになったのです。

とかく人生は短いと言われますが、その日その日を際限なくつないできている一生は、本当に雑多に長いものです。自分の来し方を顧みて、しんそこそのように思います。さらけだしたくない過去、というより想い起こすまいと努めて閉ざしてきた記憶の数々を、八十路も半ばを越した者が殊更のように回想しているのですから、それはそのまま埋もれた記憶と改めて向き合っているということでもあります。辛いこと、悲しいこと、やりきれないことが数珠つなぎに引きずりだされてきて、悔悟もまた新たに深まりもしましたが、今のいままで秘めてきたとある日本の一女学生への尽きない感謝も、またとは書くことのないこの回想記ですので、心して書き入れておこうと思っています。

初夏のさわやかな朝でした。名前も素性も知らないその女学生とは、本部へ向かうためのバス停留所で思いもかけない形で見《まみ》えました。列をなして待っているところへバスが来て、私も順番に従って乗り込もうとしたところへ傍らで待っていた夏の装いのセーラー服の女学生から、いきなり洗いざらしたカッターシャツを差し出されたのです。一瞬列が止まりました。懸命な眼差しの女学生から赤らむ顔を背《そむ》けるようにプイッとバスに乗り込んでしまった私です。悔やまれてなりません。

私が日本に来たてのころはまだ戦前の社会風習や道徳観が色濃く残っていた時代で、若い男女が通りで一緒に居たというだけで噂になったり、ひんしゅくを買ってうしろ指を指されるような時世でした。人様が立ち並んでいるところでセーラー服の女学生が、若い男性に贈り物を差し出すということはそれこそはたと衆目が釘づけになる事件です。どれだけの決心をして、恥じらいがちな年ごろの女学生は声をだしたことでしょう。

「お父さんのお古《ふる》です。使ってください」。瞬時音が遠のき立ちくらみが走りました。憐れまれたとは思いませんでしたが、自分の身なりのみすぼらしさが殊更に大写しにされたようで、赤らむ顔を振り切るようにタラップを上がってしまいました。バスが動きだし、人混みのすき間から、まだそこにそのまま立ちつくしている彼女を垣間見ました。その姿が忘れられないのです。同じバスに乗らねばならない通学生の彼女だったはずです。あの日以来「百済《くだら》」からは乗り降りをしていません。今もってポカッと穴が空いている停留所です。

たしかに私は人目を引いて余るだけの、白地の布も灼《や》けた継ぎはぎだらけのカッターシャツを着てはいました。それだけに女学生の無垢な心根は痛く食い入ってもいた私でした。なぜ素直に受け取らなかったのかと、今でも折にふれ心がうずいてきます。あの朝の白いセーラー服の楚々とした女学生さん、もし現在も生きておられて私のこの悔悟の一文にお目を留めてくださる奇縁に巡り会えているとしたら、私の来日以来の感謝をどうぞ汲み取ってください。顔をそむけてしまった私ではありましたが、心の底では本当に有難く思っていたのです。ただ時節相応に私もうぶな年ごろの青年でした。加えて女性に対しては人一倍赤面症の私でした。まこと心やさしい貴女のおかげでとかくけばだちがちな日本への思いが、折りたたまれた洗いざらしのシャツにくるまれてほんのり和んでもきます。そうしてそのつど自分に言い聞かすのです。日本は絶対、心根のやさしい人々の国であると。

小野十三郎『詩論』と文学仲間たち

運命の大方は人との邂逅で現れるもののようです。つまりはそのように生きようと努める人どうしでしか、つながらないということでもあります。私が日本に来て最初に出会った巡り合いに、一冊の古本《ふるほん》の形でもたらされました。朝鮮戦争が火を噴く直前の、メーデーの帰りの恵みでした。

この頃になると交通費の実費程度は受け取れるようになっていて、食事も日に一、二食はサークル活動のつながりの中からありつくまでにはなっていました。お小遣いもサークル会員たちの持ち寄りでなんとかまかなえていましたし、東大阪一円なら歩くことで交通費を食費に宛《あて》がったりもしていました。寝泊まりも民戦事務所になっている民族学校跡の教室の一つを使うことで解決しました。教室の片隅に机を並べて、進駐軍の古着を売っている店で手に入れた寝袋で泊まっていたのです。

私はその本を道頓堀通りの「天牛《てんぎゅう》」という古本屋で手に入れました。古本とはいえまだ新本同様の、『詩論』という小野十三郎著の単行本でした。そのときのとまどいと衝撃は、その後の私を決定づけてしまったと言っていいくらいのものでした。鉄骨のアングルが空間に大きくカーブを切って途切れている構築中の高架道を、素描の荒々しいタッチで装丁したこの粗末な仙花紙の『詩論』を、私は今でも摂理による出会いのように大事にしています。

この小野『詩論』の中には私をつくりあげ、親と子の間をうとましくさせた〝日本語〟とは確実に違う、叡智の日本語が打ち込まれてあります。もし私が日本に来ていなかったとしたら、この詩人の詩的思想が切り開いて見せてくれる抒情の内質など、うかがい知ることもないまま終わったでしょう。〝自由主義国〟の韓国でそれこそ自由に詠嘆の情感をたれ流していられる、鼻持ちならない「抒情詩人」とはなっていたはずです。

詩とはこういうものであり、美しいこととはこういうことである、といった私の思い込みを、根底からひっくり返してしまったものに『詩論』と小野十三郎は存在しました。故郷を遠くした者、故国を離れた者の常として、家郷というのは感傷をひたしてくれる情緒ともなるものです。見知らぬ異国での苦しい生活の中で郷愁は事実、孤独な私をいやしてもくれていたものでした。そのような私が「故郷」という文字に惹かれてなにげなく読んだ断章の一つに、いやというほど打ちすえられてしまったのです。

「故郷とは、熊本だとか信州だとか東北のことだと言った奴がある。私はいつも熊本や信州や東北に向かって復讐しているつもりだ」。隣り合って「慰安の欲求としての郷土は郷土に価せず」とも出ていました。まるで私の心情を見透かしてもいるかのように、私を包んでくれているそこはかとない情感、情念の「故郷」を仮借なく切り捨ててしまっていたのです。慰安どころかむしろ復讐されるべきものだと言われると、なけなしの拠り所まで取り払われたみたいで、私の孤独感は行き場のない旅人のようにつのったものでした。

何もかもがくつがえされたあと、初めて居坐ってくる思考だってあるのです。『詩論』のもう一つの言葉を借りれば、
人間がその人生のある時期において自己の思想を更新させるような意味をもつ、土地とか風景とかいうものにめぐり合わせたことは羨望に価する。

それが私にはよんどころなくやってきたはずの「日本」との出会いであり、日本の中の「朝鮮」を形づくっている「猪飼野《いかいの》」の相貌であり、その事象、事物と、地点を開かせてくれた小野十三郎の日本語であり、『詩論』が明かす短歌的抒情の、ゆるがすべからざる心的秩序の根深さでありました。とりわけ「抒情」という、詠嘆の情感としてしか受けとめられなかった感

性の流露が、実は人間の思惟思考の底辺をなす内質そのものであることを知らされたことだけでも、私の「在日」は得難い実りに恵まれたものと思っています。私と、私につながる父、母と、父、母に連なる同族をも損ねてきた「日本語」が、日本の詩人の言葉によって洗い直されたことは、なににもまして幸いなことでありました。私はそのことによって自己の内部に巣食っている「日本」との対峙を新たにすることができましたし、「日本語」に関わることの意味を、朝鮮人でありつづけることのよすがに据えることもできました。

日本の近代抒情詩人の多くはそれが当然のことのように、短歌も詠み詩も書いていました。私も早くからそのような形で日本の「短歌的抒情」に慣れ親しんだ者でしたので、俳句や短歌というものと、「詩」との間の区別も違いも持ち合わせてはいませんでした。そこはかとない情感が流れ出ていて、口の端にのぼりやすく情緒移入ができればそれで〝詩〟は歌いあげられたものと思っていたのです。そのような私に「短歌的抒情」はこれまた否定されるべきものだと重ねて迫られますと、自分の〝詩〟はもはや無くなってしまったも同然でした。よんどころなく来た日本での暮らしではありましたが、詩を書くことにそれでも執着するとすれば、いやがおうでも恨み多い日本語を〝日本〟へ向けて生きるしかなく、それはそのまま私という人間の下地を敷きつめた自分の日本語への、私の報復ともならねばならないものでもありました。

私は小野十三郎先生のおかげで人のつながりの恵みもまた、大きくこうむりました。先生が創《はじ》められた大阪文学学校で私も六〇年代の初めごろから、チューターや講師を受け持ってきていますが、多くの文学仲間たちと朝鮮、日本の境界を超えて交わることができました。なかでも文学の発光体のような三人の友人、しなやかな論理性と巧まざる筆法で読者を虜にしてきた、文芸評論家の松原新一氏と、名人芸の文章力としか言いようがない作家の川崎彰彦氏。そして底知れぬ知識を蓄えている、詩人で評論家で、ドイツ思想専攻の大学人である細見和之さん。文学とはそのように生きるしかなかった人たちの、人生模様である、とは鬼籍に入ってしまわれた松原・川崎両氏の持論めいた述懐でありましたし、日本語で書かれている文学をアジア的な視野のなかで切り取ってくれるのは、きまって細見さんでありました。私とはかなり齢《とし》が離れている細見和之さんですが、その彼から私は実に多くのことを教わってきています。

第8章　朝鮮戦争下の大阪で

民族学校再建と韓鶴洙夫妻

やはり夏は、この年もまた何かが突発する季節になりました。一九五〇年六月、三八度線を越えて侵攻してきた米帝国主義とその走狗たちを迎え撃って、「祖国解放戦争」の火ぶたは切って落とされたと、北朝鮮の金日成政府は高らかに開戦を宣布し(実際は北朝鮮からの南下が先んじての〝朝鮮戦争〟だったことが、のちのち学究者たちによって明かされてきていますが)、米ソ対立の激化が極東アジアの朝鮮で火を噴いたと、世界中が驚愕の衝撃に包まれました。

私はこの戦争の始まりを泉北(南大阪)へ向かう駅のコンコースでべた刷りの号外で知りました。正直言って興奮しました。これで南朝鮮の反共の殺戮者どもが一掃されると、恥ずかしいかぎりですが抑えがたい感動にすら駆られた私でした。生身《なまみ》が覚えている狂暴な〝アカ狩り〟の記憶が、一挙に憤激となって突き上がってきていたのです。私の文化サークル作りの活動は、いよいよもって熱を帯びていきました。日本の米軍基地からは連日、朝鮮半島の戦場へ向けジエット戦闘機が、爆撃機が間断なく飛び立って朝鮮の村落、山野を血で染めていましたが、あのすさまじい火力による破壊力、殺傷力は日本国内の米軍基地があっての猛威でした。

反戦平和が共通の願いであった日本の民主勢力の反基地運動と連動して、まだ正式には結成を見ていない「民戦」(在日朝鮮統一民主戦線)の組織活動も広範な在日同胞の民族心情を糾合して、うねりのように高まっていきました。全大阪的な集会や地域集会を盛り上げる文宣隊公演から、文化サークルの合同出演等の演《だ》し物を構成して演出するのは、私の専らの仕事ともなっていました。当時の在日朝鮮人運動の大勢は六〇年代初頭までも、北朝鮮の共和国を支持する同胞の方が圧倒的多数を占めていましたので、活動家たちは自負をもって北共和国の正当性を喧伝し、地域同胞たちからもまた厚い信頼を得ていました。苦難の故郷を見捨てて逃げを打ったことがうしろめたくてならない私には、格好の活躍の場がそこに開かれたような文化活動へののめりこみようでした。トラウマともなっている精神的負い目を、それこそ自ら取り払わんばかりに動き廻りました。

年が明けてすぐ「民戦」が正式に発足し、私には民族学校再建という新たな任務が与えられました。一九四八年一月に発せられた文部省通達で、六〇〇校からあった朝鮮連盟傘下の民族学校が強制的に閉鎖させられていたわけですが、その民族学校の復活を大阪市の中西地区(東大阪市と隣接する生野区の東はずれと、東住吉区東端の平野町、加美町一円)にあった「中西朝鮮小学校」の再開で、突破口を開くという重大な任務でした。

そのことで引き合わされたのが学校長の任に当たる、韓鶴洙《ハンハクス》というお方でした。大阪商科大学（大阪市立大学の前身）の同窓会会長をしておられたという三十がらみの屈託のないお方でしたが、民衆活動家の気質を天分のように具えている稀なほどの教育者でした。その韓鶴洙氏も日本に渡ってきて間もない若奥さんの李明子《イミョンジャ》さんと、閉鎖された御幸森《みゆきもり》朝鮮小学校の一室で住まわれていましたが、別称ミユキモリホテルとも呼ばれていたほど、食客がひきもきらずの寄り場ともなっていた仮住まいでした。定まった収入などもちろんない無類のお人好しの夫を立てて、明子さんはどのように家計を切り盛りしていたのだろうと、身につまされるように想い出します。それだけの謂《いわ》れとつながりが、私と韓鶴洙一家との間にはあります。六〇年代末、北朝鮮の政府筋からの指名帰国（名指して帰国させられること）を受け入れた韓夫妻が帰国船に乗るため新潟へ向かうまで、ご夫妻は一年近くも私の家の二階に身を寄せていました。大阪朝鮮高校の校長から朝鮮総連大阪府本部の教育会長に転任させられていましたが、その役職からも追われて途方に暮れていたご夫妻でした。絶対召還に応じてはならないと私はあたうかぎりの反対をしましたが、韓先生はうなだれたまま「私は祖国を信じる」とつぶやいて旅立っていきました。多くは語れませんが、韓夫妻は北朝鮮労働党のある筋からの指令で「対南事業」に関わっていました。その指令元の党幹部が北朝鮮労働党内の権力抗争に敗れて、その系統の関係者のすべてが粛清されていったのです。祖国を信じて帰国した韓夫妻はそのまま強制収容所送りとなって悲惨な末路を遂げました。ひと足先に北へ帰っていた遺子二人の姉、弟も、昼ひなか路上から連れていかれたまま、行方知れずになってしまっています。無慈悲極まる北朝鮮の国家体制には、ただただ身が震えるばかりの私です。

一九五一年三月一日を期して、私は韓鶴洙校長に従って廃れたお寺のような中西朝鮮小学校に赴任しました。職員室の片すみに生徒机を並べて寝泊まりまで学校でするといった、漂泊の繰り返しのような活動でしたが本国で挫折した教師業への悔みもあって、仮寝の境遇であっても少しも苦にはなりませんでした。三年近くも閉めきっていた黴くさい各教室の清掃、片づけから、地域青年同盟の協力を得ての教具の補修、営繕。運動場の整備も必要でしたし、板塀も傾いていて更なる杭打ちも必要でした。ほこりまみれ汗まみれの毎日がひと月余りもつづきましたが、地域の保護者（になる予定）のお母さんたちからの、下着や古着の差し入れが殊の外身に沁みた学校再建の仕事始めでもありました。

韓鶴洙校長は私よりひと月も早くから地域の長老や有志の方々を尋ね歩いていて、三月末には早くも「中西朝鮮小学校再建準備委員会」を立ち上げていました。さすがに民戦組織が見立てただけのことはある、選ばれた民衆活動家の韓鶴洙先生でした。私も韓校長のお供をして「引入事業《イニプサオプ》」(日本の学校で学んでいる、同胞生徒の引き入れ活動)といわれていた地域の保護者めぐりに精を出しもしましたが、決まって振る舞われるマッコリ、焼酎の攻勢にはほとほと音を上げていました。ところが韓校長ときたら呑むほどに談論風発の花を咲かせて、夜ともなればそれがお決まりの手順のように、十八番《おはこ》の「西瓜打令《スパクタリョン》」まで太い喉声でひびかせては、保護者たちを虜にしていました。まさに清濁併せ呑む快男子の校長先生でした。

中西地区には日本の小学校が二校ありましたが、今では想像もつかないほど、日本の先生たちとの交流は密なものがありました。毎週土曜日の放課後は「日朝親善の日」になっていて、朝鮮の在校生の子どもらを中心に文化サークルによる歌唱指導から、朝鮮の昔話や紙芝居、在日朝鮮人の謂れなどをわかりやすく説明してあげるのです。それに日曜日の午後からは開校を控えた中西朝鮮小学校での日曜学校までが、親子同伴で開かれていました。このなごやかな賑わいは中西朝鮮小学校への愛着となって、地域ぐるみの活力ともなっていきました。

『朝鮮評論』発刊と民族学校の開校

時を同じくして、「大阪朝鮮人文化協会」の結成も進んでいました。この年（一九五一年）、大学を卒えた在阪同胞学究者の有志たち、金石範《キムソクポム》、姜在彦《カンジェオン》、呉在陽《オジェヨン》、高昇孝《コスンヒョ》等々、のちのちその名を高める錚々たるメンバーたちが、歴史学者の金鐘鳴《キムジョンミョン》氏を中心に同年一二月、総合雑誌『朝鮮評論』を発刊することで、協会結成の旗印《はたじるし》をかかげました。私も朗読詩「流民哀歌」を創刊号に寄せることで、『朝鮮評論』は日本における私の持続的な詩作の場ともなっていきましたが、大阪朝鮮人文化協会につないでくださったのも、もちろん韓鶴洙氏でありました。

『火山島』の作家金石範先輩とは、そうして巡り合いました。創刊された『朝鮮評論』の二号までの編集長が、どこか虚無感のただよう色白の金石範氏であったのです。めっぽうお酒につよい先輩であったのも驚きでしたが、この創刊号に載った朴樋《パクトン》の筆名での短篇小説「一九四九年頃の日誌より——「死の山」の一節より」が、まだ公《おおやけ》には知らされてもない「四・三事

件」の、公衆の面前で撃ち殺されるうら若い女性を描いた作品であったことには、内心ふるえが止まらないほどの驚きを覚えました。大喰らいの役立たずを指していう俗言の「밥통《パプトン》」(飯びつ)を「朴樋《パクトン》」に言い換えて筆名にしていたのも、郷土の惨劇をただ海をへだてて眺めているしかなかった金石範の、無力な自己へのうす笑いのようにも映って、いっそう感じ入りもしました。

「四・三事件」を背景に繰り展げられた一万枚を超える大河小説『火山島』の発芽は、一九五一年当時早くも、早春の寒空を衝いて双葉をわななかせていたことになります。口を噤《つぐ》んで耐えるしかなかった私の敗残の四・三事件は、神妙にも郷土の怨霊が降り立った文学の祭司、金石範のペン先を通して万里他国のこの日本で打ち震えていたのでした。やはり摂理のような巡り合いでした。あの創刊号以来、私は金石範氏を実の兄貴のように慕っています。

一九五二年四月、再建された中西朝鮮小学校は、大阪府警の機動隊が学校周辺を遠巻きに警戒しているなかで開校されました。緊張はみなぎっていましたが、それでも待ちに待ったお祭り日がきたような、晴れやかに華やいだ開校式でした。もちろんデモや集会で唄われてきた「人民抗争歌」も、皆して高らかに唄われました。この「人民抗争歌」は共産主義者の反日団体として弾圧を受けた、カップ(朝鮮プロレタリア芸術同盟)の詩人であった林和《イムファ》の詩に曲が付された歌ですが、開校から一年も経たずしてもう唄ってはならない歌になってしまいます。スパイ容疑で林和が処断され、処刑されてしまうからです。私が金日成体制の共和国に疑問を持ち始めたきっかけの一つともなった歌ですが、私は子どもたちにその歌を「金日成将軍の歌」と抱き合わせて声明《しょうみょう》のように唄わせ、民戦本部からの動員の指示に従って、その子どもたちを引き連れて街なかをデモってもいた私でした。

マッカーサーの仁川《インチョン》上陸作戦で朝鮮戦争の形勢は一朝にして逆転しました。敗走つづきの北人民軍を援けて中華人民共和国の義勇兵が津波のように押し寄せ、実質的には米韓軍である連合国軍を現今の軍事境界線まで押し返して休戦協定が締結されましたが、それでも「百戦百勝の英将の金日成元帥さま」という虚飾の神話は、枕詞ともなって開戦二年目のこの年には早くも行き渡っていました。私も社会主義祖国にあこがれる余り、父の原籍地である北朝鮮の「共和国」へ帰ってゆくことが、何よりの生き甲斐でもあったころのことでもあります。実にお恥ずかしいかぎりの、稚拙に一途な私でありました。

開校当時、学校内の日共党員は私ひとりでした。韓校長は別格の信任を得ている表の顔の民戦活動家で、一九五五年五月、それまでの民戦組織が突如朝鮮総連に取って替わるまで、在日朝鮮人の日共党員は民族対策部(民対)という部署の管轄下にありました。在日朝鮮人の全国組織とはいえ、「民戦」はあくまでも大衆団体ですので、民族権益擁護闘争や反戦平和を目指す運動の組織的取り組み等の方針は、民族対策部で練られるのが常でした。場合によっては民戦の人事権にまで立ち入っていた、強力な統制機関でもありました。

吹田事件の渦中で

懸案となっていた音楽の先生も、建国高校ブラスバンドのリーダーをしていた声楽家の韓在淑氏が六月から授業を受け持ってくれる手筈もととのい、一五〇名からの予想を上まわる生徒をかかえて学校は順調にすべりだしていましたが、五学年の担任でもある党員の私には「吹田事件」という、戦後の三大騒擾事件の筆頭に挙げられる大事件が手ぐすね引いて待ち構えていました。吹田事件とは朝鮮戦争と戦争協力に反対して、豊中市待兼山《まちかねやま》の大阪大学・豊中キャンパスに集結した一〇〇〇名近い労働者、学生、在阪朝鮮人たちが、朝鮮戦争勃発二周年に当たる一九五二年六月二五日のその前夜から二五日の早朝へかけてイタミ・エアベース(アメリカ軍に接収された伊丹飛行場）の基地機能攪乱と、軍需列車の運行を阻止するため国鉄吹田操車場に乱入した一大デモンストレーション事件のことです。

朝鮮戦争と言えば南北朝鮮の同族どうしが相争そった骨肉相残の動乱として語られることが多いようですが、実質的には北朝鮮と日本の米軍基地を根城にしたアメリカ軍との戦争でした。戦後初めての駐日大使となったロバート・マーフィは一九六四年出版の『軍人のなかの外交官』（鹿島研究所出版会）の中で、当時の米軍基地の重要さをかくすことなく、とくとくと語っています。

「日本人は、驚くべき速さで、彼らの四つの島を一つの巨大な補給倉庫に変えてしまった。このことがなかったならば、（われわれは）朝鮮戦争は戦うことはできなかった」。つまり日本列島は挙げて米軍の出撃基地、軍需兵器の輸送基地に成り変わっていたというわけです。この当時の反戦運動の主眼は「三反闘争」と言われた反米、反吉田（当時の首相）、反李承晩でしたが、「反米」はそのまま、「内灘（石川県）闘争」に見るような反基地闘争となって広がっていました。

「民戦」が正式に結成された一九五一年一月、日本共産党も同じ月に四全協（第四回全国協議会）が開催されていて、在日朝鮮人運動の在り方についての論議も交わされていました。日本のなかの少数民族と規定された在日朝鮮人は、一国一党の原則に従って日本共産党の指導下に朝鮮人党員も入ることになり、その統括機関として民族対策部（民対）が党内に設置されていったのです。

私の「吹田事件」との関わりは、その民対大阪府委員会の指示決定があっての深入りでした。五全協（五一年一〇月）以後進められた日本共産党主流派の、実力闘争方針が具体的に実施された、大阪での最初の事例と言えます。先ほども話しましたように、四・三事件の焦土地獄を這いずった私にはなおのこと、北朝鮮はまさに同族が蘇生する担保のような存在でした。それこそ正義の象徴そのものだったのです。その正義の拠りどころである北朝鮮とアメリカ軍との間で戦争が始まったのですから、私ならずとも心ある人なら誰もが居ても立ってもおられない思いに駆られていたさ中でした。

朝鮮戦争勃発二周年の六月二五日を控えて、反戦平和を実力でもって克ち取るという軍需列車運行阻止闘争の計画が、民対の指導で密かに練られていました。中西朝鮮小学校の開校準備に追われていた私に、総合Gの召集がかかってきたのは三月の中ごろです。総合Gとは単一団体とか、地域労組や各部署の細胞キャップの主だった人たちで構成するグループ会議を指しますが、その総合Gで二周年記念日を反戦平和の一大決起集会にするという、実力行使デモの計画が明かされました。当然警察機動隊との衝突が予想されることでしたので、隊列編成についての論議はいつになく熱がこもりました。なかでもデモ隊の最後尾を固めて、追ってくる機動隊と一定の距離を保ちながら進まねばならない、しんがり部隊の選定についてはかなりの時間が費やされました。その結果、大阪府下民戦支部のなかで当時もっとも結束が固く、学校再開へ向け地域挙げて意気が上がっている中西支部にデモ隊最後尾の役が振り分けられて、動員体勢に万全を期すことが決められました。

二周年の記念日を反戦平和の決起大会にするというこの年の「六月二五日」は、学校が再開されてまだふた月余りしか経っていない、すこぶる心もとない時期の記念日です。反戦平和を克ち取るためとはいえ、現職の教員が身を挺して、軍需兵器輸送の運行を阻止するデモ隊に加わるということは、警察に捜査の口実を与えるばかりか、場合によっては学校の存続にも影響を及ぼしかねない危険な行為です。慎重の上にも慎重を期さねばならない立場の私でした。

ところが私には、別命の任務もまた課せられてあったのです。それに学校再開をめぐって深まっている地域とのつながりの、そのつなぎ役としても外れるわけにはいかない私だったのです。今更かくすことでもありませんが、私は当時民愛青の中核部隊として新たに結成されていた「祖国防衛隊」の機関紙、「マルセ」と呼ばれる非合法新聞編集の遊軍を仰せつかってもいました。「マルセ」とは『セチョソン』(新しい朝鮮)のセを○で囲んだ略語ですが、編集長は朝鮮総連発足直後『青銅』という総合雑誌を私と共に創刊して批判を浴び、総連組織からはみ出るように北へ帰国していったまま行方知れずになっている、早稲田大学新聞学科出の白佑勝《ペクスン》君でした。

私はその「マルセ」に二周年記念六・二五闘争のルポを書くことになっていたのです。その日は軍需列車運行阻止の最後の手段として、祖防隊の中から選ばれた一二名の青年たちが線路に身を横たえるという、決死の闘争までが組まれてありました。軍需列車の運行は幸いその日ありませんでしたので大事に至ることなく済みはしましたが、二五日未明の星空のもと、国鉄千里丘手前のゆるいカーブの線路に体をチェーンでつなぎ合って黙々と横たわっていた光景は、いま想いだしてもグッとこみ上がってきます。軍需列車を一時間遅らせば同胞一〇〇〇名の命が助かると言われた当時のあの切実な呼びかけは、六十数年が経った今でも反戦平和への誓いとなって、私の思いをゆさぶってやみません。

それほどの思いが結集している一大デモンストレーションの吹田事件ではありましたが、こと私個人にかぎっては突如の下痢に見舞われて額に冷汗をにじませていた、みじめったらしい記憶の事件でもあります。待兼山での徹夜の前夜祭を午前〇時ごろひと足先に抜け出た私は、連絡係のH君のオートバイで千里丘へと山越えで向かう道すがら、別コースを別々にたどっている行動隊の現況をたしかめ、線路に横たわっている決死隊員たちの取材も終えて、デモ隊の合流地点となっている山田村でしんがり部隊の中西組に追いついたのが午前の三時半すぎごろでした。急ぎ駆けつけてきた道いっぱいの機動隊が、白みはじめたうす明かりのなかをびっしり、最後尾のわれわれの後を三〇メートルくらいの間隔でついてきていました。下痢はこの時からもよおし始めました。私の業病とでも言いましょうか。その原因は二年のち腸結核のせいだとわかり、六時間にわたる開腹手術を受けることともなりますが、事の始まりはやはり、四・三事件との関わりが絡んでのことだったようです。道立病院の結核病棟にさいさい潜んでいた私が、警官に追われて路地を駆け抜けるとき尾籠《びろう》にも漏らしてしまいました。それ以来急な緊張に陥ると、おなかの具合が悪くなるのです。吹田駅にたどり着くまで機動隊とにらめっこしながら草むらにしゃがみ、畠の畝にしゃがみ、体面も自尊心も油汗にまみれたわが闘争でした。

　あとはよく知られている吹田操車場への乱入となり、大阪駅で待ち伏せている大阪府警との逮捕劇騒動といういきさつになりますが、私はかたわらにいた民愛青副委員長の高君を伴って大阪駅北側の貨物集荷場へとまぎれこみました。ホームへは西口から上がって修羅場をうかがったあと、色を失っているもうひとりのうら若い女性もひき連れて地下街へともぐり、大国町行きの地下鉄に飛び乗って騒乱の渦中を抜けだしました。
私の長篇詩『新潟』は、この吹田事件がバネの一つともなって書くことができた詩集でもあります。つまり吹田事件に絡んだ私の不様さが描かれてもいるわけですが、これをこの回想記に抜き出しておくのも、私の人生のひとコマを留めることになりましょうか。

隊伍の端《はし》と端とで／ぼくらが一つの隊伍であるとき。／やたらと先ばしるあいつと／遅れがちなぼくとの調整が同質の必要度に織り込まれてあることは／おどろきである。

あいつが身軽いのはすでに脱糞をおえたからだ。／本町の角をよぎったところで待ち伏せたポリスに突然点火されたあいつが／南門通りの急坂を一気に上昇したものの／噴射口は大腸の中途の分まで落としてしまっていた。

爾来、彼は腸カタルである。／故に急ぐ必要があるのである。／一つの目的地に行きつける過程は／通してたれる心配が存在している。／あいつの懸念がぼくにわからぬのではない。／ただ不幸なことにぼくのもよおしが日本のポリスとの／しかも同じ装束の敵との対峙のなかで／想起されていることである。

耳鳴りがするほどの草いきれに汗を呑みながら／追われてひそんだあいつは藁くずでズボンの内側をはぎとり／むれる悪臭の修羅場を城ごとあけ渡したのだ。

悲哀とは／山に包まれた脱糞者の心である。／銃声に急ぎひっこんだぼくが夜来の排泄物を蔵したまま／ここ十年直腸梗塞にとりつかれているのも／あいつが先ばしった賜物であるとは言えないか?!／それともおそすぎたぼくの脚のせいだというのだろうか?!／あいつはちかくなったもよおしのため先頭を切り／ぼくは溜まりっぱなす便秘に歩をにぶらしている。

隊伍の端と端で／一つの意志が二つの経路をへめぐり／一つにかねあっている。／まとも用が足したい。／通じをこらえとおすのは韓国だけで沢山だ！／しかも奴らにさらされた地点で／こうも逼迫ともよおしてくるとは何たる世界だ！

自己の生理にてらしてだけ／敵地を察する下等動物め／戦争犯罪者の日本に居て／自己のやすらげる穴ぐらだけを欲している／この臟腑のみにくさはどうだ！（以下略）

あとはかいつまんで話すしかありませんが、私の立ち場をおもんぱかった上層部の特別な計らいがあって、学校へは戻らずに指示されたアジトへ直接向かいました。東成区の同胞集落地である森町で、既成服の仕上げ業をしている壮年夫婦の中二階、といっても屋根裏部屋と言ったほうがいい三畳ばかりの部屋でした。夏休みが終わる八月末ごろまで、そこで耐えました。耐えるといってもくまなく這い出る南京虫のたかりから、ペコペコと鳴る犬の蚤とり器で蒸れる夏を耐えていました。自分はまたここでものうのうと逃げを打っているのだなあと、後ろめたくてならない一九五二年を持て余し気味にすごしていたのです。

終章　朝鮮籍から韓国籍へ

民戦から総連へ

第一回卒業生を送りだす五三年が明けて、小正月が過ぎたころの一月、私に取り付いている病魔がゆで蛸の形相でおおいかぶさってきました。不規則な生活が祟ってのこととは思いますが、四〇度近い熱にうなされてどっと倒れこんでしまったのです。よくまあ耐えられたものだと、往診の同胞の先生から感心されもしましたが、なんと急性肺炎だったとのことでした。ようやく危機を脱して宿直室で寝こんでいる私に、またもや新たな任務が伝えられてきました。それは教職からの配置転換を意味する通達でもありました。未組織の朝鮮青年たちが寄り合える文化サークルを作り、文学関連の雑誌を発行して、朝鮮民主主義人民共和国の正統性と優越性を平場《ひらば》から宣伝するように、との決定通知でした。

サークル活動を通じて知り合っている、文学好きで党員の何人かの友人たち、洪允杓《ホンユンピョ》、朴実《パクシル》、宋益俊《ソンイクジュン》、李述三《イスルサム》が早速召集されて私の病室(宿直室)までやってきました。それにしても大そうなサークル名を課せられたものですが、まだ一篇の作品も発表したことのない詩の愛好家たちが「大阪朝鮮詩人集団」という、仰々しい看板を掲げて詩誌『ヂンダレ』を発行することに急遽決まりました。ヂンダレとは朝鮮つつじのことで、朝鮮の山野を一番先に彩る赤い花です。誌名は私が提案しました。ところが創刊号の発行を、あとひと月足らずしか残っていない「人民軍創建記念日」(二月八日)に合わせて出すようにとのお達しで、それこそあたふたと会員を集め、私が推敲をし割り付けをし、朴実君が三夜がかりで私の枕元でガリ切り(目のこまかいヤスリ状の鉄板の上で、謄写印刷の原紙を鉄筆で書きこんでいくこと)をして、創刊号は仕上がりました。表紙合わせて二〇ページのうすっぺらい詩誌でしたが、あっという間に捌《は》けてしまいました。三〇〇部ほどの発行だったでしょうか。貧相な雑誌のわりには、評判も人気も上々でした。

人生には思わぬ転機となる契機が、何度か訪れるもののようです。振り返れば『ヂンダレ』は私が日本で生きてゆく上での、決定的な契機をもたらしてくれた詩雑誌でもありました。いきさつはあとになりますけれど、或る日突如、民戦に取って替わって北朝鮮一辺倒へ舵を切ったばかりの朝鮮総連から、思想悪のサンプルにされる「ヂンダレ批判」、これはイコール金時鐘への組織的批判でもあったものですが、その批判にもし私がさらされていなかったならば、私はいの一番に北朝鮮へ帰っていっていたはずの者です。その『ヂンダレ』のおかげで鄭仁《チョンイン》、梁石日《ヤンソギル》、高亨天《コヒョンチョン》といった生涯の友とも巡り会うことができましたし、〈在日を生きる〉という、日本で生きてゆくことの命題にも行き着くことができました。日本という〝一つどころ〟を同じく生きている在日朝鮮人の実存こそが、南北対立の壁を日常次元で超えられる民族融和への実質的な統一の場である、というのが在日を生きる私の命題要旨です。

予想していたとおり、中西朝鮮小学校での教員勤めは二月いっぱいで終わることになりました。民戦大阪府本部付きの文化活動に戻ることになったのです。府下に散在している休眠状態の各種サークルを育成してゆく、サークル協議体の「大阪朝鮮文化総会」書記長に就任しました。五〇余りのサークルを精力的に組織した私は、朝鮮総連に取って替わるまでの大阪府本部の大会や、数かずの大集会の雰囲気を盛り上げる、イベントの構成・演出、延べ数百名の出演者が繰り広げるページェント等の一切を、自分の持ち分の働きとして取り仕切っていました。

息の長い批評活動を今なおつづけている詩人、倉橋健一君に出会ったのも、ちょうどこの時期です。反戦集会に出演していた労働者演劇集団という自立劇団の、シュプレヒコールの一員として舞台に立っていました。まだ高校を卒業するまえの、はにかみがちな好青年でした。その彼にはずいぶんとお世話になってきています。日本の詩壇の圏外で詩に関わっている私を、日本の詩雑誌等に紹介し、「いまだ開放せざる夏」に見るような、私には過分にすぎる長文の

「金時鐘論」を何本も書いてくれています。日本の文学仲間の中にあってはやたらとがなり立てるコワイ大先生ですが、在日朝鮮人の私には至ってやさしい、日本の友人の倉橋健一君です。

封じられた表現行為

一九五三年の夏ともなれば、朝鮮戦争の戦火がやむ念願の休戦協定が実現しますが、最強国のアメリカを相手に一歩も退《ひ》けを取らない休戦協定を勝ち取ったという、せっかくの戦勝気分も秋口には風に吹かれる木の葉のように散っていきました。寝耳に水のような、突拍子もない報せが北共和国よりもたらされたからでした。私には信頼の絶対的存在であった元南労党書記長の朴憲永先生が、現に北朝鮮労働党の副委員長という、金日成元帥さまに次ぐ地位にあったお方でしたのに、あろうことか反党的、反祖国的行為を働いたとかで処刑されてしまうのです。取り付いた憑き物のように私を捉えていた金日成元帥さまへの敬慕の念も、社会主義祖国の北朝鮮への憧れもしのびよる夕闇のように、疑念の影が一途な私の心をかげらせていきました。

それでも私には社会主義社会を具現してくれる、唯一の拠りどころの国家は北朝鮮しかありはしませんでした。今に朴憲永書記長の汚名も雪がれ、神格化への個人崇拝も糾《ただ》されていくと、いや、そうなるに違いないと、己に言い聞かせて社会主義祖国を讃える活動をつづけていました。中西朝鮮小学校の再開が呼び水ともなって、御幸森、舎利寺、布施の各民族学校が相次いで復活してゆき、『ヂンダレ』活動も会員を増やして順調でした。が、思わしくなかった私の体調が秋口ごろからは心悸亢進まで頻発するようになり、一一月に入ってついに緊急入院の事態に陥ってしまいました。心筋障害のおそれがあるとの診断が下って、長期療養の必要から猪飼野の小さい診療所に転院してきて、二年余りをすごすことになってしまいますが、この段階ではまだ、腸結核の症状は知らずにいました。結核菌が飛び散る開放性の疾病でなかったのはこれまた母の祈りのおかげだったでしょうか、幸いのかぎりでありました。

在日朝鮮人運動の組織体であった「民戦」が、こんにちの朝鮮総連に取って替わったのは入院して半年ほども経った一九五五年の五月です。民戦からの路線転換と言われている在日朝鮮人運動の変動でしたが、実際は北共和国から直接認証を受けているとする韓徳銖《ハンドクス》グループの、祖国の権威と威信を笠に強行した民戦中央機関の乗っ取りでした。そのために活動家間の軋轢も大きく、民戦活動が陥っていたという〝極左冒険主義〟の過ちに至っては、大衆基盤での討議ひとつ経ることなく決定された、韓徳銖グループによる総括批判でした。

この急づくりの路線転換は、当然のことながら体制固めのキャンペーンを必要としました。衆目が集まる何かを、〝思想悪〟のサンプルに仕立てることは、手っ取り早く有効な手段たりえたからでした。いたいけな『ヂンダレ』が、その格好のサンプルに供されたのです。他にめぼしい文化的な動きとてない当時の状況下にあって、民戦時代からひきつづき集まりをもっている、稀少の小グループであったからでした。

まず言われだしたのが『ヂンダレ』は、無国籍主義者《コスモポリタン》の集まりだということでした。次いで日本語で日本文学に媚を売っている、主体性喪失の連中たちだと、取って付けたような指摘が飛び交うようになりました。そのあげく『ヂンダレ』の若者たちをそそのかしているのは金時鐘であるとする、私への批判が各集会の関心事にまで高まっていったのでした。

私はベッドで瘠せこけていましたが、路線転換と言われた組織運動の推移については、かなりくわしく伝え聞いてもいました。北共和国は本当に守るに価した国であったのかと、異国でひとり伏せっている自分の境遇を振り返りながらしようことのない笑みを浮かべたりもしたものですが、そしりを受けている〝極左冒険主義〟の過ちについては、私個人として素直に受け入れることにしました。私が極左的であったという過激さにおいてではなく、逃亡者の身でありながら日本という、生命損傷にさしたる不安もない安全地帯で勇者であったことの、滑稽さのためでありました。

故郷の済州島でも父が病気で伏せっていました。母の体調も思わしくないとの報せも、相次いで人づてに届いていました。それでも親からは私の身を案じる言伝《ことづて》ばかりでした。しんそこ貧乏は罪だと、この時ほど骨身にこたえたことはありません。私の病状も一進一退の状態で、悶々と明け暮れているベッドのなかから、詩集を編んで父へ送ろうと思い立ちました。何人かの文総仲間の協力を得て、この年の一二月、私の初めての詩集『地平線』はおずおずと、日陰から顔を出しました。詩集の配布は民愛青のってつてでなされたものですから七〇〇部ほどの詩集は右、左で無くなってしまいましたが、私の手許まで代金が届いたのは総額の四割弱でした。あの当時は活動家の誰もがおなかを空かしていた時代です。私の貧しい詩集でも、地域活動家たちのおなかの一端の足しにはなったのだろうと、切なくはありましたが恨みがましいとは少しも思いませんでした。

なんとか体調を取り戻した私は一九五六年の九月、三年にも及んだ入院治療から抜け出ました。診療所側の要請もあって事務長職を引き受けての退院でした。気恥ずかしいことですが瘠せさらばえた身で、この年の一一月『ヂンダレ』の会員でもあった姜順喜《カンスニ》と結婚します。さいさい見舞いに来てくれていたことが、機縁となりました。それにしても口の重い、ほとんどものを言うことがない彼女と、よくもまあ六〇年近くも暮らしたものだと感じ入りもします。不平ひとつ口にすることのない無口な彼女だったからこそ、耐えることもできた流転変転のわが年月でした。今でも二人だけでいるのが照れくさくてならない、私です。

朝鮮民主主義人民共和国の直接の指導下に入ったという朝鮮総連の組織的権威は、辺《あた》りを払うばかりに高まっていました。「民族的主体性」なるものがにわかに強調されだして、神格化される金日成主席の「唯一思想体系」の下地ならしに、「主体性確立」が行動原理のように幅を利かせていたのです。北朝鮮そのままの組織構造や日常の活動様式までが、この日本で型どおり要求されていました。民族教育はもちろんのこと、創作・表現行為のすべてにわたって、認識の同一化が共和国公民の責務として要求されていました。私はそれを「意識の定型化」と看て取りました。

中央集権制を公言し、在日世代の独自性を払いのける朝鮮総連の、目に余る権威主義、政治主義、画一主義に対して、私は「盲と蛇の押し問答」という論稿でもって異を唱えました。一九五七年七月発行の『ヂンダレ』一八号に載ったエッセーです。蜂の巣をつついたような騒ぎが巻きおこりました。私は決定的な反組織分子、民族虚無主義者の見本に成り下がり、総連組織挙げての批判と指弾にさらされました。ついには北朝鮮作家同盟からも厳しい長文の批判文「生活と独断」が、詩分科委員長趙壁岩《チョピョガム》の名で『文学新聞』(一九五八年七月一〇日号初出)に掲載され、金時鐘は「白菜畑のモグラ」と規定されました。即ち排除されなければならない者として糾弾されたのです。もちろん日本でも、総連中央機関紙『朝鮮民報』に三回にわたって転載されました。これで私の表現行為の一切が封じられました。

荒れに荒れて、毎日浴びるように安酒ばかり呑んでいました。その日暮らしもおぼつかないというのに(診療所の事務長職も、総連の地域支部からの横やりで、半年ももたずに辞めていました)、なぜか酒にだけはなんとなくありつけるのです。四六時中といっていいほど、かたわらにはいつも、梁石日君と鄭仁君がいました。気狂いもせずにすごしてこられたのは、彼らがいたおかげだと思っています。

長篇詩集『新潟』と湊川高校

一九七〇年私は意を決して、それまで一〇年余りも原稿のままかかえていた長篇詩集『新潟』を、所属機関にはかることなく世に出しました。朝鮮総連からの一切の規制を、私はかなぐり捨ててしまったわけです。この長篇詩集を編むに至った直接の動機は、一九五九年末、北朝鮮への帰国第一船が新潟港から出航しますが、朝鮮総連からの組織批判にさらされている私は端から、帰国船に乗せてもらえる対象ではありませんでした。私はまたも、本国で越えられなかった三八度線を日本でも足止めにされる羽目に陥りました。群れから外れた私は自分ひとりで、三八度線を日本で越えなくてはならない、という発想がまず働いたのです。

朝鮮半島を南北に引き裂いている分断線の三八度線は、東へ延びれば日本の新潟市の北側を通っています。地勢的には新潟を北へ抜ければ「三八度線」は越えられるわけです。ならば越えてどこへ行くのか？　究極の問い詰めが三八度線を越えた私に残ります。表現行為の一切から逼塞させられている私には、ただただ日本に居残って暮らすしかない自分の〈在日〉の意味を、自ら考えて見つけださねばならない立場に立たされることともなりました。いわば長篇詩集『新潟』は、生きのびた日本で再度日本語に取り付いて暮らさなくてはならない私の、〈在日を生きる〉ことの意味を自身に問いつづけた詩集でもあります。

途方に暮れていた私にも、ようやく視野が開けてきました。詩を生きとおす自分であることをひたすら願い、観念ではなく実践で詩を生きることを考えました。衰退一方の〝民族教育〟(朝鮮総連が運営している民族学校)越しに、手つかずのまま日本の教師の裁量に委《まか》されている、絶対多数のわが在日の小・中・高校の生徒たちが見えてきました。日本の教師たちとの現場交流を思い立ち、兵庫県で始まっていた「解放教育」運動のあと押しも受けて、正規教員としては在日外国人初の公立高校教員となり、人権教育実践校の兵庫県立湊川高校(定時制)に社会科の教員として赴任しました。一九七三年夏、四三歳のときでした。朝鮮人教員を迎えて新たな教育実践として始まった「朝鮮語授業」が、正規の教科になっていったのはそれからのことです。

四九年ぶりの済州島

腎臓の片方を結核で摘除したこともあって、湊川高校を一九八八年退職しました。それから一〇年、各地各所での「在日朝鮮人問題」を講ずることに費やし、自分の著作も何冊か重ねました。一九九八年、待ちに待った金大中《キムデジュン》先生の大統領就任が実現して、私の韓国出入りにも光が見えてきました。その年の九月、大阪で催された金大中大統領を迎えての歓迎祝賀会(駐大阪大韓民国総領事館・民団大阪府本部主催)に、思いもよらない招請状が「朝鮮籍」の私に届きました。大韓民国国民ではない、ただひとりの朝鮮籍の参席者でした。おかげで臨時パスポートの発給を受けることもでき、一〇月、思いがにごったままの済州空港に、まる四九年ぶりで家内と降り立ちました。

罵倒されることを覚悟しての故郷訪問でしたが、ロビーで迎えてくれた母方の甥と姪はののしるどころか、よく生きて帰ってきてくれましたと、首すじにしがみついた同年の姪は声をふるわせて泣いていました。四〇年間も墓守りをしてくれている甥に伴われて、八重むぐらの奥の、月よりも遠かった父、母の墓にぬかずきました。声を上げて泣きました。親の墓に見《まみ》えることができた以上、墓参はひとりっ子の私の贖罪の務めです。臨時パスポートでの訪韓は四回が限度と聞き、駐大阪韓国総領事館の配慮もいただいて別掲の「ごあいさつ」文どおり、新たな戸籍と大韓民国国籍を晴れて取得しました。

三〇年にわたって民衆が闘いつづけた民主化要求闘争が実って、民主主義政治が実現した大韓民国の国民のひとりにこの私がなれたことを、心から手を合わせて感謝しています。

ごあいさつ

略啓
小生この度、外国人登録書名の「林」でもつて韓国の済州島に本籍を取籍しました。父、母の死後四十余年を経てようやく探し当てた親の墓をこれ以上放置するわけにもいかず、せめて年一、二度の墓参りぐらいはつづけようと、思い余った決断をしました。
それでも総称としての〝朝鮮〟にこだわって生きることには、いささかの揺らぎもありません。あくまでも小生は在日朝鮮人としての韓国籍の者であり、〝朝鮮〟という総称の中の、同族のひとりとしての「林」であります。変わらぬご交情を賜りますよう、謹んでお知らせ申し上げます。
敬白

'03年十二月十日

あとがき

六十数年ものはるかな年月の彼方ですっかり混濁してしまっている「四・三事件」の記憶ですが、済民日報社が編んだ記録集『済州島四・三事件』に付されてある綿密な年譜や、文京洙の条理を尽くした労作『済州島四・三事件』(平凡社)に巡り合って、井戸の古びたポンプが呼び水で蘇っていくように、次々と個々の記憶が引きずり出されてきました。いが栗の毬《いが》の固まりのような記憶ですので触れるのも傷く、想い出すまいと努めて心の奥に仕舞いこんできた記憶です。そのせいでしょうか、原像はうすらぎもせずに順々とコマ送りに浮かび上がってきたのでした。

私の人生の大半は、日本での〈在日〉暮らしの中で過ぎ去っていきました。当然多くの人たちとの入り組んだ交わりもかかえています。苦難の故郷を見捨てて逃げを打った私のうしろめたい過去とも重なって、自己の「回想記」をしたためることなどまったくもって私には関心外のことでありました。事実、私の来し方を本にしたいと言ってくれていた大手の出版社の、厚意の申し出をおことわりしてからでも二十数年が経っています。自分の経てきたことにそれほどにも触れられたくなかった私だったのです。加えて実名を挙げるわけにはいかない数々の出来事も、私の在日暮らしには絡みついていますので、「回想記」めいたものには一切顔をそむけてきました。

その私にこの『朝鮮と日本に生きる』を書かしめたのは、岩波新書編集部の平田賢一さんです。夏のまっ盛りのとりわけ暑い日の午後でした。定年退職を控えて最後の話をしに行きたいとの連絡があり、一時間近くも待ち受けたのですが現れません。気になって表へ出てみたところ、リュックを背負った彼がだんだら坂を背をまるめて上がってきていました。バスをひと停留所まえで降りてしまったうえに、逆方向の入り組んだ坂道の町内へ迷いこんで喘いでいたというわけです。全身汗まみれで、上下の肌着までびしょ濡れでした。話を交わす必要など、もはやありはしませんでした。私はシャッポを脱いで一〇年越しの説得を、心して受け入れました。そうして『図書』での四〇回にわたる連載(二〇一一年六月〜二〇一四年九月)とはなりました。気が晴れる「回想記」ではありませんが、思いいっぱい感謝しています。

この連載を機に私はどのような関わりから「四・三事件」の渦中に巻き込まれ、私はどのような状況下で動いていたのか。〝共産暴徒〟のはしくれの一人であった私が、明かしうる事実はどの程度のものか、を改めて見つめ直すことに注力しました。今更ながら、植民地統治の業の深さに歯がみしました。反共の大義を殺戮の暴圧で実証した中心勢力はすべて、植民地統治下で名を成し、その下で成長をとげた親日派の人たちであり、その勢力を全的に支えたアメリカの、赫々たる民主主義でした。

具体的にはまだまだ明かせないことをかかえている私ですが、四・三事件の負い目をこれからも背負って生きつづけねばならない者として、私はなおなお己に深く言い聞かせています。記憶せよ、和合せよと。

本書は『図書』連載時「ひたすらつづらおり」の標題で書かれましたが、「新書」にまとめるに当たって、『朝鮮と日本に生きる』に改めました。もちろん「朝鮮」とは、南北をひとつにした総称としての「朝鮮」のことです。なお連載を終えてからの回想は、五〇枚ほど新たに書き足して第八章・終章としました。

二〇一四年師走一日

金時鐘

年　譜

年	事　項
1929	1(陰暦 1928・12・8)　釜山で生まれる．父・金鑚國，母・金蓮春
31	［9・18　満州事変勃発］
36	元山市の祖父のもとに一時預けられる
37	普通学校に入学
40	父の蔵書を手当たり次第読む
41	［12・8　アジア・太平洋戦争開始］
42	光州の中学校に入学
45	［8・15　日本の植民地統治から解放］
46	崔賢先生と出会う
48	［4・3　済州島四・三事件］．［8・15　大韓民国樹立］．［9・9　朝鮮民主主義人民共和国樹立］
49	6　日本へ脱出
50	1　日本共産党に入党．［6・25　朝鮮戦争勃発］
51	［1　民戦結成］．3　大阪・中西朝鮮学校再開の活動に参加．［9・8　サンフランシスコ講和条約，日米安保条約調印］．10　在日朝鮮文化人協会結成，『朝鮮評論』創刊
52	［6　吹田事件］
53	2　『ヂンダレ』創刊(59・2 解散)．11　心悸亢進と腸結核で緊急入院．以後 3 年にわたる長期療養となる
55	［5　朝鮮総連結成］．12　第 1 詩集『地平線』刊行
56	9　入院治療を終え，退院．11・18　姜順喜と結婚
57	9　総合雑誌『青銅』刊行．11　第 2 詩集『日本風土記』刊行
59	6　カリオンの会を結成
60	［4・19　学生革命］
61	［5　朴正熙らによる軍事クーデター］
65	［6　日韓基本条約調印］
70	8　第 3 詩集『新潟』刊行
73	9　兵庫県立湊川高校教員となる(88 年退職)
78	10　第 4 詩集『猪飼野詩集』刊行
80	［5　光州事件］
83	11　『光州詩片』刊行
86	5　エッセイ集『「在日」のはざまで』刊行(毎日出版文化賞を受賞)
98	［2　金大中，大統領になる］．10　49 年ぶりで済州島を訪問
2010	2　『失くした季節』刊行

金時鐘

1929年，釜山生まれ．詩人．1948年の済州島四・三事件を経て来日．1953年に詩誌『ヂンダレ』を創刊．日本語による詩作を中心に，批評などの執筆と講演活動を続ける．
著書・共著書・訳書・編訳書に，『さらされるものとさらすもの』(明治図書出版，1975年)『「在日」のはざまで』(立風書房，1986年)『なぜ書きつづけてきたか なぜ沈黙してきたか』(平凡社，2001年)『わが生と詩』(岩波書店，2004年)『尹東柱詩集 空と風と星と詩』(もず工房，2004年)『再訳朝鮮詩集』(岩波書店，2007年)，詩集に『地平線』(ヂンダレ発行所，1955年)『新潟』(構造社，1970年)『光州詩片』(福武書店，1983年)『原野の詩』(立風書房，1991年)『化石の夏』(海風社，1998年)『境界の詩』(藤原書店，2005年)『失くした季節』(藤原書店，2010年)など．

朝鮮と日本に生きる
――済州島から猪飼野へ　　岩波新書(新赤版)1532

2015年2月20日　第1刷発行
2024年6月25日　第8刷発行

著　者　金《きむ》時《し》鐘《じょん》

発行者　坂本政謙

発行所　株式会社 岩波書店
〒101-8002 東京都千代田区一ツ橋 2-5-5
案内 03-5210-4000　営業部 03-5210-4111
https://www.iwanami.co.jp/

新書編集部 03-5210-4054
https://www.iwanami.co.jp/sin/

印刷・三秀舎　カバー・半七印刷　製本・牧製本

ISBN 978-4-00-431532-2　　Printed in Japan

岩波新書新赤版一〇〇〇点に際して

ひとつの時代が終わったと言われて久しい。だが、その先にいかなる時代を展望するのか、私たちはその輪郭すら描きえていない。二〇世紀から持ち越した課題の多くは、未だ解決の緒を見つけることのできないままであり、二一世紀が新たに招きよせた問題も少なくない。グローバル資本主義の浸透、憎悪の連鎖、暴力の応酬――世界は混沌として深い不安の只中にある。

現代社会においては変化が常態となり、速さと新しさに絶対的な価値が与えられた。消費社会の深化と情報技術の革命は、種々の境界を無くし、人々の生活やコミュニケーションの様式を根底から変容させてきた。ライフスタイルは多様化し、一面では個人の生き方をそれぞれが選びとる時代が始まっている。同時に、新たな格差が生まれ、様々な次元での亀裂や分断が深まっている。社会や歴史に対する意識が揺らぎ、普遍的な理念に対する根本的な懐疑や、現実を変えることへの無力感がひそかに根を張りつつある。そして生きることに誰もが困難を覚える時代が到来している。

しかし、日常生活のそれぞれの場で、自由と民主主義を獲得し実践することを通じて、私たち自身がそうした閉塞を乗り超え、希望の時代の幕開けを告げてゆくことは不可能ではあるまい。そのためにいま求められていること――それは、個と個の間で開かれた対話を積み重ねながら、人間らしく生きることの条件について一人ひとりが粘り強く思考することではないか。その営みの糧となるものが、教養に外ならないと私たちは考える。歴史とは何か、よく生きるとはいかなることか、世界そして人間はどこへ向かうべきなのか――こうした根源的な問いとの格闘が、文化と知の厚みを作り出し、個人と社会を支える基盤としての教養となった。まさにそのような教養への道案内こそ、岩波新書が創刊以来、追求してきたことである。

岩波新書は、日中戦争下の一九三八年一一月に赤版として創刊された。創刊の辞は、道義の精神に則らない日本の行動を憂慮し、批判的精神と良心的行動の欠如を戒めつつ、現代人の現代的教養を刊行の目的とする、と謳っている。以後、青版、黄版、新赤版と装いを改めながら、合計二五〇〇点余りを世に問うてきた。そして、いままた新赤版が一〇〇〇点を迎えたのを機に、人間の理性と良心への信頼を再確認し、それに裏打ちされた文化を培っていく決意を込めて、新しい装丁のもとに再出発したいと思う。一冊一冊から吹き出す新風が一人でも多くの読者の許に届くこと、そして希望ある時代への想像力を豊かにかき立てることを切に願う。

（二〇〇六年四月）